Zum Buch:

Nora ist sexy, witzig, schlagfertig und könnte an jedem Finger einen Mann haben, wenn sie wollte. Stattdessen schlägt sie aber alle in die Flucht. Denn noch eine schlechte Erfahrung braucht sie wirklich nicht. Nur Stephen, dessen Arztpraxis direkt gegenüberliegt, scheinen ihre Abfuhren sogar anzuspornen. Und wenn sie ehrlich ist, muss Nora sich eingestehen: Der gut aussehende junge Witwer ist genau der Mann, in den sie sich verlieben könnte. Aber das darf nicht geschehen …

»Susan Mallery ist eine Klasse für sich!«

Romantic Times Book Reviews

Zur Autorin:

Die SPIEGEL-Bestsellerautorin Susan Mallery unterhält ein Millionenpublikum mit ihren Frauenromanen voll großer Gefühle und tiefgründigem Humor. Mallery lebt mit ihrem Ehemann und ihrem kleinen, aber unerschrockenen Zwergpudel in Seattle.

Susan Mallery

Es muss ja nicht gleich Liebe sein

Roman

Aus dem amerikanischen Englisch von
Freya Gehrke

mtb

MIRA® TASCHENBUCH

1. Auflage: November 2018
Deutsche Erstausgabe

Originaltitel: »Unexpectedly Expecting«
erschienen bei: Silhouette Books, Toronto

Published by arrangement with
HARLEQUIN ENTERPRISES II B.V./SARL

Umschlaggestaltung: büropecher, Köln
Umschlagabbildung: Floral Deco, Mehaniq/shutterstock
Lektorat: Isa-Corinna Scholz
Satz: GGP Media GmbH, Pößneck
Printed in Germany
Dieses Buch wurde auf FSC®-zertifiziertem Papier gedruckt.
ISBN 978-3-95649-857-2

www.mira-taschenbuch.de

Für Maureen Child,
begabte Autorin und wundervolle Freundin.
Dein Witz, dein Charme und deine große Klappe
haben mich zu Nora Darby inspiriert.
Schon ein bisschen gruselig, oder?

1. Kapitel

»Denken Sie nicht mal dran, Dr. Remington«, warnte ihn Schwester Rosie. »Diesen Berg haben schon mutigere Männer als Sie zu erklimmen versucht – und nur die wenigsten haben es überlebt.«

Stephen Remington sah zu seiner Arzthelferin hinüber und runzelte die Stirn. »Was für einen Berg? In Texas gibt es nur plattes Land.«

Und das weiß ich aus erster Hand, dachte Stephen. Er hatte nämlich einen Großteil davon durchquert, als er vor sechs Monaten aus Boston hierher nach Lone Star Canyon gezogen war. Texas war flach, weit und genau das, was er sich erträumt hatte, als er seine Stelle als Leiter der städtischen Notaufnahme gekündigt hatte, um das ruhige Leben eines Landarztes zu genießen.

Seine zierliche Helferin und Empfangsdame bedachte ihn mit einem wissenden Blick. »Das war eine Metapher«, erklärte sie mit der Geduld einer Frau, die es gewohnt war, sich mit den Schwächen des männlichen Verstandes herumzuschlagen. »Ich habe Sie aus dem Fenster starren sehen. Da war es nicht schwer, zu erraten, was … beziehungsweise wer … Sie so fesselt.«

Lächelnd deutete sie auf das Fenster seiner großzügigen Praxis. Stephen folgte ihrem Blick und erkannte, was sie annahm: dass er die Nachbarn von gegenüber ausspionierte.

Die Arztpraxis von Lone Star Canyon teilte sich die Innenstadt mit ein paar Banken, drei Restaurants, einem Sportartikelgeschäft, mehreren Kleiderboutiquen und einem Friseursalon namens Snip ’n Clip. Letzteres Etablissement befand sich direkt gegenüber der Praxis. Normalerweise schützten leicht abgedunkelte Scheiben die Kundschaft vor neugierigen Blicken, aber an diesem Nachmittag war es draußen so düster, dass das Innere des hell erleuchteten Salons deutlich zu sehen war.

Zwei Personen waren klar zu erkennen: Die eine war eine weißhaarige alte Dame, die sich die Haare legen ließ. Die andere Frau stand hinter ihr und schwang gekonnt und großzügig die Haarspraydose. Das war dann vermutlich diejenige, von der Rosie glaubte, er hätte sie bewundert.

Stephen musterte die hochgewachsene Brünette. Zu ihrer engen Jeans und den Stiefeln trug sie ein knappes rotes T-Shirt, unter dem ein Streifen Haut mit einem äußerst hübschen Bauchnabel hervorblitzte. Das dunkle Haar fiel ihr in sinnlichen Wellen offen bis auf den Rücken hinunter. Sie bewegte sich mit der sexy Anmut einer Frau, die jeden Mann haben könnte, aber keinen einzigen davon wollte.

»Die da?«, fragte er und war sich wohl bewusst, dass, wenn er in ihren Laden schauen konnte, dasselbe auch für seine Praxis galt. Zum Glück schien die Frau ihn bisher nicht bemerkt zu haben.

»Genau die«, bestätigte Rosie. »Nora Darby. Nach außen hin mag sie ja zuckersüß und lieb aussehen, aber in Wahrheit ist sie ungefähr so freundlich wie eine angeschossene Bärenmutter. Nora hat für Männer nichts übrig, und das aus gutem Grund. Ich nehme Ihnen ja nur ungern Ihre Illusionen, Doktor, aber an ihr haben sich schon Bessere als Sie die Zähne ausgebissen.«

»Verstehe.«

Und wenn er Nora so ansah, konnte er durchaus nachvollziehen, warum sie es versucht hatten. Diese Frau hatte das komplette Paket – einen tollen Körper und ein hübsches Gesicht. Wenn sie sich jetzt auch noch intelligent zu irgendeinem Thema äußern konnte, war sie perfekt. Natürlich nicht für ihn, aber vielleicht für jemand anderen.

»Ich gebe zu, sie ist sehr attraktiv«, wandte er sich an seine Helferin, »aber um mich müssen Sie sich keine Sorgen machen. Ich bin nicht auf der Suche – angeschossene Bärenmutter hin oder her. Davon abgesehen hab ich gar nicht sie beobachtet.«

Er deutete auf die dunkle grüngraue Wolke am Horizont, die bedrohlich näher rückte. Der größte Teil war zwar vom gegenüberliegenden Gebäude verdeckt, aber die obere Hälfte war klar zu erkennen und wälzte sich in unruhigen Wirbeln immer näher. Beinah schien es, als würde der Himmel nach etwas greifen, um …

Plötzlich schrie Rosie auf und packte ihn beim Arm. »Tornado«, rief sie und zerrte ihn in Richtung Ausgang.

Stirnrunzelnd befreite Stephen sich aus dem beharrlichen Griff seiner Helferin. »Wovon reden Sie?«

»Wir müssen sofort in den nächsten Sturmkeller«, drängte sie aufgewühlt. »Oh, und Verbandsmaterial brauchen wir auch. Es wird Verletzte geben.« Bei einem erneuten Blick aus dem Fenster kreischte sie beinahe. »Er ist schon fast hier!«

In diesem Moment fiel Stephen auf, dass der Wind um sie herum zugenommen hatte und die Luft seltsam schwer war. Ein Tornado? Natürlich hatte er schon von dem Phänomen gehört, aber er stammte von der Ostküste, wo solche Dinge in den Abendnachrichten stattfanden, nicht im echten Leben.

Aber Rosies Panik war definitiv echt. Seine sonst so unerschütterliche Helferin rannte zum Empfangstresen und riss den Erste-Hilfe-Notfallkoffer aus seiner Halterung an der Wand. Stephen nahm ihn ihr ab, als sie ihn erneut beim Arm fasste und zur Tür hinauszerrte.

Als sie auf die Straße traten, war die Luft erfüllt vom Donnern eines herannahenden Zuges. Bloß dass es in Lone Star Canyon keine Bahnschienen gab. Er sah auf die andere Straßenseite. Allerdings nicht zur zugegeben äußerst verlockenden Ms. Nora Darby, sondern zu ihrer ältlichen Kundschaft. Sie alle würden Mühe haben, es rechtzeitig in den Sturmkeller zu schaffen. Also wechselte er den Kurs und steuerte in Richtung Snip 'n Clip.

»Ich liebe dieses Lied«, schwärmte Mrs. Gelson, während sie sich im Spiegel bewunderte.

Nora lauschte auf die Schnulze, die aus den Lautsprechern der kleinen Anlage hinten im Salon drang.

Seufzend tätschelte Mrs. Gelson sich die weißen Haare, die ihr Gesicht wie ein perfekt gerundeter Helm umgaben. »Da fehlt mir mein Bill noch mehr. Das Lied hat er mir immer vorgesungen.«

Ja, genau, dachte Nora, setzte aber trotzdem ein Lächeln auf. Besagter Bill war derselbe Mann, der seine Frau und die drei Kinder zweimal die Woche abends allein hatte sitzen lassen, um Poker zu spielen – egal ob genug Essen im Haus war oder nicht. Dass das verspielte Geld vielleicht gebraucht wurde, um die Telefonrechnung zu bezahlen oder den Kindern Schuhe zu kaufen, war ihm nie in den Sinn gekommen. Und Mrs. Gelson hatte mit keiner Silbe protestiert. Das Paar war vierzig Jahre lang verheiratet gewesen, als Bill schließlich »heimgegangen« war, wie Mrs. Gelson es ausdrückte. Wenigstens hat der Mistkerl nicht seine Lebensversicherung verpfändet, dachte Nora grimmig. Auch wenn seine Witwe beileibe nicht wohlhabend war, würden ihre letzten Tage dadurch zumindest besser sein als die Jahre mit ihm.

Aber Mrs. Gelson sah das ganz anders. Jetzt, da Bill nicht mehr war, hatte sie ihn zum Heiligen erklärt und lebte dafür, der Welt von seinen großen Taten zu berichten.

»Sie haben immer schon gesagt, dass Ihr Mann ein Romantiker war«, pflichtete Nora ihr warmherzig bei und tischte ihrer Kundin damit die Lüge auf, die sie hören wollte. Weil es eine gute Tat war. Weil die Erinnerung fast aller Frauen an ihre Männer erstaunlich selektiv zu sein schien. Nicht dass Nora dieses Problem gehabt hätte. Sie besaß ein hervorragendes Gedächtnis und beging nie zweimal denselben Fehler.

Mrs. Gelson reichte ihr einen Zehndollarschein und wartete auf ihre zwei Dollar Wechselgeld. Dann legte sie einen der Scheine auf Noras Arbeitsplatz, winkte noch einmal in die Runde und ging in Richtung Tür.

Nora starrte die einsame Banknote an. Wenn sie nicht endlich die Preise anhob, würde sie mit diesem Salon nie etwas verdienen. Eigentlich hatte sie das ja auch schon getan ... Sogar mehrfach in den vergangenen zehn Jahren. Allerdings gab es bestimmte Kundinnen, die sich einfach nicht mehr leisten konnten, also berechnete Nora ihnen eben nicht mehr. Da waren beispielsweise die Senioren mit ihrem begrenzten Ein kommen. Oder Debbie Watson, deren Ehemann sie mit vier Kindern und einem Haufen Rechnungen hatte sitzen lassen. Und ein halbes Dutzend weitere Frauen, die sich in einer ähnlichen Situation befanden.

»Es ist nur Geld«, murmelte Nora philosophisch, steckte

das Trinkgeld ein und wandte sich zum Ausgang, um ihrer gebrechlichen Kundin nach draußen zu helfen.

Gerade in diesem Augenblick flog die Tür auf. Herein stürmte ein hochgewachsener dunkelblonder Mann im weißen Kittel. Nora erkannte Stephen Remington, den neuen Arzt des Städtchens. Erfolgreich und unverheiratet, ja, ja – schon seit seiner Ankunft vor ein paar Monaten schwärmten die Leute ihr von ihm vor. Nora war zutiefst unbeeindruckt und fuhr weiterhin die knapp hundert Kilometer in eine andere Stadt, um sich von einer Frau behandeln zu lassen.

Jetzt sah sie ihn an und stellte zufrieden fest, dass sie trotz seiner großen braungrünen Augen, der sportlichen Figur und seines guten Aussehens immun gegen ihn war. Wie immer.

»Männerhaarschnitte bieten wir hier nicht an«, erklärte sie liebenswürdig. »Da müssen Sie sich an den Barbier ein paar Häuser weiter wenden.«

»Was?«

Sie seufzte. *Männer können so unglaublich begriffsstutzig sein. Wie hat er es nur durchs Medizinstudium geschafft?* »Ich sagte …«

Mit einem knappen Kopfschütteln fiel er ihr ins Wort. »Ist mir egal. Es ist ein Tornado im Anmarsch. Alle in den Sturmkeller.«

Bevor Nora oder sonst jemand reagieren konnte, heulte die Warnsirene los. Wie eine Explosion erfüllte der Lärm plötzlich den ganzen Salon. Nora fluchte in sich hinein, als sie in die Runde blickte und lauter volle Stühle sah. Abgesehen von ihr und den anderen drei Stylistinnen war niemand unter fünfundsechzig. Besonders mobil war die Truppe nicht, und der Sturmkeller war fast einen halben Block entfernt neben der Bank.

»Jill, du nimmst Mrs. McDirmity«, ordnete Nora an, während sie zu den Trockenhauben rannte und sie der Reihe nach hochklappte. »Kommt schon, wir müssen uns beeilen. Es ist ein Tornado im Anmarsch.«

Noch während sie das sagte, nahm das Getöse draußen zu, und ihr wurde bewusst, dass es nicht nur der Wind und die Sirenen waren. Zusätzlich ertönte ein lautes Brüllen, in das sich Ächzen, Reißen und Krachen mischte, als würde die Welt um sie herum in Fetzen gerissen. Keine zwei Minuten später war ihre ältliche Kundschaft geschlossen auf dem Weg zum Sturmkeller. Dr. Remington hatte in jedem Arm eine Dame, eine noch mit Lockenwicklern im Haar. Staub und mitgerissene Kleinteile prasselten auf sie ein, aber niemand wurde von etwas Größerem als ein paar Zweigen getroffen.

Ein Stück weiter vorn stand Schwester Rosie am Eingang zum Sturmkeller. Eilig scheuchte sie die Leute nach unten, wo sie sicher waren. Jetzt raste Jill mit Mrs. McDirmity in ihrem Rollstuhl an Nora vorbei. Der Arzt bugsierte seine zwei Damen in den Sturmkeller, dann rief er hinein und bat um Hilfe. Gemeinsam mit einem der Männer aus dem Diner gegenüber trug er die gehbehinderte alte Dame nach unten. Der Rollstuhl wurde zusammengeklappt und ebenfalls in den Sturmkeller gezogen.

»Kommen Sie, Mrs. Gelson«, drängte Nora und stützte ihre Kundin. Mit vorsichtigen Trippelschritten bewegte die Witwe sich auf die unterirdische Zuflucht zu.

Schließlich war nur noch Nora auf der Straße. Auf der Suche nach Nachzüglern schaute sie sich um, entdeckte jedoch niemanden. Ihr Blick blieb an den vertrauten Gebäuden und Geschäften hängen. Wie viele davon würden den Sturm überleben?

Sie sandte ein Stoßgebet gen Himmel, dass es keine Toten geben würde, dann trat sie in den Keller. Doch als sie nach der Tür griff, um sie hinter sich zuzuziehen, konnte sie nicht anders, als innezuhalten und zurückzuschauen, während der Tornado dicht genug heranstürmte, um das Dach eines leer stehenden Gebäudes am Ende der Straße abzureißen.

Ein langer dünner Finger wirbelnder Finsternis wand sich bis in den Himmel, und der Lärm war so laut, dass sie ihn nur noch als Vibration wahrnahm. Die Erde bebte, der Himmel ächzte. Irgendwann einmal hatte sie einen Artikel gelesen, in dem ein Tornado wie der Finger Gottes beschrieben wurde, der ohne Sinn und Verstand quer über die Landschaft wütete und alles zerstörte, was ihm in die Quere kam. Nie zuvor hatte sie diese rohe Macht jedoch mit eigenen Augen gesehen. Es war überwältigend. Es war …

»Was, zum Teufel, treiben Sie da?«, blaffte ein Mann sie an, und im nächsten Moment legten sich zwei Arme um ihre Taille und rissen sie ins Halbdunkel des Kellers.

Instinktiv ließ Nora die Tür los, die mit lautem Knall zufiel. Sie spürte mehr, als dass sie es sah, wie sich vor ihr eine Hand hob, um den Riegel vorzuschieben. Aber was wirklich ihre Aufmerksamkeit fesselte, war die Hitze des Mannes, der sie so fest an sich drückte.

Er hielt sie in einer peinlich intimen Umarmung – ihren Rücken an seinen breiten Brustkorb gepresst. Doch das hielt sie nicht davon ab, seine Körperwärme und seine Kraft zu spüren. Sie war groß, eins fünfundsiebzig, aber er überragte sie. Seine immer noch um sie geschlungenen Arme ruhten direkt unter ihren Brüsten. Als er die Hand bewegte, streiften seine Finger die nackte Haut an ihrem Bauch. Nora durchlief ein Schauer. Nicht weil sie fror oder sich vor dem nahenden Wirbelsturm fürchtete, sondern weil … Na ja … weil …

Nora presste die Lippen aufeinander und stieß die fremden Arme weg. Sie wusste nicht, warum sie erschauert war, und es war ihr auch egal. Rasch trat sie einen Schritt weg von dem Kerl, der sie so geschickt eingefangen hatte, dann drehte sie sich um und bedachte ihn mit einem finsteren Blick – und sah den dunkelblonden Mann im weißen Kittel vor sich. Zu den braungrünen Augen zierten auch noch Sommersprossen sein gut geschnittenes Gesicht. Natürlich, Stephen Remington. Kein anderer hätte gewagt, sie so anzufassen.

Sie hob eine Augenbraue – den Trick hatte sie sich schon in der Schule angeeignet. »Ich hätte nicht gedacht, dass ein Arzt auf solche Mittel angewiesen ist, um mal auf Tuchfühlung zu gehen«, bemerkte sie wie nebenbei und rechnete damit, dass er jetzt wütend lospoltern und gegen diese infame Unterstellung protestieren würde.

Stattdessen unterzog Dr. Stephen Remington, der Neue in der Stadt, sie einer langsamen Ganzkörpermusterung, beginnend bei ihren Stiefeln und bis hinauf zu ihren Brüsten, bevor sein Blick auf ihrem entblößten Bauch ruhen blieb. »Ich hätte nicht gedacht, dass eine Frau in Ihrem Alter sich wie ein Teenager anziehen muss, bloß um ein bisschen Aufmerksamkeit zu bekommen.«

»Das verstehen Sie falsch«, entgegnete sie kühl. »Ich habe kein Interesse an solcher Aufmerksamkeit. Jedenfalls nicht von Ihnen.«

Ihr war durchaus bewusst, dass ihr Wortgeplänkel von einem gefesselten Publikum verfolgt wurde. In dem kleinen Sturmkeller verstand man jedes Wort. Sie war so dämlich gewesen, auf der Treppe Maulaffen feilzuhalten und den herannahenden Sturm anzugaffen. Der Arzt hatte sie schlicht in den Keller gezogen, damit sie nicht alle ums Leben kamen.

Da sie nicht wusste, wie sie die Unterhaltung sonst beenden sollte, drehte sie ihm einfach den Rücken zu und befasste sich mit ihren ältlichen Kundinnen. Der Keller war etwa sechs mal sechs Meter groß und an drei der vier Wände mit Bänken ausgestattet. Es gab genug Vorräte, um ein Dutzend Menschen zwei Tage lang zu versorgen, und in einem mit einem Vorhang abgetrennten Alkoven stand eine tragbare Toilette. Alle aus dem Snip 'n Clip hatten es sicher hierher geschafft, und Noras Angestellte umarmten ihre Kundinnen und trösteten einander.

Mrs. McDirmity berührte die Locken ihrer neuen Dauerwelle. »Wenigstens hatte Jill schon alles ausgespült«, sagte sie und lächelte verhalten. »Ich hoffe, meine Katzen überstehen den Sturm unbeschadet.«

Nora setzte sich zu ihr und nahm die gekrümmten Finger der alten Dame zwischen ihre Hände. »Sie wissen doch, wie gern die beiden sich unter Betten und Sofas verstecken, wenn sie Angst haben«, erinnerte sie ihre Kundin. »Und das ist im Augenblick auch der beste Ort für sie. Ihre Instinkte werden sie schon richtig leiten.«

Mrs. McDirmity nickte. »Ich weiß. Ich mache mir einfach nur Sorgen. Schließlich sind die beiden alles, was ich habe.«

So wechselte Nora mit all ihren Kundinnen ein paar Worte, dann unterhielt sie sich mit einigen anderen Leuten, die gerade im Diner gesessen hatten. Dr. Remington mied sie allerdings mit großer Sorgfalt. Oft spürte sie seinen Blick auf sich ruhen, erwiderte die Aufmerksamkeit aber nie. Denn wie sie ihm bereits erklärt hatte: Sie war nicht interessiert. Weder an ihm noch an sonst irgendeinem Mann. Diese Lektion hatte sie schon vor langer Zeit gelernt.

Das Getöse draußen wurde noch schlimmer, als der Wirbelsturm direkt über sie hinwegzog. Durch das Brüllen des Windes drangen schweres Krachen und das Klirren von berstendem Glas.

In der Ecke begann Mrs. Arnold zu röcheln. Hektisch fingerte sie an ihrer Handtasche herum, bekam jedoch nicht genug Luft, um sie zu öffnen und ihren Inhalator herauszuholen.

»Asthma«, informierte Nora den Arzt, als er zu der Frau eilte.

Stephen Remington nickte nur knapp. »Ich weiß. Sie ist meine Patientin.«

Nora knirschte mit den Zähnen. »Okay, Entschuldigung, dass ich helfen wollte«, zischte sie leise und hoffte, dass der Sturm bald vorüber sein würde. Wenn sie noch viel länger mit diesem furchtbaren Kerl hier herumhocken musste, würden sicher die Fetzen fliegen.

Knapp zwanzig Minuten später trauten sie sich aus dem Sturmkeller hervor. Nora war eine der Letzten, die nach draußen in die trübe Düsternis trat, die sich erst langsam aufhellte. Die Hauptstraße war verschont geblieben, ihr Salon stand noch. Aber zwei Seitenstraßen sahen aus, als hätte ein Riese darin getobt. Überall lagen Trümmerteile verstreut, und auf dem Gehweg vor dem Kurzwarenladen stand ein leuchtend roter Pick-up. Ein leuchtend roter Pick-up, der vor dem Wirbelsturm noch nicht da gewesen war.

Als die ersten Tropfen fielen, steuerte sie im Laufschritt auf ihren Salon zu. Der Sturm zog in nordöstliche Richtung weiter, was bedeutete, dass er die Ranch bereits passiert hatte.

Sie wollte ihre Familie anrufen und sich vergewissern, dass es allen gut ging.

Auch ihre Kundinnen hatten es eilig, ins Trockene zu kommen, und zwei von ihnen bot Nora einen stützenden Arm. Als sie mit den letzten Nachzüglerinnen den Salon betrat, legte Jill gerade das schnurlose Telefon weg.

»Die Leitung ist tot«, sagte die Stylistin. »Aber das wundert mich auch nicht. Der Strom ist auch ausgefallen.«

Mit einem zuversichtlichen Lächeln ging Nora zu ihrer Handtasche hinüber und holte ihr Handy heraus. »Willkommen in der Neuzeit. Wenn die Funktürme überlebt haben, dürften wir wenigstens so jemanden erreichen.« Sie gab das Gerät an Jill weiter. »Deins ist immer noch kaputt, oder? Ruf ruhig erst mal deine Kinder an. Aber wenn ich mir so ansehe, in welche Richtung der Sturm zieht, würde ich schätzen, euer Haus liegt mehrere Meilen außerhalb der Gefahrenzone.«

Dankbar lächelte ihre Stylistin sie an, dann tippte sie ihre Nummer. Nora sah, dass Mary und Kathy den Kundinnen bereits geholfen hatten, ihre Sachen zusammenzusuchen. Allen wurde eingeschärft, zu Hause zu bleiben, bis der Strom wieder da war, und dann wieder herzukommen, um ihre jeweilige Sitzung zu Ende zu bringen.

Mrs. Arnold hatte ihr Asthma wieder unter Kontrolle und legte sich ein Tuch über die immer noch fest auf Lockenwickler gedrehten Haare. »Das wird wohl bald von allein getrocknet sein«, befand sie fröhlich. »Ich komme dann einfach wieder, damit Sie es auskämmen können.«

»Aber natürlich«, versprach Nora ihr. Gerade als sie noch etwas hinzufügen wollte, sah sie Rosie auf der anderen Straßenseite zur Arztpraxis rennen.

Schnell trat Nora vor die Tür. »Gibt es Verletzte?«, rief sie.

Keuchend blieb Rosie einen Moment stehen. »Ein Dutzend oder mehr. Orchard Park hat es komplett zerlegt. Da waren kleine Kinder mit ihren Müttern zu Hause … und in den Neubauten einige Bauarbeiter. Dr. Remington sieht sich die Verletzungen gerade an, und für die schlimmsten lassen wir einen Hubschrauber kommen. Ich muss ihm Verbandsmaterial und Medikamente nachliefern.«

Orchard Park war ein Neubaugebiet in Lone Star Canyon, das erst halb fertig gewesen war. Dutzende Häuser hatten sich noch im Bau befunden. Da die meisten Gebäude dort etwas kleiner und weniger teuer waren, war es der perfekte Ort für junge Familien.

»Können Sie ein zusätzliches Paar Hände gebrauchen?«, fragte Nora. »Hier geht es allen gut. Ich habe zwar keine Ahnung von Erster Hilfe, aber Anweisungen kann ich befolgen.«

Dankbar lächelte Rosie sie an. »Aber so was von. Kommen Sie, helfen Sie mir beim Tragen, und dann finden wir schon Verwendung für Sie.«

Rasch klärte Nora, wie es im Salon weitergehen sollte. Jill wollte nach Hause fahren und nach ihren Kindern sehen, während Mary einige Kundinnen zu Fuß heimbringen und Kathy im Salon bleiben würde. Als das erledigt war, hastete Nora in Richtung Arztpraxis und betete, dass keine schweren Verletzungen dabei sein würden. Um ihretwillen betete sie außerdem darum, dass sie nicht allzu viel Blut würde sehen müssen. Verbal konnte sie überall und jederzeit jeden Mann plattmachen, aber der Anblick von Blut zwang sie in die Knie.

Der Hubschrauber hob in einem Luftwirbel ab, der Stephen an den Tornado erinnerte. Als der Pilot nach Westen in Richtung County-Krankenhaus abgedreht hatte, atmete Stephen erleichtert auf. Der Patient im Helikopter war bei den Notfallsanitätern in besten Händen. Also fokussierte er sich auf die wenigen noch verbliebenen Menschen, die auf seine Hilfe angewiesen waren. Effizient wie immer hatte Schwester Rosie ihm geholfen, die Verletzungen einzuschätzen. Sie hatte Verbandsmaterialien und Medikamente besorgt, Familienangehörige ausfindig gemacht und sich insgesamt genauso professionell verhalten, wie er sie kannte. Das Überraschende war ihre Assistentin.

Als Rosie zur Praxis gelaufen war, um Nachschub zu holen, war sie mit einem Arm voll Verbandsmaterial und Nora Darby zurückgekehrt. Die schöne Mittzwanzigerin hatte offensichtlich keinen Schimmer von Erster Hilfe, aber sie packte mit an, wo immer Rosie sie hinschickte, drückte Blutungen ab, spülte Schnittwunden aus, hielt Händchen und verteilte tröstende Worte. Ein paarmal war sie merklich blass geworden, aber davon abgesehen hatte sie bewundernswert durchgehalten. Sie mochte ja ein gefährliches Mundwerk haben, aber dazu besaß sie auch ordentlich Rückgrat und viel Mitgefühl.

Jetzt ging Stephen zu der provisorischen Erste-Hilfe-Station, die er zusammen mit Rosie auf dem Parkplatz des Supermarkts eingerichtet hatte. Unter dem langen Vordach waren sie vor dem Regen geschützt. Stephen sah noch einmal nach dem vorhin genähten Schnitt im Zeigefinger eines heulenden Vierjährigen, dann entfernte er einem jungen Mann mehrere Glassplitter aus dem Auge.

»Kommen Sie bitte morgen früh zu mir in die Praxis«, wies er den Tischler an. »Dann nehmen wir Ihnen den Verband ab und machen einen Sehtest. Aber so, wie ich das einschätze, dürfte bald wieder alles in Ordnung sein.«

»Danke, Doc.« Sie reichten einander die Hand.

Rosie kam herüber und lächelte den Patienten an, dann wandte sie sich an Stephen. »Wir sind hier dann so weit fertig«, informierte sie ihn. »Wollen Sie schon mal zurück in die Praxis, falls noch Nachzügler kommen? Ich würde dann hierbleiben und alles zusammensuchen.«

»Ich helfe Ihnen«, erklärte einer der Bauarbeiter, der einen Kollegen hergebracht hatte. »Wir können die Sachen in meinen Wagen laden.«

Stephens Einschätzung nach hatte die Hilfsbereitschaft des Kerls weniger mit seinem wohltätigen Wesen zu tun als mit Rosies zierlicher, kurvenreicher Figur und ihren warmen braunen Augen. Während der vergangenen sechs Monate hatte er in Erfahrung gebracht, dass seine unglaublich effiziente Helferin Mitte dreißig und geschieden war und in ihrer Freizeit eher für sich blieb. Ein bisschen wie Nora, dachte er und beäugte die hochgewachsene Frau, die gerade mit einer jungen Mutter und zwei verschreckten, aber unverletzten Kindern sprach. Nur dass Rosie jederzeit für jeden ein liebes Wort übrig hatte, während Nora reizbar wie die erwähnte angeschossene Bärenmutter war.

Rosie und er waren in etwa gleich alt, und sie waren beide solo. Eigentlich hätte es zwischen ihnen knistern sollen, aber dem war nicht so. Freundschaftliche Zusammenarbeit, mehr war da nicht. Bisher hatte hier noch keine Frau seine Aufmerksamkeit auf sich gezogen – nicht dass ihn das überraschte.

Er überließ Rosie dem Bauarbeiter mit dem Hundeblick und machte sich auf den Rückweg ins Stadtzentrum. Aus dem Augenwinkel sah er Nora auf sich zukommen und dann zögern, als wäre die Vorstellung, Zeit mit ihm zu verbringen, zu viel für sie.

»Ich beiße nicht«, versprach er und winkte ihr, ihn zu begleiten.

Sie hob bloß eine Augenbraue. »Damit hatte ich auch nicht gerechnet«, antwortete sie in gelangweiltem Tonfall, der deutlich machte, dass ihr herzlich egal war, was Stephen tat oder eben nicht tat.

Eigentlich betrachtete Stephen sich als vernünftigen Mann, aber zum ersten Mal seit langer Zeit spürte er den Drang, eine ihm gestellte Herausforderung anzunehmen. Noch faszinierender war, dass er, als die hochgewachsene Schönheit sich ihm anschloss, echte Neugier empfand. Wer war Nora Darby, und wieso hatte sie einen derartigen Hass auf Männer?

»Danke für Ihre Hilfe heute«, sagte er.

»Kein Problem.« Sie warf sich das Haar über die Schulter. »Wir hatten Glück, große Schäden gab es wohl nicht in der Stadt. Ich hab mit meiner Mom telefoniert, auf unserer Ranch ist alles gut, aber wie es den anderen ergangen ist, weiß ich nicht. Von weiter draußen könnten noch ein paar Verletzte reinkommen.«

Das hatte er nicht bedacht. »Dann ist es ja gut, dass wir auf dem Weg in die Praxis sind«, stellte er fest. »Da werden die Leute wohl als Erstes nach mir suchen.«

Schon öffnete sie den Mund zu einer Antwort, doch bevor sie etwas sagen konnte, raste ein Pick-up-Truck mit mindestens siebzig Sachen um die Ecke und wäre beinah umgekippt. Als der Fahrer sie entdeckte, begann er zu hupen, dann kam er schlitternd mitten auf der Straße zum Stehen.

»Doc, Doc, Sie müssen uns helfen!« Aus der Fahrerkabine stieg ein alter Mann und hastete zur Ladefläche herum. »Meinen Jungen hat's schlimm erwischt.«

Stephen rannte zum Wagen, kletterte auf die Ladefläche

und registrierte erst dann, dass Nora ihm dicht auf den Fersen geblieben war.

Vor ihm auf einigen Decken ausgestreckt lag ein Mann Ende zwanzig. Seine Haut war bläulich weiß, die Augen hatte er geschlossen, und überall war Blut.

Neben Stephen ertönte ein leises Stöhnen, doch er konnte keinen Blick an Nora verschwenden. »Wo ist er verletzt?«, fragte er.

»Am Oberarm, kurz unter der Schulter«, erklärte der alte Mann. »Ich hab schon einen Druckverband gemacht, aber die Blutung wollte einfach nicht aufhören.«

Stephen sah die Kompresse aus mehreren Bandagenrollen und hob sie an. Blut schoss hervor, und rasch drückte er das Material wieder hinunter. Es war unmöglich zu sagen, wie viel Blut der Mann bereits verloren hatte. Zu viel, so viel war sicher. Er befand sich bereits in einem Schockstadium.

Rasch blickte Stephen zu dem alten Mann auf. »Fahren Sie«, befahl er. »Wir müssen ihn in die Praxis bringen. Sofort!«

Der Vater beeilte sich zu gehorchen und rutschte wieder hinters Steuer. Stephen öffnete den Erste-Hilfe-Koffer, den er bei sich trug, und fischte mehrere dicke Bandagen heraus, um die durchgeblutete Kompresse durch eine frische zu ersetzen. Dann wies er Nora an, mit aller Kraft auf die Wunde zu drücken.

Holpernd raste der Wagen durchs Stadtzentrum und kam mit quietschenden Reifen vor der Arztpraxis zum Stehen.

»Nicht bewegen«, wies Stephen seine freiwillige Helferin an, sprang von der Ladefläche und rannte ins Gebäude.

Keine Minute später war er mit zwei Infusionsbeuteln wieder draußen – einer Blutkonserve der Sorte null negativ und einem Beutel Kochsalzlösung. Als er für beides einen Zugang gelegt hatte, tauschte er den Platz mit Nora.

»Ich werde das nähen müssen«, erklärte er und schaute zum ersten Mal seit dem Auftauchen des Pick-ups zu ihr auf. Sie war beinahe so weiß wie sein Patient. »Können Sie mir helfen?«

Sie nickte und schluckte. »Ich brauche nur mal eben eine halbe Minute.«

Wozu? fragte er sich. Doch bevor er nachhaken konnte, kletterte sie schwankend aus dem Wagen, rannte zum nächsten Mülleimer und übergab sich. Wie versprochen war sie innerhalb einer halben Minute wieder an seiner Seite.

»Alles in Ordnung?«, fragte er.

»Nein, aber das spielt keine Rolle. Umkippen werde ich nicht, und falls ich noch mal kotzen muss, drehe ich den Kopf in die andere Richtung.«

Damit zog sie die Handschuhe über, die er ihr reichte, und lauschte dann aufmerksam, während er ihr erklärte, wie er vorgehen würde. Als er ihr weitere Bandagen und eine Spüllösung reichte, tat sie sorgfältig wie geheißen. Zwischendurch musste sie innehalten, um sich noch einmal zu übergeben, aber davon abgesehen assistierte sie ihm ebenso ruhig und effizient wie Schwester Rosie persönlich.

Bis der Krankenwagen abfuhr und den Mann ins Krankenhaus transportierte, war es bereits dunkel. Nora lehnte an der Wand des Praxisgebäudes und ermahnte sich, ruhig weiterzuatmen. Wenigstens hatte ihr Magen sich vor etwa einer Stunde beruhigt. So viel wie heute hatte sie sich seit einer Magen-Darm-Grippe vor drei Jahren nicht mehr übergeben, und ehrlich gesagt konnte sie darauf auch für den Rest ihres Lebens verzichten.

Doch obwohl sie sich ausgelaugt fühlte und noch immer leicht zitterte, war sie ungemein stolz auf sich. Denn auch wenn ihre medizinischen Kenntnisse sich darauf beschränkten, ein Pflaster aufzukleben, hatte sie heute helfen können. Sie hatte ihrer Gemeinde in der Not beigestanden.

Jetzt blickte sie zum mittlerweile dunklen Snip 'n Clip hinüber und dachte daran, hineinzugehen und alles wieder in Ordnung zu bringen. Seit ungefähr fünf war der Strom wieder da, somit könnte sie staubsaugen und wischen und ... Sie seufzte. Nicht heute Abend. Dazu war sie schlicht zu müde.

»Wie fühlen Sie sich?«

Sie blickte auf und sah Stephen Remington auf sich zukommen, der seinen blutbespritzten Kittel und die Krawatte abgelegt hatte. Bevor sie antworten konnte, fühlte er ihre Stirn, dann tastete er am Handgelenk nach ihrem Puls. Was allerdings noch viel ärgerlicher war als die ungefragte Berührung, war, wie ihr Herzschlag sich beschleunigte. Okay, der Mann ist ein halbwegs anständiger Arzt, gestand sie ihm widerwillig zu. Allerdings gab ihm das noch lange nicht das Recht, sie zu untersuchen.

»Mir geht's bestens«, behauptete sie, entzog sich seinem Griff und startete den jämmerlichen Versuch eines bösen Blicks. »Jetzt bedanken Sie sich, und ziehen Sie Leine.«

»Danke«, erwiderte er sofort. »Aber Leine ziehe ich ganz bestimmt nicht. Sie haben den ganzen Tag lang nichts gegessen, und das wenige, was noch vom Frühstück geblieben war, haben Sie ausgekotzt.«

»Wohl wahr«, gab sie zu und musste gegen ihren Willen lächeln.

»Dann lassen Sie mich meine Dankbarkeit auf ganz praktische Weise ausdrücken. Ich lade Sie zum Essen ein.« Er deutete auf den Diner am Ende der Straße, der wieder geöffnet hatte. »Das meiste, was sie da auf der Karte haben, hab ich probiert. Gar nicht so übel.«

Sie stemmte die Hände in die Hüften. »Danke für den Hinweis, aber Ihnen ist schon klar, dass ich in dieser Stadt geboren wurde und mein gesamtes Leben hier verbracht habe, oder? Aller Wahrscheinlichkeit nach habe ich in diesem Diner schon weit öfter gegessen als Sie, von daher kann ich auf Ihre Anmerkungen zur Speisekarte verzichten.«

»Warum sind Sie denn so mies gelaunt? Das muss der niedrige Blutzuckerspiegel sein. Sie brauchen dringend was zu beißen.«

Damit legte er ihr eine Hand auf den Rücken und bugsierte sie in Richtung Diner. Und zu ihrer großen Überraschung ließ sie ihn gewähren.

2. Kapitel

Was hab ich mir nur dabei gedacht! schalt Nora sich, als sie gemeinsam mit Stephen Remington zu einer Sitznische ganz hinten im Lone Star Café geleitet wurde. Normalerweise war es hier zur Frühstücks- und Mittagszeit voll und abends relativ leer. Da allerdings die Hälfte der Stadt noch immer ohne Strom war und der Diner zum glücklichen Rest gehörte, waren viele Familien hierhergekommen, um sich ein hausgemachtes Abendessen zu gönnen und sich über den Tornado auszutauschen. Was bedeutete, dass es reichlich interessierte Gäste gab, die beobachteten, wie sie sich dem Arzt gegenübersetzte – und es flüsternd kommentierten, was zufälligerweise im ganzen Diner zu hören war.

Wenigstens hatte sie den Platz mit dem Rücken zur Menge ergattert, sodass sie nicht auch noch in die neugierigen Gesichter blicken musste. Sie seufzte. In Lone Star Canyon gab es nun einmal nicht viel mehr zu tun, als über die Nachbarn zu tratschen. Abgesehen von einigen spektakulären Ausnahmen war es ihr gelungen, dem Scheinwerferlicht fernzubleiben. Heute Abend war es damit allerdings vorbei.

»Warum seufzen Sie so schwer?«, erkundigte sich Stephen und nahm die Speisekarte zur Hand. Doch statt das Angebot zu studieren, sah er Nora an, als wäre ihre Antwort das mit Abstand Interessanteste, was er heute zu hören bekommen würde.

»Die Leute werden reden«, erklärte sie knapp. Sie musste

nicht auf die Karte schauen. In der Tat hatte sie hier oft genug gegessen, dass sie das Angebot auswendig hätte aufsagen können.

»Über den Tornado? Wieso denn auch nicht? So was passiert schließlich nicht alle Tage.«

Sie war bereit, ihm zuzugestehen, dass er recht gut aussah und hart gekämpft hatte, um gleich mehrere Leben zu retten. Auch hatte sie gehört, er sei ein netter Mann – nicht dass sie interessiert oder auf der Suche wäre –, aber offensichtlich hatte er ein dickes Brett vor dem Kopf.

»Nicht über den Sturm«, erklärte sie und wünschte, Trixie würde sich beeilen, ihre Bestellung aufzunehmen, oder – noch besser – sie selbst hätte sich gar nicht erst bereit erklärt, mit Stephen essen zu gehen. »Darüber, dass ich hier mit Ihnen aufkreuze.«

»Oh.«

Diese einzelne Silbe klang sehr vieldeutig. Was genau er damit ausdrücken wollte, konnte sie nicht sagen, aber es gefiel ihr ganz und gar nicht.

»Ja, *oh*. Ich hab keine Lust darauf, dass die ganze Stadt über mein Privatleben spekuliert.«

»Weil …?« Fragend sah er sie an.

Sie lehnte sich vor und senkte die Stimme. Außerdem sprach sie langsam, damit er ihr auch folgen konnte. »Weil die Leute denken könnten, das hier wäre ein Date.«

»Ich hab schon gehört, dass Sie nicht oft mit Männern ausgehen«, gab er zu. »Tatsächlich wurde mir sogar mitgeteilt, es hätten sich schon Bessere als ich die Zähne an Ihnen ausgebissen.«

»Ich mag es gar nicht, wenn hinter meinem Rücken über mich geredet wird.«

»Da Sie nicht anwesend waren, wäre es schwer gewesen, dieses Gespräch *vor* Ihnen zu führen.«

»Sie hätten es auch einfach lassen können.«

Kapitulierend hob er die Hände. »Ich hab nicht damit angefangen, das war jemand anders. Ich hab mich einfach nur beteiligt.«

Unwillig presste sie die Lippen aufeinander und antwortete nicht. Es hatte keinen Zweck, weiter darüber zu reden. Stephen allerdings schien das anders zu sehen.

»Wo liegt denn das Problem?«, hakte er nach. »Warum gehen Sie so selten aus?«

»Miss Nora kann Männer nicht ausstehen«, vernahmen sie da eine fröhliche Stimme.

Mit Mühe unterdrückte Nora ein frustriertes Stöhnen. Ihr Wunsch, Trixie möge auftauchen, hatte sich erfüllt, aber das Timing hätte nicht mieser sein können.

Sofort wandte Stephen seine Aufmerksamkeit der hübschen Mittvierzigerin mit der voluminösen feuerroten Föhnfrisur zu, die ihm kokett zuzwinkerte.

»Unsere Nora hier ist der Himalaya von Lone Star Canyon. Gucken können Sie, so viel Sie wollen, und an klaren Tagen wirkt sie richtig einladend, aber wenn Sie versuchen, sie zu bezwingen, dann sterben Sie einen grausamen Erfrierungstod.«

»Danke für die Aufklärung, Trixie«, bemerkte Nora trocken.

»Wollte nur helfen«, gab die Kellnerin breit lächelnd zurück. »Der Hackbraten ist toll heute Abend – wie immer. Genau wie das Knusperhähnchen. Den Fisch würde ich heute lieber nicht nehmen, der hat eine Weile draußen gestanden, als der Tornado gewütet hat.«

Stephen legte die Hand auf seine Speisekarte. »Lassen Sie uns noch einen Moment überlegen. Aber zu trinken könnten wir schon was bestellen … Nora, was möchten Sie?«

»Kaffee«, antwortete sie und wünschte, es gäbe einen Weg, aus diesem Diner zu spazieren und spurlos zu verschwinden. Schon jetzt spürte sie, wie sich Hitze in ihren Wangen breitmachte. Es war, als wäre sie wieder sechzehn und hätte einer Freundin ihre heimliche Schwärmerei für Bobby Jones verraten. Leider hatte dessen kleine Schwester hinter der Ecke gelauscht und es prompt in der gesamten Schule herumposaunt. Eine volle Woche lang hatte Nora einen ständigen Singsang von »Nora liebt Bobby« über sich ergehen lassen müssen. Die Tatsache, dass das Objekt ihrer Begierde sie später zum Schulball eingeladen hatte, war da nur wenig tröstlich gewesen.

Nicht dass sie irgendein Interesse an Stephen Remington gehabt hätte. Es gefiel ihr einfach nur nicht, mit einem Gebirgszug verglichen zu werden, auf dem ein Mann erfrieren konnte.

»Ich nehme auch einen Kaffee«, sagte der Arzt.

Als Trixie wieder ging, herrschte einen Moment lang Schweigen zwischen ihnen. Hektisch suchte Nora nach einem neutralen Gesprächsthema. Egal was, Hauptsache, es hatte nichts mit ihrer Vergangenheit zu tun. Leider wollte ihr partout nichts einfallen.

»Ich hab gehört, auf einigen der Ranches in der Nähe hat es erhebliche Schäden gegeben«, bemerkte Stephen beiläufig. »Sie haben erwähnt, Sie hätten mit Ihrer Familie telefoniert. Da geht es allen gut, oder?«

In diesem Moment war sie ihm so dankbar, dass sie beinahe beschlossen hätte, ihn zu mögen. Aber nur beinahe. »Ja.

Meine Mom hat erzählt, bis auf das Haus meines Bruders – ein Totalschaden – ist das meiste heil davongekommen.« Sie dachte an Jacks kleines Zweizimmerhäuschen. »Aber das wird er schnell wieder hochziehen können. Von den Arbeitern ist auch niemand verletzt. Allerdings gab es auf den benachbarten Ländereien bei den Fitzgeralds wohl größere Schäden. Der Zaun ist platt gewalzt, aber der große Patriarch Aaron lässt natürlich niemanden bei der Reparatur helfen – mal wieder typisch.«

Stephen lehnte sich vor, und ihm fiel eine dunkelblonde Haarsträhne in die Stirn, was ihn seltsam anziehend aussehen ließ. Unschuldig, aber mit dem Schalk im Nacken – wie ein kleiner Junge, der gerade einen Streich ausheckte.

»Stimmt ja, Sie sind eine Darby, nicht wahr? Teil der berüchtigten Darby-Fitzgerald-Fehde.«

Trixie erschien mit ihrem Kaffee, und Nora bestellte den Hackbraten, während Stephen sich für das Knusperhähnchen entschied. Als die Kellnerin wieder ging, zuckte der Arzt die Achseln. »Ich weiß ja, dass Frittiertes ungesund ist, aber ich habe nun mal eine Schwäche dafür. Ein paarmal im Monat lasse ich mir das durchgehen, und ich dachte, heute habe ich es mir redlich verdient.«

Sie dachte an die Leben, die er gerettet hatte. Wie ruhig er geblieben war, trotz all der vielen Verletzungen. Während sie sich die Seele aus dem Leib gekotzt hatte, hatte er sich darangemacht, das Problem zu lösen.

Jetzt nahm er seinen Kaffeebecher zwischen die kräftigen Hände. »Also, erzählen Sie mal von dieser Familienfehde. Wie ist es dazu gekommen und wann? Und wieso liegt die Reparatur des Zauns in Aarons Verantwortung? Der gehört doch beiden Familien zu gleichen Teilen, oder?«

Sie hob die Augenbrauen. »Soll ich jetzt hundertvierzig Jahre Familiengeschichte in eine fünfminütige Zusammenfassung quetschen?«

»So in der Art.«

Sie nippte an ihrem Kaffee und spürte die Hitze, als er sich in ihrem Magen ausbreitete. Plötzlich hatte sie einen Bärenhunger. »Das mit dem Zaun lässt sich deutlich leichter erklären. Die Darbys und die Fitzgeralds teilen sich über dreißig Kilometer Zaun. So vor ungefähr sechzig oder siebzig Jahren waren die Familien mal wieder wegen irgendwas vor Gericht gezogen – das haben sie damals ziemlich oft getan. Na ja, der Richter hatte es jedenfalls so satt, diese Streithähne in seinem Gerichtssaal zu sehen, dass er den Zaun in sechs Abschnitte aufgeteilt hat. Jede Familie ist für drei davon verantwortlich. Wenn sie ihre Abschnitte nicht instand halten, müssen sie eine Strafe zahlen – zehn Prozent des Vorjahreseinkommens.«

Stephen hatte gerade an seinem Kaffee genippt und verschluckte sich beinahe, als er das Strafmaß hörte. »Zehn Prozent?«

Sie grinste. »Die Geschichte unserer Streitigkeiten reicht lange zurück. In den 1920er-Jahren gab es eine Reihe von Auseinandersetzungen wegen der Wasserrechte. Damals wurde es so schlimm, dass mehrere Cowboys ums Leben gekommen sind. Die texanische Regierung hat ein Gesetz verabschiedet, das besagte, sollte je wieder ein Darby oder ein Fitzgerald sich in die Wasserrechte einmischen, würden beide Familien ihre Ländereien verlieren.« Feierlich hob sie die Hand. »Großes Indianerehrenwort, das können Sie nachlesen.«

»Ich glaube Ihnen. Mir war nur nicht klar, dass es *so viel* böses Blut zwischen den beiden Familien gibt. Wie hat das Ganze denn angefangen?«

»Vor ungefähr hundertvierzig Jahren sind zwei Freunde gemeinsam nach Texas gekommen und haben sich in Lone Star Canyon niedergelassen. Joshua Fitzgerald und Michael Darby waren jung, furchtlos und wollten hier ihr Glück machen. Ihre Rinderfarmen grenzten aneinander, und sie haben sich alles geteilt – vom Winterfutter bis zu den Zuchtbullen.«

Nora machte eine Pause. Sie kannte die Geschichte der zwei Familien, weil sie bereits ihr Leben lang davon gehört hatte. Wie wäre es wohl gewesen, damals zu leben? fragte sie sich jetzt.

»Joshua Fitzgerald beschloss, es sei an der Zeit, eine Familie zu gründen, also hat er sich aus dem Westen eine Frau herschicken lassen. Eine Katalogbraut.«

Erstaunt zog Stephen die Augenbrauen in die Höhe. »Eine Frau, ja? Ich sehe schon, worauf das hinausläuft. Diese Fehde haben nicht die Frauen der Familie angezettelt, sondern die Männer.«

In diesem Moment kam Trixie mit dem bestellten Essen und stellte die großen Teller vor ihnen ab. »Sie zwei scheinen sich ja ganz prächtig zu verstehen«, spekulierte sie. »Könnte es sein, dass Sie Ihre Meinung über Männer gerade überdenken, Miss Nora?«

»Nicht wirklich, Trixie, aber danke der Nachfrage.« Sie lächelte die Kellnerin an und wünschte, sie wäre überall, nur nicht hier. Dann schnitt sie ihren Hackbraten an. Als sie den ersten Bissen nahm und zu kauen begann, fiel ihr auf, dass Stephen sie ansah. Sofort spürte sie, wie sie errötete. Zweifellos erfuhr er gerade eine Menge mehr über sie, als er gewollt hatte.

»Ihr Essen wird kalt«, bemerkte Nora und deutete auf seinen Teller.

Rasch nahm er das Besteck zur Hand. »Bitte erzählen Sie weiter, ich bin ganz Ohr.«

Leider war er mehr als das. Neben seinem guten Aussehen war er auch noch freundlich. Angst vor ihr schien er nicht zu haben, und das hatte sie schon seit einer ganzen Weile bei keinem Mann mehr erlebt. Die meisten, die sie kannte, betrachteten sie als männerhassenden Feuer speienden Drachen.

»Joshuas Katalogbraut war nicht sonderlich angetan von ihrem Ehemann. Leider war Joshua ihr jedoch mit Haut und Haaren verfallen. Er hat alles in seiner Macht Stehende versucht, um ihr Herz zu gewinnen, aber nach einem Jahr hat sie ihn verlassen. Kurz darauf wurde die Ehe geschieden.«

»Lassen Sie mich raten«, warf Stephen ein. »Sie hat Michael Darby geheiratet.«

»Genau, und das ganze drei Tage nach Inkrafttreten der Scheidung. Wie es aussieht, war es Liebe auf den ersten Blick, die nie erloschen ist. Joshua war gar nicht erfreut, Hörner von seinem besten Freund aufgesetzt zu bekommen, und von da an waren die Darbys und die Fitzgeralds bis aufs Blut verfeindet.«

Stephen nickte. »Ich kann durchaus nachvollziehen, wie so etwas eine Freundschaft zerstören kann – aber nicht, wie daraus eine Fehde entstehen konnte, die sich seit mehr als hundert Jahren hinzieht.«

»Wir leben in Texas«, erinnerte sie ihn. »Hier macht man keine halben Sachen.«

»Aber Sie selbst führen diese Fehde doch nicht fort, oder?« Er schenkte ihr ein gewinnendes Lächeln. »Schließlich sind Sie eine intelligente Frau und leben im Hier und Jetzt. Ich kann mir nicht vorstellen, dass jemand wie Sie sich um so einen albernen Familienstreit schert.«

Gerade war Nora zu der Einschätzung gekommen, Stephen könnte doch gar nicht so übel sein und sie hätte ihn möglicherweise falsch eingeschätzt. Diesen Eindruck hatte er soeben mit einem einzigen Satz zunichtegemacht.

»Von außen lässt sich immer sehr leicht ein Urteil fällen«, antwortete sie mit einer Ruhe, die sie ganz und gar nicht empfand. »Sie wohnen erst seit ein paar Monaten hier. Ich hingegen habe mein gesamtes Leben in Lone Star Canyon verbracht und kann meinen Stammbaum über mehr als sechs Generationen zurückverfolgen. Wir haben noch Traditionen, die uns etwas bedeuten.«

Schnell schluckte er den Bissen hinunter, den er im Mund hatte. »Und eine dieser Traditionen ist diese Fehde?«, erkundigte er sich.

»So einfach ist das nicht«, beschied sie ihm. Dazu würde sie bestimmt nicht ins Detail gehen. Es hatte persönliche Gründe, dass sie kein großer Freund der Familie Fitzgerald war.

»Was ist mit Katie?«, wollte er wissen. »Können Sie die auch nicht ausstehen?«

Katie Fitzgerald war die älteste Tochter des Patriarchen, und Nora kannte sie schon seit Schulbeginn. Seit einiger Zeit war sie mit Noras ältestem Bruder Jack zusammen und schien ernsthaft in ihn verliebt zu sein.

Es hatte eine Zeit gegeben, da hätte Nora die Frage ihres Gegenübers mit Ja beantwortet, doch jetzt war sie sich nicht mehr so sicher. Unter anderem hatte Katie einen Sohn, Shane, der das wundervollste Kind war, das je das Licht dieser Erde erblickt hatte. Nora und er hatten sich angefreundet, und ein kleines bisschen seines Charmes und seiner Intelligenz stammte womöglich tatsächlich von seiner Mutter. Außerdem hatte es in ihrer Kindheit und Jugend gewirkt, als hätten die Fitzgerald-Kinder alles, was die Darbys nicht hatten. Grund genug für ein kleines Mädchen, Neid und Abneigung zu entwickeln. Doch heute lagen die Dinge anders. Endlich hatten die Darbys auch selbst genug Geld und mussten sich keine Sorgen mehr machen, wie sieben Kinder mit Kleidern und Essen versorgt werden sollten. Davon abgesehen hatte Nora ein wenig mehr von Katie kennengelernt und dabei herausgefunden, dass sie gar kein so übler Mensch war. Und sie schien Jack glücklich zu machen. Nichtsdestoweniger war sie eine Fitzgerald. Was die Situation verworren machte.

»Reden wir doch zur Abwechslung mal über Sie«, forderte Nora und blitzte ihn verärgert an. »Raus mit den düsteren Geheimnissen Ihrer Vergangenheit.«

Er lachte. »Sie meinen, was ein gut aussehender, unverheirateter Arzt an einem Ort wie diesem zu suchen hat?«

»Den letzten Teil der Frage lasse ich Ihnen durchgehen.«

»Also gut.« Er legte die Gabel beiseite. »Aufgewachsen bin ich in New Jersey – dem Teil, der nicht an New York grenzt. Ich wollte schon als kleiner Junge Arzt werden und habe irgendwann tatsächlich Medizin studiert. Meine Vision war, als einfacher Landarzt meine Patienten von der Wiege bis ans Sterbebett zu begleiten.«

»Das klappt wohl nur, wenn sie nicht besonders lange leben«, murmelte Nora.

»He, jetzt rede ich«, beschwerte er sich. »Ihre Rolle ist, mir aufmerksam zu lauschen und sich angemessen beeindruckt zu zeigen. Von Unterbrechungen war nie die Rede.«

Eine Sekunde lang glaubte sie, er würde tatsächlich mit ihr flirten, aber das konnte nicht sein. Männer flirteten nicht mit ihr – sie rannten um ihr Leben. »Da kennen Sie mich aber nicht besonders gut, wenn Sie solche Erwartungen haben«, entgegnete sie.

»Ich kenne Sie gut genug, Nora, um zu wissen, dass Sie mitfühlend, tapfer, entschlossen und schön sind.«

Sie blinzelte. Er machte Witze, oder? Glaubte er ernsthaft, auf so einen platten Spruch würde sie hereinfallen?

»Auf welchem Planeten leben Sie?«, gab sie zurück, doch ihre Stimme klang nicht so abfällig, wie sie es geplant hatte, und anstatt peinlich berührt zu wirken, sah Stephen sie nur mit funkelnden Augen an. Als würde er spüren, was sie verbarg, und Rücksicht darauf nehmen.

»Wie gesagt«, fuhr er fort, »ich wollte Landarzt werden. Die altmodische Art Doktor, die sich um jeden Notfall kümmert, Kinder auf die Welt holt, die Leiden Sterbender lindert und solche Dinge. Ein paar Jahre lang hat es mich in die Notfallmedizin verschlagen, aber jetzt bin ich hier.«

Er aß den letzten Bissen Hühnchen und wischte sich den Mund mit der Serviette ab. »Jetzt, wo Sie meine Lebensgeschichte kennen, erzählen Sie mir doch von Ihrer. Zum Beispiel warum alle Sie für so unnahbar halten.«

Weil ich es bin, dachte sie und war leicht verwirrt angesichts seiner Neugier. Die meisten Männer nahmen sofort die Beine in die Hand, sobald sie von Noras Ruf hörten.

»Ich *bin* unnahbar. Für Dummköpfe habe ich nichts übrig, männliche Egos zu streicheln kommt für mich nicht infrage, und Interesse an irgendwelchen Spielchen hab ich auch nicht.«

Interessiert betrachtete Stephen die Frau, die ihm gegenübersaß. Von einer Sekunde auf die andere wirkte sie nicht mehr selbstbewusst, sondern wie ein in die Enge getriebenes Tier.

Es war ihr unangenehm, über sich zu reden, und ebenso unangenehm war ihr seine Gegenwart. Halb rechnete er damit, sie würde aufspringen und zur Tür hinaus flüchten. Bloß dass Nora seiner Einschätzung nach lieber sterben würde, als ihm gegenüber durchblicken zu lassen, dass das Gespräch sie aus der Ruhe brachte.

Er betrachtete ihre glatte Haut, das dunkle Haar, das sich glänzend über ihre Schultern ergoss, und wie ihr Mund jede Gefühlsregung preisgab. Ihre Mutter war bei ihm in Behandlung und sprach mit Begeisterung über ihre Kinder, daher wusste er, dass Nora achtundzwanzig war. Was war ihr in ihrem jungen Leben widerfahren, dass sie Männern gegenüber eine solche Abwehrhaltung entwickelt hatte? Und warum kannte in dieser Stadt jeder außer ihm ihr Geheimnis?

Nora ist nicht kalt, dachte er, als ihm der Kommentar der Kellnerin zu seinem bevorstehenden Erfrierungstod wieder in den Sinn kam. Auch seine Arzthelferin hatte angedeutet, niemand käme an Nora heran. Was er wissen wollte, war, warum das so war.

Seine Neugier überraschte ihn. In den vergangenen zwei Jahren war es ihm gelungen, jegliches Gefühl, das über das reine Arzt-Patienten-Verhältnis hinausging, zu meiden. Emotional gesehen hatte er wie ein Einsiedler gelebt. Auch wenn er noch nicht so weit war, jemandem sein Herz zu schenken – genauer gesagt hatte er sich geschworen, nie wieder jemanden zu lieben –, regte sich ein Interesse in ihm, das weit weniger mit dem Herzen zu tun hatte als vielmehr mit dem Verstand … und seinen Fortpflanzungsorganen.

Nora forderte seinen Geist und brachte sein Blut in Wallung. Eine verlockende Kombination.

»Sie sind nicht verheiratet«, stellte er fest.

Stirnrunzelnd legte sie die Gabel weg und schob ihren Teller von sich. »Ich glaube nicht, dass Sie das etwas angeht. Außerdem sind wir nicht so vertraut miteinander, dass ich mein Privatleben mit Ihnen diskutieren möchte.«

»Aber Sie haben mir doch auch alle möglichen persönlichen Fragen gestellt.«

»Ich wollte nur wissen, warum Sie sich dazu entschlossen haben, sich hier mit Ihrer Praxis niederzulassen.«

Er lehnte sich vor und grinste. »Tatsächlich haben Sie mich nach den düsteren Geheimnissen meiner Vergangenheit gefragt. In meinen Ohren klingt das schon ziemlich persönlich.«

»Wenn Sie meinen. Sie haben sich entschieden, darauf zu antworten – ich hab mich entschieden, es nicht zu tun.«

Also eine Kratzbürste ist sie definitiv, dachte Stephen. Eine Herausforderung. Vielleicht brauchte er ja genau das in seinem Leben. Wenn er sich vorstellte, wie Nora sich ihm hingab und schnurrte wie ein Kätzchen, nachdem sie ihn zuvor nur angefaucht hatte, geriet nicht nur sein Blut in Wallung.

»Ich würde Sie gern wiedersehen«, erklärte er kurzerhand. »Wie wäre es mit einem Essen morgen Abend?«

Sie starrte ihn an, als wären ihm plötzlich Hörner und ein Stachelschwanz gewachsen. »Sie haben ja nicht alle Tassen im Schrank. Ich gehe nicht auf *Dates*.« Im letzten Wort schwangen zu gleichen Teilen Ungläubigkeit und Abscheu mit.

»Wieso nicht?«

Das war eine ganz einfache Frage, doch Nora klappte den Mund auf und zu, ohne etwas herauszubringen. Als schließlich doch ein Ton hervorkam, war es eher ein Stammeln als eine Antwort. Schließlich pfefferte sie schlicht ihre Serviette auf den Tisch, rutschte aus der Sitznische und hastete in Richtung Tür.

Stephen schaute ihr nach. Er war nicht auf der Suche nach der Liebe seines Lebens. Die hatte er bereits gefunden und wieder verloren. Allerdings musste er durchaus zugeben, dass er sich allein fühlte. Vielleicht war es an der Zeit, daran etwas zu ändern. Und da die kratzbürstige Miss Darby ebenso wenig auf der Suche nach etwas Dauerhaftem zu sein schien, konnten sie möglicherweise einen Weg finden, sich gegenseitig zu helfen.

Denn er hätte alles darauf verwettet, dass sie dank ihrer Keine-Dates-Regel auch auf bestimmte andere Vergnügungen verzichtete. Und allein an ihrer Art, sich zu bewegen, glaubte er abschätzen zu können, dass sie diese gewissen Vergnügungen sehr, sehr gut beherrschte.

Nora war zu angefressen, um schlafen zu gehen. Zu gern hätte sie ihre Laune hübscher betitelt – als »wütend« oder »aufgebracht« –, aber sie war schlicht und ergreifend angefressen. Wer war dieser Mann, dass er sich einbildete, er hätte das Recht, sie einfach ... sie ...?

Seufzend ließ sie sich auf das Sofa in ihrem Wohnzimmer fallen. Okay, er hatte sie einfach nur um ein Date gebeten. War das so furchtbar? Wurden nicht ständig Frauen von Männern zum Essen eingeladen?

Mag sein, dachte sie und bemühte sich, weiter angefressen zu sein, statt eine unvermutete Sehnsucht zuzulassen. *Aber mich laden keine Männer zum Essen ein.* Jedenfalls nicht mehr. Nicht bei der Art, wie sie ihnen verbal das Genick brach, und das mit Freuden. Nicht bei ihrem Ruf als schwieriges, stures Weib von der Sorte, die von ihrem Verlobten vor dem Altar stehen gelassen wurde.

Stöhnend drückte sie sich eins ihrer mit Blumen bedruckten Kissen an die Brust und barg das Gesicht darin. Das

Schlimmste an der Sache war, dass sie tatsächlich versucht gewesen war, Stephens Einladung anzunehmen. Einen kurzen Augenblick hatte sie überlegt, Ja zu sagen. Was völlig verrückt war.

Bloß dass … Nora rutschte nach unten, bis sie sich auf dem Sofa zusammenrollen konnte. Ein Teil von ihr hatte das Dinner mit Stephen genossen. Er schien sich von ihr nicht einschüchtern zu lassen, und wenn sie ehrlich war, kam sie nicht mehr viel vor die Tür. Nicht nur, weil sie grundsätzlich nicht auf Dates ging, sondern vor allem, weil ihre Freundinnen eine nach der anderen geheiratet und Familien gegründet hatten. Junge Mütter hatten keine Zeit für abendliche Restaurantbesuche, und Nora hatte mittags meist zu viel um die Ohren, um eine echte Pause zu machen.

»Dann suche ich mir eben neue Freundinnen«, nahm sie sich leise vor. »Freundinnen, die solo sind wie ich.« Sie schwor sich, diese geheimnisvollen Wesen gleich am nächsten Tag ausfindig zu machen – ungeachtet der Tatsache, dass die meisten Singlefrauen in Lone Star Canyon entweder unter zwanzig oder über fünfundsechzig waren.

»Und dann unternehmen wir Sachen miteinander, sodass ich es gar nicht nötig habe, Einladungen von einem Typen anzunehmen, der sich mit ›ph‹ schreibt statt wie jeder normale Mensch mit ›v‹. Einem Typen aus Boston – oder schlimmer noch, New Jersey.«

Als sie diesen Entschluss getroffen hatte, überlegte Nora, aufzustehen und sich bettfertig zu machen. Mit dem Tornado und ihrem Spontaneinsatz als Hilfskrankenschwester war heute ganz schön viel los gewesen, und sie war hundemüde. Schon fielen ihr die Augen zu, aber es war viel zu gemütlich, um sich jetzt zu rühren. Lieber würde sie …

Die Hände des Mannes waren warm, glatt und kräftig. Keine schlaffen Pfoten, sondern starke, schlanke Hände mit langen Fingern, die genau wussten, wo sie sie berühren mussten. Obwohl sie so wohlig auf dem Sofa eingekuschelt lag, ertappte Nora sich dabei, wie sie sich diesen Fingern entgegenreckte, die zuerst über ihren Arm wanderten, dann an ihrer Schulter hinauf. Ein Schauer erfasste ihren Körper, als sie seine Hitze auf ihrer nackten Haut spürte. Sie …

Nackte Haut? Nora öffnete die Augen und begriff, dass sie nackt auf ihrem Sofa lag. Und sie war nicht länger allein. Neben ihr hockte Stephen Remington. Anstelle von Stoffhose, Hemd und weißem Kittel trug er mittlerweile Jeans und einen Strickpullover. Viel zu viel Stoff, dachte sie benebelt.

»Erzähl mir von deiner Vergangenheit«, raunte er und küsste die empfindsame Haut dicht unter ihrem Ohr.

»Ich will nicht«, brachte sie mühsam heraus, irgendwo zwischen einem erotisierten Keuchen und einem leisen Lustschrei.

Seine starken Hände drängten sie, sich auf den Rücken zu drehen, und sie folgte der Aufforderung und warf das Kissen beiseite. Er küsste sie auf die Wange, aufs Kinn, doch als sie versuchte, die Lippen auf seine zu drücken, drehte er sich weg. Bevor sie protestieren konnte, umfasste er ihre Brüste. Mit Daumen und Zeigefinger neckte er die Spitzen, während sie sich an ihn schmiegte und leise aufschrie. Sie stand in Flammen. Wann hatte ein Mann sie das letzte Mal so berührt? Jedenfalls war es viel zu lange her. Der Nachteil eines Lebens ohne Männer ist das daraus resultierende Zölibat, dachte sie im Nebel lange unterdrückter Leidenschaft.

Währenddessen streichelte er weiter ihre Kurven und hauchte zarte Küsse auf ihren Bauch, dann glitt er weiter nach unten. Sie verlagerte das Gewicht, sodass er sie an ihrer intimsten Stelle küssen könnte. Eine Sekunde lang geschah nichts, dann spürte sie das perfekte Wunder, das seine Zunge vollbrachte, bis sie ihm das Becken entgegendrängte und verzweifelt seinen Namen rief. Sie verspannte sich und steuerte unaufhaltsam auf ihre Erlösung zu. Noch nie war sie so schnell so kurz davor gewesen zu kommen.

Doch bevor sie endgültig den Gipfel der Lust erklomm, hörte er auf. Sie schlug die Augen auf und starrte ihn ungläubig an. »Was ist los?«, fragte sie.

»Nichts.«

Gierig hob sie die Hand und berührte sein Gesicht, fuhr ihm mit den Fingern durchs Haar. Sie brannte, und wenn er nicht bald weitermachte, es zu Ende brachte, würde sie durchdrehen.

»Bitte«, hauchte sie und hielt ihn fest. »Nicht aufhören. Nicht.«

Abrupt schreckte Nora hoch. Sie lag noch immer auf dem Sofa eingerollt, das Kissen an den Bauch gedrückt. Für einen kurzen Moment war sie verwirrt, bis sie begriff, dass es nichts weiter als ein Traum gewesen war. Nur ein dämlicher Traum, der nicht das Geringste zu bedeuten hatte.

Sie setzte sich auf und registrierte, dass ihr Geist zwar verstanden haben mochte, dass sie nur geträumt hatte, ihr Körper allerdings weit begriffsstutziger war. Sie war aufs Äußerste erregt und hätte sich auf der Stelle dem Liebesspiel hingeben wollen. Und das ausgerechnet mit Stephen Remington. Wie konnte er es wagen, sich so in ihre Gedanken zu schleichen? Wie konnte er es wagen …?

Ihr entfuhr ein Stöhnen, als sie daran dachte, wie sein Mund sich auf ihrem Körper angefühlt hatte, dann erschauerte sie ein ums andere Mal. Nur ein paar Stunden hatte sie mit dem Kerl verbracht, und schon beherrschte er ihre Träume? Was war hier los?

Nora schwor sich: Was auch immer es sein mochte, sie würde das Problem ausfindig machen und es beseitigen. Sie hatte kein Interesse an einem Mann in ihrem Leben. Weder jetzt noch sonst irgendwann. Männer waren nervig, schwierig und nichts für sie. Nicht einmal Dr. Stephen Remington.

3. Kapitel

»Sie hatte ich hier nicht erwartet.«

Beim Klang der allzu vertrauten Stimme erstarrte Nora. Es war die Stimme des Mannes, der sie in den beiden vergangenen Nächten im Schlaf heimgesucht, ihre Ruhe gestört und sie mit heißen Küssen und erotischen Berührungen überfallen hatte, die sie beim Aufwachen erregt und frustriert zurückließen.

Ohne ihm Beachtung zu schenken, fokussierte sie sich auf ihre Kundin – eine alte Dame, die auf dem Sessel in einem Hinterzimmer des Seniorenheims von Lone Star Canyon ausgestreckt lag, den Nacken auf den Rand der Shampooniersschüssel gestützt.

»Lenken Sie sie ja nicht ab«, tadelte Mrs. Bailey ihn mit zittriger Stimme. Die zerbrechlich wirkende weißhaarige Dame war schon fast neunzig Jahre alt. »Nora hat zu tun, sie muss mich schön machen. Und das dauert mittlerweile länger als noch seinerzeit.«

»Nicht im Traum würde ich mir einfallen lassen, mich zwischen eine Dame und ihre Schönheit zu stellen«, versicherte er ihr. »Ich wollte nur meiner Lieblingsfriseurin Hallo sagen.«

Nora steckte mit beiden Händen in eingeschäumten Haaren, konnte aber nicht anders, als einen kurzen Blick zu Stephen hinüberzuwerfen, der am Türrahmen des kleinen Zimmers lehnte. Heute trug er ein sandfarbenes Hemd und eine braune Stoffhose unter dem weißen Kittel, und seine dunklen Augen funkelten amüsiert. Als würde er ahnen, dass sie die letzten zwei Nächte von ihm geträumt hatte.

»Wohl kaum«, murmelte sie und bezog sich dabei eher auf seine Fähigkeiten, Gedanken lesen zu können, als auf die Aussage, sie sei seine Lieblingsfriseurin.

»Aber es stimmt«, protestierte er. »Sie sind die einzige Friseurin, die ich kenne.«

Beinahe hätte sie angesichts des schelmischen Kommentars aufgelacht. »Na, Sie sind ja ein ganz Schlauer. Wie außerordentlich lustig. Ein Wunder, dass ich noch aufrecht stehen kann und mich nicht schüttele vor Lachen. Himmel, Doc, wenn das mit der Medizin nicht klappt, könnten Sie immer noch Karriere als Stand-up-Comedian machen.«

Er rührte sich nicht vom Fleck. Schlimmer noch, er nahm ihre Tirade hin, ohne mit der Wimper zu zucken. »Ist Ihnen das Wort ›Overkill‹ ein Begriff, Nora?«

»Nein. Manche Dinge können gar nicht tot genug sein.«

Damit schenkte sie ihm ein falsches Lächeln und drehte das Wasser auf. Als die feine Brause die richtige Temperatur erreicht hatte, spülte Nora sich die Hände ab, dann wusch sie sorgfältig das Shampoo aus Mrs. Baileys weißen Locken.

»Ich würde gern mit Ihnen sprechen, bevor Sie gehen«, erklärte er und hob dabei die Stimme, um das Wasser zu übertönen.

Sie spürte den starken Drang, ihm zu entgegnen, ihr sei egal, was er vorhatte, aber sie wollte nicht wie ein bockiges Kleinkind klingen. Also nahm sie die Information mit einem Achselzucken hin und spürte dann mehr, als zu sehen, dass er den Raum verließ.

»Warum mögen Sie Dr. Stephen nicht?«, fragte Mrs. Bailey, als Nora ihr ein Handtuch um den Kopf wickelte und ihr half, sich wieder aufrecht hinzusetzen. »Er ist so ein netter Mann. Außerdem ist er wirklich ein flotter Feger.« Blinzelnd schaute Mrs. Bailey mit ihren blassblauen Augen zu Nora auf und lächelte. »Ihr jungen Leute von heute würdet wohl eher sagen, er ist heiß.«

Nora rümpfte die Nase. »*Ich* sage gar nichts über das Erscheinungsbild unseres guten Doktors. Er entspricht sicher ganz den Erwartungen, aber ich bin nicht an ihm interessiert.«

»Nora, Sie können sich doch nicht ewig vor der Männerwelt verstecken.«

»Wieso nicht?« Bisher hatte es gut funktioniert – wären da nicht diese verflixten erotischen Träume gewesen.

»Weil Sie eine schöne junge Frau sind, die längst verheiratet sein und in der Kinderplanung stecken sollte.«

Bei den Worten der alten Dame verspürte Nora einen winzigen Stich. »Gegen Kinder hätte ich nichts«, gestand sie ehrlich. »Darüber würde ich mich sogar riesig freuen. Nur gegen den Mann, der dafür nötig wäre, hab ich was.«

»So schlimm sind Männer nun auch wieder nicht.«

»Eine Schalentier-Allergie auch nicht, aber das heißt noch lange nicht, dass ich gern eine hätte.«

Mrs. Bailey lachte in sich hinein. »Nora Darby, Sie kleiner Witzbold. Merken Sie sich meine Worte: Eines Tages werden Sie einem Mann begegnen, der Sie umhaut. Sie werden Ihr Herz an ihn verlieren – und was dann?«

»Dann renne ich um mein Leben.«

»Nein, dann werden Sie überglücklich sein.«

Es klopfte leise, und Stephen schaute von seinem Schreibtisch in dem provisorischen Büro auf, das man ihm im Seniorenheim zur Verfügung gestellt hatte. Mit finsterer Miene und sichtlich verärgert starrte Nora Darby auf ihn herab. Schon jetzt hatte sie die Krallen ausgefahren, denn offensichtlich erwartete sie, von ihm beleidigt zu werden.

Stephen musste ein Grinsen unterdrücken. Nora war die heißeste Frau, die er je gesehen hatte – jedenfalls live und in Farbe. Ein paar Jugendfantasien hatten durchaus in derselben Liga gespielt. Heute trug sie ihre dunklen Locken zu einem hohen Pferdeschwanz gebunden. Bis in den Nacken ergoss sich ihre Mähne, wo sie ihre zart gebräunte Haut kitzelte. In den letzten Tagen hatten draußen an die dreißig Grad geherrscht – nicht ungewöhnlich für den Frühling in Texas, wie man ihm gesagt hatte. Der Hitze wegen – oder vielleicht auch nur, um ihn zu quälen – trug Nora heute ein knappes Shirt mit kurzen Ärmeln, dessen unfassbar verlockende Knöpfchen sich vom Tal zwischen ihren Brüsten bis hinunter zum Bündchen zogen. Der tiefsitzende Jeansrock darunter entblößte zarte Haut, und eine Etage tiefer steckten lange gebräunte Beine in abgetragenen Cowboystiefeln.

»Was wollen Sie?«, fragte sie und verschränkte die Arme unter dem Busen. Die Bewegung ließ das Oberteil höherrutschen und gab so noch mehr von ihrem Bauch frei.

Nora Darby hat einen Körper, der wie für die Sünde gemacht ist, stellte er für sich fest und merkte, wie ihm heiß wurde. Er hatte so lange kein Verlangen mehr nach einer Frau verspürt, dass er angenommen hatte, dieser Teil von ihm sei gestorben … oder zumindest eingefroren. Doch offenbar hatte es nur die richtige Inspiration gebraucht, um wieder Leben in die Bude zu bringen.

»Sie sehen heute echt scharf aus.« Bewundernd ließ er den Blick über sie gleiten.

Genervt verdrehte sie die Augen. »Sie wollten ja wohl kaum über mein Aussehen mit mir sprechen. Und da wir gerade beim Thema sind … Ich kann es gar nicht haben, wenn man mich ins Allerheiligste zitiert. Ich bin nicht Ihre Angestellte.«

»Ich habe Sie nicht herzitiert«, entgegnete er, »sondern freundlich gebeten, zu mir zu kommen.« Er deutete auf den Stuhl vor seinem Schreibtisch.

Geflissentlich ignorierte sie die Einladung und blieb an der Tür stehen. »Sie haben aber nicht Bitte gesagt.«

Diese Frau war eine echte Herausforderung – nur mit Mühe verkniff er sich ein weiteres Grinsen. Verdammt, bei ihr fühlte er sich so lebendig und aufgekratzt wie ein Sechzehnjähriger, der heimlich das Cheerleader-Training beobachtet.

»Bitte«, sagte er, erhob sich und trat um den Schreibtisch herum, um sich hinter dem Stuhl zu postieren. »Es wäre mir eine große Ehre, wenn Sie so gut wären, mir ein paar Minuten Ihrer Zeit zu schenken.«

Sichtlich verärgert zog sie die Augenbrauen zusammen, warf jedoch den Kopf in den Nacken und marschierte zum Stuhl. Als sie sich darauf fallen ließ, ging auch er zurück zu seinem Platz.

»Ich mag Sie nicht«, erklärte Nora, bevor er ein anderes Thema anschneiden konnte. »Die ganze Stadt haben Sie schon davon überzeugt, dass Sie ein wundervoller Arzt sind, so freundlich, so gut aussehend. Nicht ein Wort glaube ich davon.«

Sie ist in der Defensive, dachte er zufrieden. *Also fühlt sie sich bedroht.* Ging er ihr unter die Haut? Vielleicht war er mit seiner körperlichen Reaktion auf sie nicht ganz so allein wie gedacht.

»Danke für Ihre Ehrlichkeit«, antwortete er, lehnte sich vor und ließ die Hände auf dem Tisch ruhen. »Worüber ich mit Ihnen reden wollte, sind die Frauen, die Sie bei Ihren Besuchen hier betreuen.«

Er konnte ihr ansehen, was sie dachte – so glasklar, als stünde es ihr auf der Stirn geschrieben. Es verunsicherte sie, dass er ihren Kommentar über ihre Abneigung ihm gegenüber ignorierte. Sie hatte eine Reaktion erwartet – vielleicht dass er seine Arbeit hier verteidigte. Aber er empfand Nora nicht als Bedrohung, eher das Gegenteil. Warum auch immer sie die Prinzessin auf der Erbse mimte: Es machte ihm nichts aus, wenn sie nach einem Drehbuch handelte, solange sie von ihm nicht dasselbe erwartete.

»Was ist mit meinen Kundinnen hier?«, hakte sie mit leicht schriller Stimme nach. »Sie halten meine Besuche sicher für albern oder Zeitverschwendung. Sie glauben, das sind doch nur alte Frauen, bei denen es keinen mehr interessiert, ob sie sich die Haare machen oder die Fingernägel lackieren lassen.« Ihre schönen braunen Augen funkelten leidenschaftlich, während sie abfällig die Mundwinkel herunterzog. »Ich habe ja vielleicht keinen Doktortitel, Dr. Remington, aber mit Menschen kenne ich mich aus. Vor allem mit Frauen. Und ob sie nun zehn oder hundert sind, ihr Aussehen ist ihnen wichtig. Wenn sie sich hübsch fühlen, dann erinnert sie das daran, dass sie am Leben sind, und zwar auf gute Weise, wie es Schmerz und Krankheit niemals könnten. Ich komme jede Woche hierher, ich habe meine Stammkundinnen. Diese Frauen sind mir wichtig. In gewisser Weise gehört das zu meiner Dienstleistung dazu. Es geht dabei nicht bloß um Lockenwickler und Nagellack, auch das Zwischenmenschliche ist sehr wichtig. Den Frauen das Gefühl zu geben, dass jemand weiß, wer sie sind. Dass jemandem etwas an ihnen liegt.«

Während sie sich in Rage redete, atmete sie immer heftiger, was ihren Busen auf höchst provokante Weise auf und ab hüpfen ließ. Fast hätte es Stephen von dem abgelenkt, was sie sagte. Fast, aber nicht ganz.

»Hören Sie auf, immer gleich vom Schlimmsten auszugehen, Sie kleine Wildkatze«, sagte er ruhig. »Ich kritisiere oder verurteile Sie nicht im Geringsten. Als Arzt ist mir wohl bewusst, wie wichtig es ist, einen Patienten nicht bloß körperlich, sondern auch seelisch zu betreuen. Ich bewundere Ihren Einsatz hier und befürworte ihn von ganzem Herzen. Sollte eine Ihrer Kundinnen hier einmal kein Geld fürs Waschen und Legen haben – oder was auch immer Sie hier machen –, dann würde ich Sie bitten, mir das zu sagen. Sicher wird sich da eine finanzielle Unterstützung arrangieren lassen.«

Sie blinzelte. »Oh.«

»Ja, ›oh‹. Außerdem würde ich Sie bitten, mir Bescheid zu geben, falls unter Ihrer Kundschaft jemand niedergedrückt oder lethargisch wirkt. Meine Patienten liegen mir am Herzen, und ich möchte über jede Veränderung ihres Gesundheitszustands informiert sein. Vor allem bei denen hier im Seniorenheim.«

Mit zusammengepressten Lippen nahm sie seine Worte in sich auf. Dann räusperte sie sich. »Das kriege ich hin.«

Stephen erhob sich. »Was denn? Keine schlagfertige Retourkutsche, keine beißende Bemerkung?«

Sie weigerte sich, seinem Blick zu begegnen. Stattdessen schien sie die Brusttasche seines Kittels zu fixieren. »Im Augenblick nicht.«

Er verspürte den schier übermächtigen Drang, um den Schreibtisch herumzumarschieren und sie zu küssen. Einfach die Hand an ihre Wange zu legen und sie zu knutschen, bis sie beide außer Atem waren. Aber das ging nicht. *Noch* nicht.

»Schade«, sagte er leise und meinte damit genauso sehr den Kuss, der nicht stattfinden würde, wie den Mangel an Gegenwind. »Nächstes Mal vielleicht.«

Wie ein Karpfen starrte sie ihn mit offenem Mund an. Er nutzte die Gelegenheit, sich zu verdünnisieren, solange sie noch unter Schock stand, und lachte noch den ganzen Weg bis zum Auto in sich hinein.

»Das ist Erpressung«, grummelte Nora leise, als sie ein paar Tage später auf der großen Hoffläche des Haupthauses der Darby-Ranch vorfuhr.

Ihre Mutter hatte sie zum Essen eingeladen, und als Nora versucht hatte, sich herauszuwinden, hatte Hattie sie informiert, es sei eine Pflichtveranstaltung. Nur Tod und amputierte Gliedmaßen zählten als Entschuldigung für ein Fernbleiben. Zweifelnd warf Nora einen Blick auf den eingerissenen Ringfingernagel an ihrer linken Hand. Den würde ihre Mutter als Ausrede wohl kaum gelten lassen, und so saß Nora nun hier in der Patsche.

Sie parkte neben Katies Explorer. Seit einem guten Monat lebten Katie und ihr Sohn Shane nun schon auf der Ranch. Nora stieg aus dem Wagen und runzelte die Stirn. Eigentlich hatte Katie hier nur vorübergehend unterschlüpfen sollen, bis ihr neues Haus fertiggestellt wäre. Sollte das nicht mittlerweile so weit sein? Vielleicht könnten die zwei Fitzgeralds die Darby-Ranch verlassen und in ihr eigenes Zuhause ziehen.

Wäre das nicht schön? Oder Katie könnte Shane hierlassen. Das wäre sogar noch besser.

Zufrieden mit dieser Vorstellung lief Nora die Treppe hinauf und trat ins Haus. »Hi«, rief sie, als sie ins Wohnzimmer kam. »Ich bin's.«

Eigentlich hatte sie mehr sagen wollen, ihre Mutter in die Arme nehmen und vielleicht ihren Bruder ein bisschen aufziehen wollen, aber im nächsten Moment war ihr Gehirn wie leer gefegt. Eben noch im Vollbesitz ihrer geistigen Kräfte, hatte sie sich völlig unvermittelt in eine sabbernde Idiotin verwandelt. Und das nur, weil Stephen Remington am Kamin stand, in der Hand eine Dose Bier, und aussah, als würde er genau dort hingehören. Zweifellos war das einer der aussichtslosen Versuche ihrer Mutter, sie zu verkuppeln. Nora nahm niemanden sonst im Raum wahr.

Das Herz begann ihr in der Brust zu hämmern, ihre Knie wurden weich, und plötzlich schien es ungefähr zehn Grad wärmer zu sein. Allein Stephens Anblick reichte aus, um ihr die erotischen Träume ins Gedächtnis zu rufen, die sie immer noch plagten. Träume, die sie einfach nicht zum Verstummen bringen konnte. Nacht für Nacht verlor sie sich in sinnlichen Genüssen, fühlte sich von ihm berührt, flehte ihn an, sie zu lieben. Und jeden Morgen wachte sie höchst erregt, unbefriedigt und verwirrt wieder auf.

»Hallo, Nora«, begrüßte ihre Mutter sie warmherzig, stand auf und breitete die Arme aus. »Du siehst bezaubernd aus wie immer.«

Automatisch trat Nora nach vorn und umarmte ihre Mutter, dann half sie ihr zurück auf ihren Platz. »Wie geht es dir?«

Vor einigen Wochen war Hattie bei einem Hindernisrennen auf dem Grillfest eines Freundes vom Pferd gestürzt. Ihre

Verletzungen hatten eine Operation und langwierige Physiotherapie nach sich gezogen, die immer noch nicht beendet war. Nora und ihr Bruder Jack waren hin- und hergerissen zwischen Bewunderung für den Lebensdurst ihrer über fünfzigjährigen Mutter und Frustration darüber, dass sie derartige Risiken einging. Andererseits hatte Hattie noch nie nach jemandes Pfeife getanzt.

»Mir geht's blendend«, sagte sie nun und klopfte auf das Polster neben sich. »Nur noch einmal die Woche Physiotherapie, und Ende des Monats sitze ich wieder auf dem Pferd.«

»Auf dem Pferd? Das kann doch nicht dein Ernst sein.«

Mit einem Nicken begrüßte Nora auch ihren Bruder, der auf dem Sofa gegenüber saß, dann richtete sie ihre Aufmerksamkeit auf die Frau neben ihm. Katie Fitzgerald war eine zierliche, hübsche Blondine. Als Jugendliche hatte Nora sämtliche Jungs überragt und das Gefühl gehabt, nie irgendwo hineinzupassen. Die perfekte Katie Fitzgerald hingegen hatte im Zentrum der Aufmerksamkeit gestanden, war klug *und* beliebt gewesen. In Gegenwart der anderen Frau kam Nora sich immer noch vor wie ein staksendes Fohlen.

»Darf meine Mutter denn so schnell schon wieder reiten?«, fragte sie.

Katie grinste. »Glaubst du ernsthaft, sie würde auf mich hören? Ich bin bloß ihre Physiotherapeutin. Hattie hat ihren eigenen Kopf, das weißt du genauso gut wie ich.«

Seufzend musste Nora ihr recht geben und tätschelte ihrer Mutter die Hand. »Aber bitte sei vorsichtig, okay?«

»Sie könnten *mich* bitten, ihr davon abzuraten«, meldete sich Stephen von seinem Platz am Kamin zu Wort. »Immerhin bin ich ihr Arzt.«

Am liebsten hätte Nora zurückgefeuert: »Erinnern Sie mich bloß nicht daran«, aber das hätte zu kindisch geklungen. »Ich werde wohl darauf vertrauen müssen, dass meine Mom diesmal vorsichtiger ist«, sagte sie stattdessen und mied dabei Stephens Blick.

Sie hasste es, dass sie sich ernsthaft davor fürchtete, mit dem Mann zu reden. Als würde sie unweigerlich preisgeben, was in ihrem Kopf vorging, wenn sie sich auf ein Gespräch mit ihm einließ. Als sie sich im geräumigen Wohnzimmer umsah, entdeckte sie Katies Sohn Shane in einem Sessel am Fenster, wo er mit einer tragbaren Konsole in ein Videospiel vertieft war.

Sie stand auf und ging zu ihm. Als sie näher kam, schaute der blonde blauäugige Junge zu ihr auf. Die kleine Brille war ihm tief auf die Nase gerutscht. Automatisch schob er sie hoch, dann hielt er ihr die Konsole entgegen.

»Retten wir wieder das Universum?«, fragte sie, bevor sie das Spiel nahm und sich neben dem Jungen auf dem Boden niederließ.

»Yep. Aber ich hab schon richtig viele Punkte.«

Sie zog die Augenbrauen in die Höhe. »Und du glaubst, das kann ich nicht schlagen?«

Shane grinste. »Nie im Leben. Du bist erwachsen *und* ein Mädchen.«

»Vorsicht mit den Mädchen-Beleidigungen«, warnte ihn Stephen. »Darauf ist Nora gar nicht gut zu sprechen.«

»Ignorier ihn einfach«, flüsterte Nora und drückte ein paar Knöpfe. »Ist das der Moment, in dem ich dich daran erinnere, dass ich es in diesem Weltraumkriegerspiel auf ein höheres Level schaffe als du?«

»Ein paarmal bloß«, protestierte Shane.

»Hmm, verstehe. Und wie oft haben wir das noch mal gespielt?«

Shane lehnte sich vor und stützte den knochigen Ellbogen auf ihrer Schulter ab. »Dreimal vielleicht.«

»Und bei wie vielen von diesen Spielen hab ich dich geschlagen?«

»Bei allen dreien.«

»Willst du immer noch behaupten, Mädchen hätten's nicht drauf?«

Er kicherte. »Aber das zählt doch nicht.«

»Ach, ist das so?« Damit warf sie das Gerät in die Polster, fuhr herum und begann, den Jungen durchzukitzeln. »Also ich sage, das zählt eine Menge, junger Mann. Ich korrigiere mich: Das zählt mehr als alles andere.«

Shane warf sich auf dem Sessel zurück, während er lachend und kreischend versuchte, ihre Finger von seinen Rippen fernzuhalten, um sich dann zu beschweren, als sie aufhörte. Schließlich rutschte er vom Sessel und machte es sich auf ihrem Schoß gemütlich. Katies Beziehung zu ihrem Bruder mochte Nora ja mit gemischten Gefühlen gegenüberstehen, aber was Katies Sohn anging, war sie sich hundertprozentig sicher. Nora vergötterte Shane.

Die restlichen Erwachsenen unterhielten sich derweil über die Aufräumarbeiten nach dem Tornado. Nora schloss Shane in die Arme und ließ den Blick durchs Zimmer wandern. Noch gut konnte sie sich an die Zeit erinnern, als die Möbel schäbig und abgewetzt gewesen waren und Hattie jeden Cent dreimal hatte umdrehen müssen. Das hatte sich in den letzten Jahren geändert. Dank Jacks geschäftstüchtigem Management und einer neu entdeckten Ölquelle auf den Ländereien hatte auch Familie Darby endlich vom Wohlstand kosten dürfen.

Mittlerweile war ein Großteil des alten Hauses renoviert, einschließlich des Parketts in diesem Raum und der gesamten Küche. Wacklige Möbel waren ersetzt worden. Es freute Nora, dass endlich genug Geld auf den Konten war, um die Ranch auch in zukünftigen Notzeiten über Wasser zu halten. Außerdem hatten Jack und Hattie für alle sieben Darby-Kinder – die außer Jack und Nora weit verstreut waren – Treuhandfonds eingerichtet. Nora war bereits zur Entnahme ihres Anteils berechtigt, aber sie hätte gar nicht gewusst, wofür sie das Geld ausgeben sollte. Also hatte sie beschlossen, ihr finanzielles Polster auf der Bank zu lassen, wo es fleißig vor sich hin wachsen konnte.

Ihr Bruder warf Katie einen wissenden Blick zu, dann erhob er sich und verließ das Zimmer. Nora schaute ihm hinterher. Irgendwas ist da im Busch, dachte sie und fragte sich, was für Geheimnisse Katie und Jack wohl miteinander hatten.

Jede Menge, wie ihr kurz darauf aufging, als Jack mit einer Flasche gut gekühlten Champagners und einer kleineren Flasche Apfelschorle zurückkehrte. Schnell zauberte Hattie ein Tablett mit Champagnerflöten hervor.

»Wir haben euch etwas mitzuteilen«, erklärte Jack und reichte Katie die Hand, um ihr aufzuhelfen. Zärtlich legte er den Arm um sie und sah ihr verliebt in die großen blauen Augen.

Grinsend drehte Shane sich zu Nora um. Er vibrierte förmlich vor Freude. »Sie wollen heiraten«, flüsterte er nicht eben leise.

Sämtliche Erwachsenen außer Nora lachten. Nicht dass sie direkt … unglücklich gewesen wäre … Sie wusste nur einfach nicht, *was* sie eigentlich empfand.

»Ganz genau«, bestätigte Jack. »Katie hat mir die große Ehre erwiesen, meinen Antrag anzunehmen. Sie wird meine Frau werden – und Shane mein Sohn.«

Der Junge sprang von Noras Schoß zu Jack, der ihn auffing und fest an sich drückte. Einen Moment lang kämpfte Hattie mit der Champagnerflasche, bis Stephen einsprang und gekonnt den Korken ploppen ließ.

»Das Beste daran ist, dass ich ein neues Haus bekomme«, verkündete Hattie und hielt Stephen das Tablett hin, damit er die Gläser füllen konnte. Katie schenkte ihrem Sohn Apfelschorle ein.

»Die beiden werden hier wohnen«, fuhr Noras Mutter fort, »und ich lasse mir ein reizendes kleines Häuschen ganz für mich allein bauen.«

»Klingt toll«, behauptete Nora, auch wenn sie immer noch nicht sicher war, was sie von der ganzen Angelegenheit halten sollte.

Sie starrte ihren Bruder und seine Verlobte an, die einander verträumt in die Augen sahen. Heiraten? Eine Fitzgerald? Das konnte Jack doch unmöglich ernst meinen. Nora seufzte. Natürlich konnte er das. Ihr war nicht entgangen, wie die beiden einander anblickten. Katie und Jack machten einander wirklich glücklich. Es wäre verrückt gewesen, so etwas sausen zu lassen.

Rasch rappelte Nora sich auf und nahm den Champagner entgegen, den Hattie ihr reichte, dann erhob sie das Glas, als Stephen einen Toast auf das glückliche Paar aussprach. Das kühle Nass kribbelte ihr auf der Zunge, aber Nora nahm das liebliche Aroma gar nicht richtig wahr.

»Kommen Sie damit klar?«, erkundigte Stephen sich, der neben sie trat. »Sie sehen ein bisschen geschockt aus.«

Normalerweise hätte sie ihm gesagt, er solle sich um seine eigenen Angelegenheiten kümmern, oder ihm eine schlagfertige Erwiderung um die Ohren gehauen, aber sie war noch immer dabei, die Neuigkeit zu verarbeiten.

»Mir geht's gut«, antwortete sie langsam. »Ich bin nur überrascht, auch wenn ich das wohl eigentlich nicht sein sollte. Katie wohnt schon seit mehreren Wochen auf der Ranch, und es ist unübersehbar, dass die beiden einander etwas bedeuten.«

»Es macht Ihnen also nichts aus, dass Ihr Bruder heiratet?«

Sie starrte ihr Gegenüber an. Ausnahmsweise gelang es ihr, die Hitze zu ignorieren, die ihren Körper erfasst hatte – und die Tatsache, dass sie genau wusste, wie er sie berühren und küssen würde, sollten sie je miteinander schlafen.

»Ich bin doch keine Hexe«, entgegnete sie. »Ich wünsche Jack alles Glück der Welt. Das hat er verdient. Und Katie ist sehr nett. Ich weiß, dass sie ihm guttut, und Shane ist ein Goldschatz.«

»Aber sie ist eine Fitzgerald.«

»Niemand ist perfekt.«

Das entlockte Stephen ein Lächeln. Ein träges Männerlächeln, das ihr bewusst machte, wenn er auch nur eine Winzigkeit näher käme, könnte er ihre nackten Arme berühren und sie womöglich sogar küssen. Ihr stockte der Atem, als sie sich vorstellte, wie es sich wohl anfühlen würde, seine Haut tatsächlich auf ihrer zu spüren, nicht bloß in ihren Träumen.

Bei dem Gedanken wurde ihr der Mund trocken. Ihre Beine zitterten, und in ihrem Unterleib breitete sich definitiv eine gewisse Wärme aus.

»Nora?«

Beim Klang ihres Namens drehte sie sich um und sah, dass Katie neben ihr aufgetaucht war. Die zierliche blonde Katie in einem hübschen blauen Kleidchen – die perfekte Porzellanpuppe. Nora seufzte. Sie war groß und würde es immer sein. Manchmal gefiel es ihr sogar. Wenn es nur nicht so viele abgebrochene Gartenzwerge gäbe.

»Ich freu mich für euch«, sagte Nora rasch. »Ganz ehrlich. Ich bin kein böser Mensch, nur manchmal ein bisschen kratzbürstig.«

Dankbar lächelte Katie sie an. »Ich weiß, zwischen unseren Familien ist nicht immer alles eitel Sonnenschein gewesen.«

»Wohl wahr. Über hundert Jahre Blutfehde.«

»Ich hoffe, das findet endlich ein Ende.« Katies Miene wurde ernst. »Ich wünsche mir, dass wir Freundinnen werden.«

Überrascht stellte Nora fest, dass sie sich das ebenfalls wünschte. Als wäre ihre Familie nicht schon groß genug. »Klingt gut«, murmelte sie und musste sich räuspern.

»Was das Haus angeht … Eigentlich wollten Jack und ich sein Haus wieder aufbauen. Ich meine, ich weiß, dass ich nicht hierhergehöre. Da Jack hier auf der Ranch leben muss, werde ich mein eigenes Haus verkaufen.« Jetzt räusperte sich auch Katie. »Die Sache ist bloß die – Hattie hat beschlossen, dass sie gern ein eigenes kleines Häuschen hätte. Sie hat darauf bestanden, dass Jack, Shane und ich hier einziehen.« Katies Finger schlossen sich fester um ihr Glas. »Ich bin da irgendwie reingeraten.«

Nora berührte die kleinere Frau an der Schulter. »Hör auf damit. Du heiratest den ältesten Darby, das macht dieses Haus zu deinem Zuhause. So ist es schon immer gewesen, Katie, das weißt du doch. Und was Hattie angeht – würde meine Mutter nicht wirklich ein nagelneues Häuschen ganz für sich allein haben wollen, dann könnten keine zehn Pferde sie hier rauszerren. Das weißt du genauso gut wie wir.«

»Und es macht dir wirklich nichts aus?«

»So gern ich den Titel auch hätte, ich bin nicht die Königin der Welt. Ich wünsche mir, dass ihr zwei glücklich miteinander seid. Das meine ich ehrlich.«

»Gut.« Katie lächelte wieder. »Die Hochzeit wird relativ bald sein, wir wollen keine lange Verlobungszeit. Außerdem wollen wir auch kein großes Aufhebens darum machen, deshalb belassen wir es beim kleinen Kreis – nur enge Freunde und Verwandte. Mein Vater war nicht besonders erfreut von der Nachricht, deshalb bin ich mir nicht so sicher, ob er kommt, aber der Rest meiner Familie wird da sein.«

Mehr musste Katie nicht sagen, denn Nora wusste genau, was ihre zukünftige Schwägerin damit meinte. Auch Katies ältester Bruder David Fitzgerald würde auf der Hochzeit sein.

»Ich bin schon groß«, erklärte Nora mit einer Leichtigkeit, die sie ganz und gar nicht empfand. »Mit David komme ich schon klar.«

Bevor Katie darauf etwas erwidern konnte, rief Jack sie zu sich. Nora beobachtete, wie das Paar dicht beieinanderstand, als wären beide schon immer zusammen gewesen. Sie seufzte. »Ich glaube, die zwei werden richtig glücklich miteinander.«

»Ja, da haben Sie wohl recht.«

Es überraschte sie, Stephens Stimme zu hören. Sie hatte ganz vergessen, dass er neben ihr stand. Jetzt trat er etwas näher zu ihr, was bedeutete, dass sie beinahe seine Körperwärme spürte.

»Das war nett von Ihnen«, sagte er leise. »Katie hatte Angst, Sie könnten wütend über die Verlobung und die Sache mit dem Haus sein.«

Nora verzog das Gesicht, antwortete jedoch nicht. Wegen ihrer Arbeit als Physiotherapeutin hatte Katie viel und regelmäßig mit Stephen zu tun. Natürlich unterhielt man sich da auch mal über Privates.

»Katie macht meinen Bruder glücklich. Mehr wünsche ich mir gar nicht.«

»Und für Sie ist das alles wirklich in Ordnung?«

»Wie gesagt, ich finde es wundervoll. Jack wird Katie ein toller Ehemann und Shane ein noch besserer Vater sein.«

Da tat Stephen das Undenkbare. Er legte wahrhaftig den Arm um Nora. In ihrer Verblüffung wäre ihr beinahe das Champagnerglas aus den Fingern gerutscht.

»Jetzt, wo wir das geklärt hätten«, bemerkte er im Plauderton, als würde er ihr ständig so nahe kommen, »beantworten Sie mir noch eine Frage: Wer ist David?«

4. Kapitel

Stephen versuchte, nicht zu viel in die Situation hineinzuinterpretieren, aber Nora war eindeutig in seiner Umarmung erschauert. Noch immer spürte er das leichte Zittern, das sie durchlief, während er sie weiter locker im Arm hielt. Ihm gefiel der Gedanke, dass er sie nervös machte. So aufmüpfig und kratzbürstig sie sich auch geben mochte, war sie doch offenbar nicht immun gegen ihn. Ihm wurde klar, dass er nicht wollte, dass sie einfach ihrer Wege ging, ohne einen Gedanken an ihn zu verschwenden. Nicht wenn sie *ihm* ständig im Kopf herumspukte.

Nachdem er zwei Jahre lang von keiner Frau Notiz genommen hatte, war er sich der, die jetzt an seiner Seite stand, voll bewusst. Der dezente Duft ihres Parfüms lockte ihn, ihr noch näher zu kommen. Heute trug sie ein pastellgelbes schulterfreies Sommerkleid, und er verspürte den Drang, den Reißverschluss zu ertasten und langsam hinunterzuziehen, bis das freizügig geschnittene Kleid auseinanderklaffte. So langsam erwachte er wieder zum Leben, und das gefiel ihm, auch wenn er diese Reaktion nur bei Nora zeigte. Keine andere Frau hier hatte bisher sein Interesse wecken können.

Für einen kurzen Moment lächelte sie ihn verlegen an, dann trat sie zur Seite, um sich aus seiner Umarmung zu befreien. In ihren hochhackigen Sandaletten war sie beinahe so groß wie er. Das herrliche dunkelbraune Haar trug sie zum Zopf geflochten, ihre Augen waren groß und wirkten mysteriös, ihre Lippen waren leicht geöffnet und verlockend.

»Was wollen Sie über David wissen?«, fragte sie, und ihre Stimme klang ein wenig schrill. Dabei sah sie sich im Raum um, als wäre ihr unwohl bei dem Gedanken, wer ihrem Gespräch lauschen mochte. Aber Jack unterhielt sich gerade mit Shane, während Hattie und Katie in ein Brautmagazin vertieft waren.

David? Welcher David? wunderte sich Stephen. Dann fiel ihm wieder ein, dass er ihr ja eine Frage gestellt hatte. Schon lustig, dass sie ganz offensichtlich all seine Schaltkreise frittierte, wenn er ihr nah war und sie berührte, ganz egal, wie beiläufig es sein mochte.

»Ahh. Katies Worte waren: ›Der Rest meiner Familie wird da sein‹«, rekapitulierte er leise. »Worin die Andeutung lag, das könnte ein Problem darstellen. Daraufhin meinten Sie, mit David kämen Sie schon klar. Also, wer ist David?«

»Oh.« Sie verschränkte die Arme unter ihren Brüsten, was zur Folge hatte, dass sie ihm ein beeindruckendes Dekolleté präsentierte. Nora war nicht einfach nur sexy, nein, sie war die berühmte »Waffe, für die es keinen Waffenschein gibt«. Jetzt seufzte sie. »Na ja, eigentlich kann ich es Ihnen auch gleich erzählen, bevor Sie es von jemand anderem hören und eine völlig verdrehte Version vorgesetzt bekommen.«

»Und warum sollte mir jemand anders von David erzählen?«

Sie blickte ihn an, als hätte er nicht alle Tassen im Schrank. »Weil mein Bruder eine Fitzgerald heiratet. Das wird zu allen möglichen Spekulationen führen, und die Leute werden sämtliche alte Kamellen wieder hervorkramen.«

»Wohl wahr. Also, was steckt dahinter?«

»David Fitzgerald ist Katies großer Bruder«, erklärte sie und ließ sich aufs Sofa sinken. Er machte es sich neben ihr bequem, nicht so dicht, wie er es gern gehabt hätte, aber immer noch nah genug, um ihren Duft zu genießen, ohne in Ohrfeigenreichweite zu sein. »In der Highschool bin ich mit ihm zusammengekommen.«

Es dauerte einen Moment, bis die Information zu ihm durchdrang. »Sie waren mit einem Fitzgerald zusammen?«

Mit der Frage war er lauter herausgeplatzt, als er beabsichtigt hatte. Sämtliche Anwesenden drehten die Köpfe zu ihm. Nora wurde rot und sprang auf. »Wir gehen den Tisch decken«, verkündete sie an ihre Mutter gewandt. »Essen wir im Salon?«

»Ja, Liebes.« Neugierig ließ Hattie den Blick von Stephen zu ihrer Tochter und wieder zurück wandern. »Das ist lieb. Nehmt bitte das gute Geschirr.«

Damit stapfte Nora davon, Stephen dicht auf ihren Fersen. Als sie im Salon ankamen, drehte sie sich zu ihm um. »Sparen Sie sich so was in Zukunft«, stieß sie aufgebracht hervor. »Ich kann gut drauf verzichten, vor meiner Familie gedemütigt zu werden.«

Kapitulierend hob er beide Hände. »Tut mir leid. Ist mir so rausgerutscht. Ich konnte es einfach nicht fassen, dass Sie tatsächlich mal mit einem Fitzgerald zusammen gewesen sein sollen. Schließlich sind Sie diejenige, die so verbissen auf diese Fehde pocht. Ich hätte gedacht, lieber lassen Sie sich mit einer anderen Spezies ein als mit einem von denen.«

Ihre Wangen waren immer noch gerötet. Ihre Mundwinkel zuckten, aber es kam kein Ton heraus. Schließlich stemmte sie die Hände in die Hüften. »Mit einer anderen Spezies?«

Er bemühte sich, nicht zu lächeln. »Das war nur so dahingesagt, Nora. Das hab ich nicht ernst gemeint.«

»Halten Sie mich für so verschroben und abartig, dass kein Mann ernsthaftes Interesse an mir haben kann? Dass ich mich stattdessen mit einer Strumpfbandnatter zufriedengeben müsste? Oder vielleicht mit einem Zebra?«

»An eine Strumpfbandnatter hab ich nun wirklich nicht gedacht.« Er streckte den Arm aus und nahm sie bei der Hand. »Es tut mir leid«, wiederholte er. »Ich wollte mich nicht über Sie lustig machen oder Sie vor Ihrer Familie bloßstellen. Aber Sie müssen schon zugeben, nach allem, was ich über Sie und Ihre Ansichten weiß, ist es ein ziemlicher Schock, zu hören, dass Sie mal mit Katies Bruder zusammen waren.«

Während er das sagte, strich er mit dem Daumen über ihren Handrücken. Ihre Haut war glatt, weich und warm. Er glaubte ein leises Zittern zu spüren, war sich aber nicht sicher. Irgendetwas musste er jedoch richtig gemacht haben, denn der kämpferische Glanz wich aus ihren Augen, und ihre Anspannung ließ ein wenig nach.

»Das ist wohl nachvollziehbar«, gestand sie ihm zu.

»Also, erzählen Sie mir, was geschehen ist.«

Sie machte sich von ihm los und wandte ihm den Rücken zu. »Setzen Sie sich«, sagte sie. »Ich decke den Tisch.«

»Lassen Sie mich helfen«, bot er an.

Mit einem vernichtenden Blick beschied sie ihm: »Sie würden mir bloß im Weg stehen. Entweder setzen Sie sich hin und hören mir zu, oder Sie verschwinden.«

»Waren Sie immer schon so herrisch?«, grummelte er, ließ sich jedoch auf einem der an die Wand geschobenen Extrastühle nieder.

»Ja«, antwortete sie kurz und bündig.

Dann verschwand sie für einen Moment in der Küche, tauchte mit einem Lappen wieder auf und wischte den gesamten Tisch sorgfältig ab.

Der Salon hatte eine gute Größe, vielleicht viereinhalb mal sechs Meter, und war auf halber Höhe mit einer umlaufenden Stuckleiste verziert. An der Ostwand stand ein großer Geschirrschrank, gegenüber ein Büfett.

»Wie ich gerade erklären wollte, als Sie mit Ihrem Geschrei die Toten geweckt haben«, begann sie, ohne ihn anzusehen, »waren David und ich die gesamte Highschoolzeit über ein Paar. Für unsere Familien war es ein Schock, auch wenn meine Mutter damit etwas besser klargekommen ist als sein Dad. Alle dachten, es würde auseinandergehen, sobald David ans College verschwindet, aber das ist es nicht. In dem Sommer, als ich meinen zwanzigsten Geburtstag gefeiert hab, haben wir uns verlobt. Es sollte eine lange Verlobungszeit werden – mindestens bis zu Davids Abschluss. Ich schätze, die allgemeine Hoffnung war, bis dahin würden die Gefühle abkühlen.«

Während sie erzählte, lief sie durch den Raum, nahm ein Tischtuch aus einer Schublade des Büfetts und breitete es über den Tisch. Dann suchte sie sich Servietten und Besteck zusammen. Dabei bewegte sie sich mit der lockeren Anmut einer Frau, die eine vertraute Aufgabe ausführte.

»Und? Sind die Gefühle abgekühlt?«, fragte er, um sich von ihrem Anblick abzulenken.

»Nicht für mich. Für David kann ich nicht sprechen, aber letztlich sagen Taten wohl auch mehr als Worte.« Sie richtete sich auf und schaute ihn an. »Nach Davids Abschluss haben wir ein Datum festgelegt, im folgenden Frühling sollte es so weit sein. Zu dem Zeitpunkt war ich schon lange mit meiner Ausbildung fertig und arbeitete im Snip ’n Clip. Eines

Abends, als ich gerade dabei war, den Laden zuzumachen, kam Davids Vater Aaron zu mir.«

Sie machte eine Pause, und ein Zittern durchlief ihren Leib, als hätten Aarons Worte selbst nach all der Zeit noch die Macht, sie zu verletzen. »Er sieht David unheimlich ähnlich, wie eine ältere Version von ihm. Aber davon abgesehen hat er nichts mit seinem Sohn gemein. David war immer lustig, sanft und freundlich. Aaron hat mich angestarrt, als würde er mich am liebsten mit bloßen Händen in Stücke reißen.« Sie umklammerte die Rückenlehne des Stuhls vor ihr. »Er hat gesagt, keiner seiner Söhne würde je eine Darby heiraten. Dass er David enterben würde, wenn er es ernsthaft in Erwägung zöge, und dass sein Sohn nicht stark genug sei, um auf das Familienvermögen zu verzichten.«

Beinahe hätte Stephen sie gefragt, ob sie Witze machte. *Wir leben im einundzwanzigsten Jahrhundert und nicht zur Zeit der englischen Feudalherren.* »Was ist dann passiert?«

Sie zuckte die Achseln. »Ich hab es David erzählt, und er hat mir versprochen, alles würde gut werden und er würde mich auf ewig lieben. Dann ist er weggegangen.« Sie holte sechs Teller aus dem Geschirrschrank. »Na ja, ich nehme an, Aaron hat ihn weggeschickt. Das ist nie ganz klar geworden. Eben war er noch in Lone Star Canyon und dann auf einmal weg. Anfangs hat er mir noch jeden Tag geschrieben. Ich solle mir keine Sorgen machen, er würde auf der Ranch eines Freundes von Aaron arbeiten. Er würde viel lernen und mich unheimlich vermissen. Er hat mir geschworen, er würde rechtzeitig zur Hochzeit wieder da sein. Dann kamen immer seltener Briefe von ihm.«

Geübt stellte sie die Teller an ihre Plätze, als Nächstes holte sie Gläser hervor und lächelte Stephen nervös an. »Zwei Wochen vor der Hochzeit war er wieder da, aber er ist nicht allein gekommen, sondern hat seine frisch angetraute Ehefrau mitgebracht. Noch keinen Monat waren die beiden verheiratet, sie allerdings schon im zweiten Monat schwanger.« Sie platzierte die Gläser neben den Tellern. »Fern und ihre Töchter werden Sie sicherlich auch auf Jacks und Katies Hochzeit kennenlernen.«

Stephen wusste nicht, was er sagen sollte. Sicher, er hatte mit etwas Unschönem gerechnet, aber nicht mit einem derartigen Verrat. Als ihm eine vage Erinnerung in den Sinn kam, runzelte er die Stirn. War ihr Vater nicht abgehauen, als sie elf Jahre alt gewesen war? Offensichtlich war sie ihr Leben lang von Männern im Stich gelassen worden. Kein Wunder, dass sie für die männlichen Vertreter ihrer Spezies nichts übrighatte. Das Wissen um ihre Vergangenheit machte ihr kratzbürstiges Wesen deutlich nachvollziehbarer.

»Dass die beiden auch auf der Hochzeit sein werden, macht mir nichts aus«, fuhr sie fort. »Ich bin schon lange über ihn hinweg. Aber ich habe auch meinen Stolz. Wir leben in einer Kleinstadt, und die Leute reden.«

Sie wollte kein Mitleid, das wusste er instinktiv. Mitleidiges Geflüster von wohlwollenden Seelen hinter ihrem Rücken würde Nora verabscheuen. Unverhofft verspürte er einen seltsamen Beschützerinstinkt, was verrückt war. Nora würde ihn zum Frühstück verspeisen, wenn sie wüsste, was ihm gerade durch den Kopf ging. Aber er konnte nicht umhin, sich zu fragen, wie anders sie wohl wäre, hätte es nur wenigstens einen vertrauenswürdigen Mann in ihrem Leben gegeben. Jemanden, der sein Versprechen, sie auf immer und ewig zu lieben, gehalten hätte.

Nicht dass ich das sein könnte, ermahnte er sich. Mit Liebe

und Treueschwüren hatte er nichts am Hut. Nicht mehr. Freundschaft war erlaubt, vielleicht sogar eine Affäre, aber nichts darüber hinaus.

»Jeder, dem ich hier bisher begegnet bin, hat großen Respekt vor Ihnen«, erklärte er schließlich. »Ich glaube, wenn die irgendwen bemitleiden, dann wohl eher David.«

Das entlockte ihr ein echtes Lächeln, und ihre Augen funkelten vor Erheiterung. »Sind Sie Fern schon mal begegnet?«

»Nein.«

»Das ist das einzig Gute an der Geschichte. Wie sich herausgestellt hat, verabscheut sie die Ranch und alles, was damit zu tun hat.«

Später am Abend folgte Stephen Nora in die Küche, um das Dessert zu holen. Das Essen ist gut gelaufen, dachte er bei sich. Alle hatten ihn wie ein Familienmitglied behandelt, und selbst Nora war beinahe nett zu ihm gewesen.

Eine Kratzbürste war sie zwar immer noch, aber dieser Wesenszug an ihr machte ihm nichts aus. Jetzt, da er den Grund dafür kannte, fiel es ihm sogar noch leichter, es nachzuvollziehen und zu akzeptieren.

In dieser Küche bewegte sie sich mit einer Anmut, als wüsste sie genau, wo alles seinen Platz hatte. *Ach richtig, sie ist hier aufgewachsen – in diesem Haus*. Für ihn gehörte sie nach Lone Star Canyon, aber es fiel ihm schwer, sich vorzustellen, dass sie auf einer Ranch aufgewachsen war und das Vieh zusammengetrieben hatte – oder was auch immer Rancher so trieben. Dazu war sie viel zu schön, viel zu sexy.

»Können Sie eigentlich reiten?«, erkundigte er sich.

Mit verwirrter Miene drehte sie sich zu ihm um. »Warum wollen Sie das wissen?«

»Einfach so.«

»Natürlich kann ich reiten. Ich bin hier aufgewachsen. Ich kann mit dem Lasso umgehen, das Vieh zusammentreiben, Kälber impfen, was auch immer nötig ist. Auch wenn ich nicht unbedingt scharf drauf bin.« Sie hob eine perfekt manikürte Hand und wedelte mit den Fingern, dass das Licht auf ihrem metallisch schimmernden Nagellack spielte. »Hier mit anzupacken wäre der Tod für meine Fingernägel.«

Er lehnte sich an die Kücheninsel, während Nora die Kaffeemaschine einschaltete. »Sie sind nicht die Einzige, die das Rancherleben hinter sich gelassen hat«, stellte er fest. »Ich hab gehört, wie Sie sich mit Katie über ihre Schwester Josie unterhalten haben. Das ist diejenige, die nach Kalifornien gezogen ist, oder?«

In der Zwischenzeit hatte Nora ein halbes Dutzend Dessertgabeln hervorgeholt. Seufzend legte sie das Besteck auf der Arbeitsfläche ab, und um ihre Mundwinkel spielte ein trauriges Lächeln.

»Josie Fitzgerald und ich waren beste Freundinnen, bevor zu uns durchgedrungen ist, dass wir einander hassen sollten. Wir waren gleichaltrig, in derselben Klasse und beide lang und schlaksig – damals haben wir uns immer zusammengetan, um die Jungs zu verhauen, die uns geärgert haben.«

Stephen sah es förmlich vor sich: eine kleine Nora mit hüpfenden Zöpfen, Grasflecken auf den Kleidern und praktisch permanent aufgeschürften Knien. Im nächsten Moment ertappte er sich bei dem Wunsch, er hätte sie damals schon gekannt.

»Josie ist also die einzige Fitzgerald, mit der Sie dieser Tage noch reden? Abgesehen von Katie, versteht sich.«

Langsam schüttelte Nora den Kopf. »Nein. Wir haben den Kontakt verloren. Ist das nicht verrückt?«

Sie schien keine Antwort zu erwarten, und so schwieg er.

Schließlich hob sie den Kopf und sah ihn an. »Josie ist nach Kalifornien aufs College – ich hier auf die Kosmetikschule. Da haben wir uns irgendwie auseinandergelebt. Sie hat mich zu ihrer Hochzeit eingeladen, aber ich bin nicht hingegangen. Ich weiß nicht mal mehr, warum nicht. Vielleicht wollte ich David nicht begegnen, keine Ahnung.« Sie runzelte die Stirn. »Ich hab gehört, dass sie Lehrerin geworden und ihre Ehe in die Brüche gegangen ist. Ich hatte keinen Anteil mehr an ihrem Leben … Obwohl es eine Zeit gab, da waren wir wie siamesische Zwillinge.«

Plötzlich fiel Stephen etwas ein. »War es nicht Josie, die gerade diesen schweren Autounfall hatte?«

Nora nickte. »Vor ungefähr einem Monat. Eben hat Katie mir von ihrer letzten OP erzählt. Wie es aussieht, müssen sie ihr Gesicht komplett neu aufbauen, genau wie eins ihrer Beine. Das mit den Operationen wird sich noch mindestens ein Jahr hinziehen.«

Stephen wusste, er bewegte sich auf dünnem Eis, aber er konnte nicht anders. Mutig trat er einen Schritt auf Nora zu und legte ihr eine Hand auf den bloßen Arm. »Vielleicht melden Sie sich ja mal bei ihr«, schlug er sanft vor. »So ein langer Krankenhausaufenthalt kann ganz schön düster und zermürbend sein. Sie würde sich bestimmt freuen, von Ihnen zu hören, ganz egal, wie viel Zeit vergangen ist.«

Natürlich rechnete er damit, Nora würde ihm den Kopf abreißen oder sich zumindest redliche Mühe geben, ihn zu einem zitternden Häuflein Elend zusammenzustauchen. Stattdessen nickte sie. »Sie haben recht. Das mache ich. Ich will …«

Unvermittelt versteifte sie sich. Ihre Aufmerksamkeit galt nicht länger ihm, und so drehte er den Kopf, um zu sehen, was sie so aus dem Konzept gebracht hatte. Mitten auf der Kücheninsel stand eine große Tortenschachtel. Durch ein kleines Plastikfenster an der Seite konnte er ins Innere blicken. Als Dessert für den heutigen Abend hatte Hattie tatsächlich eine zweistöckige Nachbildung einer Hochzeitstorte ausgewählt.

Nora wich zur Seite und öffnete vorsichtig die Schachtel. Als die weiße Pappe zu allen Seiten heruntergeklappt war, berührte Nora sacht eine winzige rosa Zuckerblume. »Das war Moms Idee«, sagte sie zu Stephen. »Hattie ist die geborene Romantikerin.«

Wie gern hätte er gefragt, ob das auch für Nora galt. Hatte sie einmal Hoffnungen und Träume für ihr Leben gehabt, die ihr dann ausgerechnet von jenen Männern genommen worden waren, die behauptet hatten, sie zu lieben, und dann abgehauen waren?

Eigentlich hätte er bei der Vorstellung einer emotional verletzten, einsamen Frau schreiend das Weite suchen sollen. Stattdessen ertappte er sich dabei, wie er näher an sie heranrückte. Auch er war einsam. Vielleicht konnten sie einander Trost spenden. Aber wie, um alles in der Welt, sollte er einer solchen Frau den Hof machen und das auch noch überleben?

Nora wartete, dass die Ampel endlich grün würde, und warf erneut einen Blick in den Rückspiegel. Das Scheinwerferpaar war noch immer da. Dasselbe Scheinwerferpaar, das ihr schon seit der Ranch folgte. Verfluchter Kerl. Was bildete er sich ein?

Als die Ampel endlich umsprang, trat Nora aufs Gas und wurde erst wieder langsamer, als sie in ihre Siedlung einbog. Rechts, links, wieder rechts, und endlich rollte sie geübt in ihre Auffahrt und stellte den Motor ab. Doch bevor sie auch nur den Schlüssel abziehen konnte, fuhr hinter ihr ein weiteres Auto auf den Hof.

Jetzt reicht's, dachte sie wutentbrannt. Sie hatte genug. Ruckartig zog sie den Schlüssel ab, griff nach ihrer Handtasche und stieß die Tür auf, um auszusteigen.

Es war ein perfekter texanischer Abend. Kühl und klar, über ihnen ein funkelndes Sternenzelt. Beinahe hätte die Schönheit des Moments Nora abgelenkt, aber dann sah sie Stephen aussteigen, und ihre schlechte Laune kehrte zurück.

»Was soll der Mist?«, fuhr sie ihn an, als er keinen Meter vor ihr zum Stehen kam. Sorgfältig achtete sie darauf, nicht zu laut zu werden. Schließlich war es schon nach zehn und unter der Woche, und viele ihrer Nachbarn hatten kleine Kinder, die sicher schon im Bett lagen.

Stephen schien ihre aufbrausende Begrüßung nichts auszumachen. Wenn sie so darüber nachdachte, schien er es überhaupt kaum je zu bemerken, wenn sie auf ihn losging. Wenn überhaupt, schien ihre Reizbarkeit ihn zu amüsieren.

»Ich kann es gar nicht leiden, wenn man mich verfolgt«, fuhr sie fort, als er nichts sagte. »Stalking ist gesetzlich verboten. Ist mir egal, was Sie in Ihrer Freizeit zum Spaß treiben, aber tun Sie's gefälligst woanders.«

Er verschränkte die Arme vor der Brust und hob die Augenbrauen. »Mehr haben Sie nicht zu bieten?«, fragte er träge. »Ich dachte, Sie würden mehr ausrasten.«

»Ausrasten? Das hier ist noch gar nichts. Sie mögen ja der Meinung sein, Sie müssten mich nicht ernst nehmen, aber ich sage Ihnen, das wäre ein großer Fehler!«

»Sie ernst zu nehmen oder Sie nicht ernst zu nehmen?«, hakte er leise lachend nach.

Ihre Wut drohte überzukochen, und nur mit Mühe konnte sie den Drang bezwingen, mit dem Fuß aufzustampfen und vor Frust laut loszuschreien. Stattdessen packte sie nur ihre Handtasche fester und bedachte ihn mit einem bösen Blick. »Wenn das alles ist, was Sie loswerden wollten, gehe ich jetzt rein.«

Damit fuhr sie auf dem Absatz herum und marschierte los.

»Ich hab Sie nicht verfolgt«, erklärte er schnell. »Ich wollte nur sichergehen, dass Sie unbeschadet zu Hause ankommen. Es ist schon spät, und Sie waren allein unterwegs. Das war's, mehr steckt nicht dahinter.«

Sie wirbelte zu ihm herum. »Ich bin achtundzwanzig Jahre alt. Damit fahre ich seit ungefähr zwölf Jahren Auto, und wie durch ein Wunder habe ich es bereits mehrfach ohne Aufpasser zur Ranch und wieder zurück geschafft. Ich lehne mich jetzt mal ganz weit aus dem Fenster und behaupte, das wird auch in Zukunft so sein. Danke für die Fürsorge, aber im Ernst, die können Sie sich sparen. Sicher, da war dieser eine Entführungsversuch, aber ich bin den bösen Buben entkommen, also entspannen Sie sich.«

Sie schenkte ihm ein zuckersüßes Lächeln. »Ich will Ihnen ja keine Angst machen, aber ich denke ernsthaft darüber nach, morgen ganz allein zum Supermarkt zu fahren.« Sie löste eine Hand von ihrer Handtasche und griff sich theatralisch an die Brust. »Grundgütiger, meinen Sie, ich werde es überleben?«

Stumm lehnte er sich an seinen Wagen. Das Licht der Straßenlaternen reichte gerade so aus, dass Nora die Erheiterung in seinen grünbraunen Augen aufblitzen sah. Er hielt das für lustig? Verblüfft blinzelte sie. Hätte er nicht längst in Deckung gehen sollen?

»Ich wette, es gibt eine Menge Typen, die Ihnen das abkaufen«, bemerkte er locker. »Männer, die nur Ihr großes Mundwerk sehen und glauben, Sie wären die Mühe nicht wert. Also ziehen sie den Schwanz ein. Vermutlich wollen Sie das auch so, sonst würden Sie sich dieses Eisprinzessinnengetue sparen.«

Als könnte er meine Gedanken lesen, dachte Nora geschockt und spürte, wie ihr die Röte in die Wangen stieg. Sie konnte nur hoffen, dass ihm das in der Dunkelheit entging. »Das ist kein Getue«, murmelte sie und trat einen Schritt nach hinten.

»Natürlich ist es das.« Er folgte ihr. »Was ich nicht verstehe, ist, wieso. Sie sind witzig, wahnsinnig sexy und klüger, als gut für Sie ist. Wieso sind Sie also so felsenfest entschlossen, sämtliche Männer in die Flucht zu schlagen?«

Bei seinen Komplimenten, so zweischneidig sie auch waren, wurde ihr Gesicht noch wärmer. Meinte er das ernst? Fand er sie wirklich sexy? »Vielleicht habe ich keine so hohe Meinung von Ihren Geschlechtsgenossen wie Sie. Da bleibe ich lieber allein.«

»Ach, tatsächlich? Ich weiß nicht so recht, ob ich Ihnen das abkaufen soll.«

»Natürlich nicht. Mein Wunsch, allein zu sein, kränkt Ihr enormes Ego.«

Er kam einen weiteren Schritt auf sie zu. Viel zu dicht, dachte sie, als ihr die Brust eng wurde und die Kehle trocken. Aber sie würde nicht diejenige sein, die zurückwich. *Niemals Schwäche zeigen.* Das war eine ihrer liebsten Regeln.

»Wissen Sie, was mein Ego sagt?«, fragte er.

Darauf verdrehte sie bloß die Augen. »Dass Sie ein brillanter Arzt sind, unglaublich gut aussehen und dass jede Frau sich glücklich schätzen könnte, Sie an ihrer Seite zu haben.«

»Vielen Dank«, antwortete er bierernst. »Aber es ging hier gerade nicht um mich.«

Diesmal stampfte sie tatsächlich auf. »Das waren auch nicht *meine* Worte über Sie. Ich bin ganz und gar nicht dieser Meinung, sondern hab Ihnen nur ausgeführt, was *Sie* für ein Bild von sich haben. Das ist ein Unterschied.«

Er ließ die Hände sinken und blickte ihr tief in die Augen. »Nein, eigentlich nicht. *Sie* denken diese Dinge über mich, und das macht Sie wahnsinnig.«

Erneut flammte ihre Wut auf. »Ich würde niemals …«

Doch sie kam nicht mehr dazu, zu erklären, was sie »niemals« tun würde, denn ohne Vorwarnung schlang Stephen die Arme um sie, zog sie an sich und küsste sie.

5. Kapitel

Der Kuss war noch besser als in ihren Träumen, was Nora nicht für möglich gehalten hätte. Schlimmer noch, sie hatten gerade erst angefangen, und schon war sie ein zitterndes Häuflein williger Begierde. Sie bemühte sich ernsthaft, Wut oder irgendetwas anderes als Verlangen zu spüren, aber es war unmöglich. Nicht solange Stephen sie berührte und seinen Mund auf ihren presste.

Seine Arme fühlten sich stark an, wie er sie so umschlungen hielt. Seine Lippen waren fest und doch nachgiebig, warm, besitzergreifend und so unfassbar verlockend. Gegen ihren Willen schmiegte sie sich enger an ihn, ließ die Hände zu seinen Schultern wandern und klammerte sich fest, als wäre er der einzig feste Anker in einer um sie herumwirbelnden Welt. Und das alles nach einem einzigen keuschen Kuss. Was würde erst mit ihr passieren, wenn er sich ernsthaft Mühe gab?

Dann ging ihr auf, dass es ihr gleichgültig war. Der Kampf der Geschlechter war etwas, das sie sehr ernst nahm, aber es war Zeit für einen vorübergehenden Waffenstillstand.

Stephen neigte den Kopf, als wollte er den Kuss vertiefen. Warm glitten seine Lippen über ihren Mund, berührten jeden Millimeter ihrer plötzlich überempfindlichen Haut. Ein wohliges Kribbeln erfasste ihren gesamten Körper, löste ein Ziehen in ihren Brüsten aus, sammelte sich pulsierend zwischen ihren Beinen und weckte eine fast vergessene Sehnsucht. Sie wusste nicht, wann jemand sie zuletzt so gehalten hatte, ihr ein Gefühl geschenkt hatte, das beinahe an Zerbrechlichkeit grenzte. Dabei spielte es keine Rolle, dass sie in ihren hohen Sandaletten fast so groß war wie er und niemand sie je als zart bezeichnen würde. Irgendwie fühlte sie sich bei der Art, wie er sie berührte und küsste, nahezu mädchenhaft.

Sie spürte jeden einzelnen seiner Finger an ihrem Rücken. Dann verlagerte er leicht das Gewicht und leckte zärtlich über ihre Unterlippe. Die herrliche Empfindung ließ das Blut mit Lichtgeschwindigkeit durch ihre Adern rauschen, heizte jeden Zentimeter ihres Körpers auf, und unwillkürlich teilten sich ihre Lippen. Sofort drang er mit der Zunge vor und brachte ihr seinen köstlichen Geschmack. Als er in ihren Mund eindrang, machte sich tief in ihrem Unterleib pochendes Verlangen breit. Es war genauso perfekt wie in ihren Träumen … vielleicht sogar noch besser. Ihre Entschlossenheit, sich von keinem Mann je berühren zu lassen, ihre eiserne Distanziertheit, löste sich in Luft auf, als hätte es sie nie gegeben. Sie verzehrte sich nach ihm, und das mit einer Intensität, die ihr Angst machte. Doch statt sich von ihm zu lösen, klammerte sie sich an ihn, strich ihm mit den Fingern durch das dichte Haar und drückte ihren Busen an seine feste Brust.

Das Verlangen war wie ein Sog. Am liebsten hätte sie ihm die Kleider vom Leib gerissen. Sie wollte ihn nackt über sich haben, wollte von ihm genommen werden, in einem Augenblick so explosiver Leidenschaft, dass es an Lebensgefahr grenzte, sich überhaupt darauf einzulassen. Sie wollte, dass er wusste, wie sie sich schon jetzt nach ihm verzehrte. Wollte sich mit ihm vereinen, bis sie keine zwei einzelnen Wesen mehr wären, sondern die wundersame Einheit zweier perfekt harmonierender Seelen.

Die Intensität ihrer Reaktion ließ sie entsetzt aufkeuchen. Sie brauchte keinen Mann – nicht einmal im Bett. Die Kontrolle lag immer und überall in ihrer Hand. Doch in diesem Moment klangen die Worte hohl, und es fiel ihr schwer, sich auf irgendetwas zu konzentrieren, das nicht mit seinen fordernden Küssen und den Liebkosungen seiner Hände zu tun hatte. Sie wölbte sich ihm entgegen wie eine Katze, die gestreichelt werden wollte. Als er die Hand langsam abwärts gleiten ließ und ihren Hintern umfasste, kippte sie automatisch das Becken und drängte sich an seinen Unterleib. Sie spürte die Härte seiner Erregung und war gefangen in einem Rausch wilder Begierde.

Nur ein winziges Stück zog er sich zurück, um liebevoll ihr Gesicht zu küssen. Zuerst ihre Wangen, dann ihre Nase, ihre Stirn und schließlich ihr Kinn. Er knabberte an ihrem Ohrläppchen, bevor er eine Spur hauchzarter Küsse ihren Hals hinab zog, bis sie laut stöhnte, erschauerte und überlegte, ob sie es wohl gleich hier auf der Motorhaube ihres Wagens tun könnten.

Schon war sie im Begriff, nach den Knöpfen seines Hemds zu tasten, da hörte sie irgendwo in der Nähe eine Tür zuschlagen, und die Realität brach über sie herein wie ein Dinosaurier in einen Porzellanladen. Abrupt versteifte sie sich, dann richtete sie sich auf und trat zurück. Sie standen mitten in ihrer Auffahrt! Was hatte sie sich nur dabei gedacht?

Gar nichts, wurde ihr klar, als sie sich bemühte, zu Atem zu kommen. Ihre Brust war wie zugeschnürt, als könnten ihre Lungen niemals genug Sauerstoff kriegen. So kühl die Nachtluft auch war, Noras Haut war flammend heiß, ihr Inneres wie glühende Lava.

Stephen lehnte sich an ihr Auto, dann legte er ihr die Hände an die Hüften und zog sie zu sich. Aber Nora hatte ihre Lektion gelernt, noch einmal würde sie ihm nicht zu nah kommen. Heftig riss sie sich von ihm los.

»Was soll das denn werden?«, stieß sie hervor und verabscheute, wie atemlos ihre Stimme klang. Sie hatte empört und wütend klingen wollen.

»Ist das nicht offensichtlich? Ich will dich weiterküssen.« Er schenkte ihr ein sexy Lächeln. »Gefallen hat es uns beiden, warum also nicht?«

Vernünftige Frage, musste sie ihm widerwillig zugestehen. Ihr Gemütszustand war allerdings alles andere als vernünftig.

»Mir fallen mindestens ein Dutzend Gründe ein, das *nicht* noch mal zu machen. Das ist doch verrückt.«

»Ach ja?« In der Dunkelheit wirkten seine braungrünen Augen wie tiefe, geheimnisvolle Seen. »Wieso?«

Verzweifelt suchte sie nach einer Antwort, fand jedoch keine.

Erneut streckte er die Arme nach ihr aus, und diesmal bekam er sie am Handgelenk zu fassen. Er zog daran, bis sie sich zwischen seinen Beinen wiederfand, auch wenn sie sorgsam darauf achtete, nicht seinen Unterleib zu berühren. Wenn sie noch einmal seine Erregung spürte, würde sie jede Kontrolle verlieren und ihn schamlos anflehen, sie zu nehmen.

»So, wie ich das sehe, ist es ganz einfach«, erklärte er. »Du bist solo, ich auch. Nach allem, was ich so gehört habe, ist eine feste Beziehung das Letzte, worauf du aus bist. Ich habe zwar andere Gründe, aber Tatsache ist, dass ich mich genauso wenig auf etwas Ernstes einlassen will.«

Eigentlich hätten seine Worte sie beruhigen sollen, aber seltsamerweise spürte sie stattdessen eine leise Traurigkeit. »Was ist denn dein Problem mit etwas Ernstem?«, fragte sie.

»Unwichtig. Worauf ich hinauswill, ist Folgendes: Wir sind beide verantwortungsvolle Erwachsene, die wissen, wie der Hase läuft. Warum nutzen wir das nicht? Wir könnten Freunde sein.«

Während er das ausführte, verschränkte er die Finger mit ihren. Zärtlich streichelte er ihr übers Handgelenk – ein gekonnter Schachzug, mit dem er ihr Herz zum Hämmern brachte und das Ziehen in ihren Brüsten noch verstärkte.

Bestimmt machte sie sich von ihm los und verengte die Augen. »Meine Mutter hat uns nicht zu Dummköpfen erzogen. Du willst keine Freundschaft, du willst Sex.«

Er lehnte sich so weit vor, dass sie schon glaubte, er wolle sie wieder küssen. Doch das tat er nicht.

»Genau wie du«, raunte er ihr zu, doch in ihren Ohren hallten die Worte nach, als hätte er sie geschrien. Verflucht sollte er sein, dass er einfach die Wahrheit aussprach. Nach ihrem jahrelangen Zölibat und all den erotischen Träumen von ihm hatte sie in etwa die Widerstandskraft von schmelzendem Schnee.

»Ich verwahre mich gegen die Unterstellung, ich wäre leicht zu haben«, antwortete sie steif.

Stephen lachte. »Nora, du bist vieles, aber definitiv nicht leicht zu haben. Das kannst du mir glauben. Du bist so ziemlich die komplizierteste Frau, die mir je begegnet ist. Aber ich bin nicht wie diese anderen Männer, die du kennst. Ich habe keine Angst vor dir, du kannst mich mit deiner spitzen Zunge und deiner Kratzbürstigkeit nicht verscheuchen. Außerdem glaube ich, wir könnten einander guttun. Sowohl im Bett als auch darüber hinaus. Es wäre von vornherein alles klar abgesteckt. Ich habe kein Interesse an einer Reihe von austauschbaren Betthäschen. Nein, ich will eine Geliebte – eine Frau, auf die ich mich verlassen kann und die sich auch auf mich verlässt. Interessiert?«

Sie schluckte. Damit ist wirklich alles klar abgesteckt, dachte sie leicht überrumpelt. Liebhaber? Quasi monogame Bettgefährten? Eine Freundschaft mit gewissen Vorzügen, Sex, ohne sich um Liebe und Ehe sorgen zu müssen? Von Ehe hielt sie nämlich so gar nichts. Für Frauen kam dabei selten etwas Gutes heraus.

»Wir brauchen einander«, murmelte er und streifte ihre Lippen mit seinen.

»Ich brauche niemanden.«

»Lügnerin. Du brauchst mich, aber so was von. Du hast das Alleinsein satt. Wir zwei wären ein fantastisches Paar, und das weißt du auch.«

Um sein Argument zu unterstreichen, vertiefte er den Kuss, ließ die Zunge zwischen ihre geöffneten Lippen gleiten und entfachte erneut ein loderndes Feuer in ihr. Wie von selbst legten ihre Arme sich um ihn, schmiegte sie sich an seinen starken Körper. Sie war so erregt … Hätte er sie jetzt in irgendeiner Weise intim berührt, hätte sie jede Kontrolle verloren.

»Ich weiß ja noch nicht mal, ob ich dich überhaupt mag«, sagte sie, als sie endlich die Willensstärke fand, sich ein Stück von ihm zu lösen.

Er grinste. »Natürlich magst du mich. Wie du schon sagtest, ich bin brillant und gut aussehend. Was gibt es da nicht zu mögen?«

»Dass dein Ego ungefähr so groß ist wie Texas«, grummelte sie.

»Und du bist genau die Richtige, um mich in meine Schranken zu weisen.«

Mit einem letzten eindringlichen Kuss schob er sie ein Stück von sich weg. »Denk drüber nach«, sagte er und ging zu seinem Wagen. »Ich melde mich.«

Zu gern hätte sie ihm etwas ausgefeilt Schlagfertiges hinterhergeworfen, aber in ihrem Kopf herrschte gähnende Leere. Wenn sie sich nicht täuschte, ließ Stephen Remington sie damit schon zum zweiten Mal sprachlos zurück.

»Ich hasse das«, zischte sie in sich hinein, als er winkte und davonfuhr. »Auf keinen Fall werde ich über ihn oder dieses lächerliche Angebot nachdenken. Nicht eine Sekunde lang«, schwor sie sich. »Ich habe kein Interesse und würde mich niemals darauf einlassen. Das ist doch völlig verrückt, genau wie der Typ selbst.«

Seine gelassene Antwort lag ihr so deutlich im Ohr, als stünde er noch immer neben ihr. »Lügnerin.«

Stephen klatschte die medizinische Fachzeitschrift auf den Schreibtisch, die er nun schon seit einer Ewigkeit vergeblich zu lesen versuchte, und starrte wütend aufs Telefon. Eine Woche schon hatte er Nora nicht zu Gesicht bekommen. Mittlerweile hatte er ihr drei Nachrichten hinterlassen – zwei auf ihrem Anrufbeantworter und eine im Salon. Sie hatte sie alle ignoriert. Dass sie Spielchen spielen würde, hatte er erwartet – nur nicht, dass es so lange dauerte.

Er erhob sich und marschierte zum Fenster. Das Gras auf dem Grünstreifen erwachte langsam wieder zum Leben und wurde grün, während die Sträucher bereits in voller Blüte standen. Der Frühling war in Lone Star Canyon eingezogen. Aber während der Rest der Welt sich an den längeren Tagen und wärmeren Temperaturen erfreute, konnte er nichts anderes tun, als wieder und wieder einen Kuss zu durchleben, den er eigentlich nach einer Viertelstunde hätte vergessen haben sollen. Aber schlimmer noch – Nora zeigte ihm die kalte Schulter.

Wie konnte sie das tun? Die Leidenschaft war nicht einseitig gewesen. Er hatte gespürt, wie erregt sie gewesen war und wie gierig sie seine Küsse erwidert hatte. Sie hatte gezittert, überhitzt und willig. Hätten sie nicht gerade in ihrer Auffahrt gestanden, sondern etwas mehr Privatsphäre gehabt, dann hätten sie sich wahrscheinlich schon in jener Nacht geliebt.

Er hielt in seinem inneren Monolog inne und erforschte sein Herz. Machte es ihm etwas aus, dass er sich zu einer anderen Frau hingezogen fühlte? Brach er damit die Regeln?

Darüber dachte er einen Moment nach und beschloss, solange er sich nicht verliebte, durfte er sich sämtlichen Genüssen hingeben, zu denen der menschliche Körper in der Lage war. Nach mehr als zwei Jahren, in denen er sich wie ein Zombie vorgekommen war, fühlte er sich endlich wieder lebendig. Leider war die Frau, die für seine Wiedererweckung verantwortlich war, spurlos aus seinem Leben verschwunden.

Neben den hinterlassenen Nachrichten schob er auch immer wieder Überstunden, in der Hoffnung, einen Blick auf sie zu erhaschen, wenn sie aus dem Salon käme. Wie ein verknallter Teenager lungerte er regelmäßig im Eingangsbereich der Praxis herum und beobachtete die Gäste der umliegenden Restaurants. Verdammt, er war ein erwachsener Mann, der eine sehr erwachsene Affäre wollte. Wenn Nora damit nicht klarkam, sollte sie es ihm einfach klipp und klar sagen.

Aufgewühlt ging er zu seinem Schreibtisch und setzte sich auf eine Ecke. Er verstand ja, weshalb sie so vorsichtig war. Immerhin hatte sie in ihrer Vergangenheit schlimme Verletzungen erlitten, die es ihr schwer machten, Vertrauen zu fassen. Aber sollte eine Woche nicht ausreichen, um sich zu entscheiden, ob sie darüber hinweg war oder nicht?

Er verschränkte die Arme vor der Brust und hob das Kinn. Soll sie dieses Spielchen ruhig weiterspielen, beschloss er, aber ich bin damit fertig. Sobald Schwester Rosie Feierabend machte, würde er hinüber ins Snip 'n Clip marschieren und Nora von Angesicht zu Angesicht zur Rede stellen. Keine Spielchen mehr – nur vernünftige Entscheidungen darüber, was als Nächstes geschehen sollte.

Als er diesen Entschluss gefasst hatte, fiel ihm ein Stein vom Herzen. Er setzte sich auf seinen Bürostuhl und nahm erneut die Zeitschrift zur Hand. Doch bevor er die Seite wiederfinden und sich in den begonnenen Artikel vertiefen konnte, klopfte es an der Tür.

»Herein«, rief er.

Schwester Rosie steckte die Nase ins Zimmer. »Sie haben Besuch«, sagte sie. »Soll ich sie reinschicken, oder passt es gerade nicht?«

Sein Herzschlag beschleunigte sich drastisch. *Nora?* Schwester Rosies Miene war komplett neutral. »Schicken Sie sie rein.«

Doch die Frau, die in sein Büro trat, war nicht Nora. Stattdessen sah er eine zierliche Rothaarige mit grauem Pullover und schwarzer Jeans vor sich. Mit besorgter Miene lächelte sie ihn an, dann setzte sie sich auf den Stuhl vor dem Schreibtisch. Irgendwie kam sie Stephen bekannt vor, aber noch konnte er sie nicht einordnen.

»Ich bin Dr. Remington. Wie kann ich Ihnen behilflich sein?«

»Ich bin Jill«, erklärte seine Besucherin, »und arbeite gegenüber im Snip 'n Clip.«

Stephen nickte. Daher kannte er die Frau. Sie war am Tag des Tornados im selben Sturmkeller gewesen. »Gibt es ein Problem?«

»Na ja, gewissermaßen.« Jill zuckte die Achseln. »Sie wird mich umbringen, garantiert. Aber das geht jetzt schon fast eine Woche so, und langsam machen wir uns wirklich Sorgen. Vielleicht könnten Sie mal nach ihr sehen und uns Bescheid geben, ob es ihr gut geht.«

»Wer ist ›sie‹, und wo liegt das Problem?«

»Oh, entschuldigen Sie.« Jill lehnte sich vor. »Es geht um Nora. Sie hat schon fast eine Woche lang eine Magen-Darm-Grippe, kann nichts bei sich behalten. Sie fühlt sich schwach und hat Fieber, ist aber zu stur, zum Arzt zu gehen. Na ja, um ehrlich zu sein, glaube ich, es geht ihr zu schlecht, um so weit zu fahren.« Verlegen lächelte Jill ihn an. »Sie, äh, fährt immer auf die andere Seite des Tals zu einer anderen Ärztin.«

»Ja, ich weiß«, antwortete er trocken. Ihm war klar, dass Nora lieber Scherben fressen würde, als sich auf ihn als ihren Hausarzt einzulassen. Dann schob er alle persönlichen Gedanken beiseite und fokussierte sich auf die Fakten. »Wie hoch ist das Fieber?«

»Ich weiß nicht so genau. Gut achtunddreißig, glaube ich.«

Er stellte noch einige weitere Fragen und notierte sich die Antworten. »Ich fahre gleich zu ihr«, versprach er der Frau. »Allzu ernst ist es vermutlich nicht, aber so, wie sich das anhört, dürfte sie zumindest dehydriert sein.«

»Könnten Sie im Anschluss im Salon durchrufen und uns Bescheid geben, dass sie okay ist?«, bat Jill. Dann erhob sie sich und zog eine Visitenkarte aus der Hosentasche. »Ich bin heute bis acht da, lassen Sie sich also ruhig Zeit, bis es Ihnen passt.«

»Kein Problem.«

Zu seiner Überraschung war Stephen angespannt, als er ein paar Sachen zusammensuchte und Rosie die Situation erklärte. Da war mehr als die Sorge, die er für jeden kranken Patienten empfand, aber er hielt sich nicht damit auf, die Emotionen genauer zu betrachten oder herauszufinden, was das zu bedeuten hatte.

»Verschwinde«, rief Nora durch die geschlossene Tür. »Ich will dich nicht sehen.«

Stephen musste eine lautstarke Beleidigung unterdrücken. Warum überraschte es ihn eigentlich, dass sie sich querstellte? »Du bist krank, ich bin Arzt. Das passt wie die Faust aufs Auge. Und jetzt lass mich rein. Deine Kolleginnen sorgen sich um dich. Nach den Symptomen zu urteilen, die sie mir beschrieben haben, hattest du einen Magen-Darm-Infekt, aber ich würde trotzdem gern sichergehen, dass es nichts Gefährlicheres ist. Ich nehme mal an, du hast seit einiger Zeit nichts gegessen und getrunken, daher dürftest du dehydriert sein. Deshalb fühlst du dich so schwach und schwindlig. Ich komme zu dir rein, Nora, so oder so. Du kannst es uns leicht machen oder dich widersetzen, aber das Endergebnis wird dasselbe sein.«

Einen Moment lang herrschte Stille auf der anderen Seite. »Was für ein Machogehabe«, grummelte sie schließlich. Dann hörte er das Schloss klicken.

»Ich sehe furchtbar aus«, warnte sie ihn. »Versuch bitte, nicht allzu offensichtlich zu erschrecken.« Damit öffnete sie die Tür und funkelte ihn böse an. »Ich mein's ernst.«

Er betrachtete ihr blasses Gesicht und die dunklen Ringe unter den Augen. Ihre sonst so vollen Locken waren zu einem Zopf zusammengenommen. Sie trug T-Shirt und Jeans und war barfuß.

Nach einer kurzen Musterung zuckte er die Achseln. »Okay, ich bin nicht zu Stein erstarrt. Und jetzt lass mich rein.«

Sie murmelte etwas Unverständliches, trat jedoch zurück, um ihm Platz zu machen. Während er einen kurzen Eindruck von bunten Farben und gemütlichen Polstermöbeln bekam, machte sie sich schon auf den Weg den Flur hinunter. »Ich weiß, in besseren Kreisen gehört sich das nicht«, erklärte sie, »aber ich kann im Augenblick nicht besonders lange stehen, deshalb wirst du wohl mit ins Schlafzimmer kommen müssen.« Sie hielt inne, drehte sich jedoch nicht um. »Das klang jetzt echt blöd. Wag es ja nicht, da was reinzuinterpretieren. Ich mag zwar zu krank sein, um dir körperlichen Schaden zuzufügen, aber ich habe Brüder, die mit Freuden meine Ehre verteidigen würden.«

»Von mir hörst du keinen Ton.«

Er folgte ihr in ein geräumiges Schlafzimmer, in das durch mehrere Fenster viel Licht hereinströmte. Sein erster Eindruck war der von Spitze und unzähligen Zierkissen. Nora kroch wieder in ihr breites Bett und zog sich die Decke über die Brust. Im nächsten Moment sanken auch schon ihre Lider herab.

»Geh weg«, brachte sie hervor. »Ich würde lieber allein sterben.«

»So schnell stirbt man nicht«, versicherte er ihr, zog sich aus einer Ecke einen Sessel heran und stellte seine Tasche auf den Boden. »Dafür sorge ich schon.« Er holte ein Stethoskop und ein Thermometer hervor. »Wann sind die ersten Symptome aufgetreten?«

Sie öffnete ein Auge. »Du bist nicht mein Arzt, du kannst mich nicht untersuchen.«

»Doch, kann ich. Ich hab sogar einen Doktortitel mit allem Drum und Dran. Deshalb nennen die Leute mich *Dr.* Remington. Ziemlich cool, was?«

Jetzt öffnete sie auch das andere Auge, um ihn wütend anzufunkeln. »Erstens: Du bist nicht witzig. Zweitens: Wir haben uns geküsst. Gibt es da nicht ethische Richtlinien? Außerdem habe ich eine ganz hervorragende Ärztin – ja, eine Frau wohlgemerkt –, von der ich mich wesentlich lieber untersuchen lasse.«

»Die Strecke schaffst du aber nicht, und es ist unwahrscheinlich, dass sie für einen Hausbesuch an die zweihundert Kilometer Fahrt auf sich nimmt. Ich bin hier, qualifiziert, und was diesen Kuss betrifft: Solange ich mich hier als dein Arzt befinde, ist er nie geschehen. Glaub mir, ich bin sehr professionell.«

Misstrauisch beobachtete sie ihn. Ihre Lippen waren blass und trocken, und ihrer Haut fehlte der gewohnte Schimmer.

»Nora, ich glaube, das Schlimmste hast du hinter dir, aber um das sicher sagen zu können, muss ich dich untersuchen. Du bist unverkennbar dehydriert. Ich würde dich gern einen Tag lang an den Tropf hängen, um dir wieder Flüssigkeit zuzuführen, aber vorher muss ich ein paar andere Ursachen ausschließen. Jetzt hör auf, hier das bockige Kleinkind zu geben, und lass mich meine Arbeit machen.«

Sie schloss die Augen. »Und wenn ich dir sage, dass ich dich nicht besonders mag?«

»Dann würde ich diese Information erst einmal beiseitestellen und mich später damit befassen. Das hat mit unserer aktuellen Unterhaltung nichts zu tun.«

Sie seufzte schwer. »Also gut. Dann untersuch mich halt.«

Zwanzig Minuten später ließ er sich wieder auf den Sessel sinken und sah sie an. »Dein Fieber ist so gut wie weg«, erklärte er und warf einen Blick auf seine Notizen. »Deinen Symptomen, dem Verlauf und der Dauer nach zu urteilen, ist es genau, was ich vermutet hatte. Ein besonders gemeiner Magen-Darm-Virus. Was du jetzt brauchst, sind ein paar Tage Erholung. Leider bist du gefährlich dehydriert. Meine Empfehlung wäre, dich für ein paar Tage ins Krankenhaus einzuweisen.«

Auf diese Eröffnung hatte er eine heftige Reaktion erwartet – und wurde nicht enttäuscht.

»Was? Bist du verrückt? Ins Krankenhaus? Jetzt? Wo warst du mit deinen ach so schlauen Vorschlägen, als ich mir die Seele aus dem Leib gekotzt hab? Jetzt ist das Kind in den Brunnen gefallen, da müssen wir ihn nicht auch noch zudecken. Was soll das denn jetzt noch bringen?«

»Du musst an den Tropf, und ich möchte nicht, dass du allein bist, solange du einen Zugang im Arm hast. Kann alternativ vielleicht jemand für die nächsten vierundzwanzig bis sechsunddreißig Stunden bei dir bleiben?«

»Sicher. Meine Mom würde jederzeit herkommen, ich muss sie nur anrufen.«

»Dann kannst du auch hierbleiben.«

Er baute den tragbaren Infusionsständer auf, den er mitgebracht hatte, und hängte Nora an einen Beutel Kochsalzlösung. Dann stellte er rasch eine Einkaufsliste zusammen und rief Hattie Darby an, um ihr die Situation zu schildern. Noras Mutter versprach, in spätestens einer halben Stunde die Ranch zu verlassen. Unterwegs würde sie noch die benötigten Einkäufe machen und dann zu Nora kommen. Stephen bremste sie und sagte, es eile nicht. Er wäre für heute fertig und würde gern bei Nora warten, bis Hattie einträfe.

Als er auflegte, drehte Nora sich weg, als hätte sie nicht jedes seiner Worte belauscht.

»In ein paar Stunden wird es dir schon besser gehen«, versprach er ihr. »Wenn du erst wieder genug Flüssigkeit im Körper hast, wirst du auch wieder mehr Energie haben.« Er hielt inne und betrachtete sie. »Dir muss doch klar gewesen sein, dass du ziemlich krank warst. Warum hast du nicht angerufen oder bist in die Praxis gekommen?«

Sie verlagerte ihr Gewicht, presste die Lippen zusammen und starrte ausdruckslos aus dem Fenster. »Ich hatte zu tun.«

Das würdigte er keiner Antwort.

Also erklärte sie seufzend: »Es kam mir einfach komisch vor, okay? Ich meine, wir haben …« Mit der freien Hand machte sie eine unbestimmte Geste. »Danach wäre es echt merkwürdig gewesen. Ich hab noch nie mit einem Arzt geknutscht.«

»Und bei unseren umfassenden Anatomiekenntnissen sind wir darin sicher deutlich besser als der durchschnittliche Normalsterbliche.«

Abrupt riss sie den Kopf herum und sah ihn böse an. »Dein Ego ist echt grenzenlos.«

»Höchstwahrscheinlich«, stimmte er zu. »Das trägt nur zu meinem Charme bei.«

»Du bist nicht im Geringsten charmant.«

»Das ignoriere ich jetzt mal, denn wir wissen beide, dass das nicht stimmt.« Er erhob sich. »Ich koche dir einen Tee. Den kannst du trinken, bis deine Mom mit ihren Einkäufen kommt.« Schon war er fast aus der Tür, da hielt er inne. »Ich muss schon sagen, dich hier so vorzufinden war eine Riesenerleichterung.«

Scharf sah sie ihn an. »Was? Du freust dich, dass ich krank bin?«

»Nein, aber bin froh, dass der Grund für meine unbeantworteten Anrufe nicht war, dass du mich meidest, sondern dass es dir zu schlecht ging, um zu telefonieren.«

Sie tastete hinter sich nach einem Kissen. »Du Mistkerl«, schrie sie und schleuderte ihr Geschoss auf ihn. »Verschwinde endlich, und mach mir meinen Tee.«

6. Kapitel

Nora lauschte, wie Stephen in ihrer Küche hantierte. Vergeblich versuchte sie, sich einzureden, sie müsste stinkwütend auf ihn sein, aber das Lächeln, das ihre Mundwinkel umspielte, ließ sich nicht unterdrücken. Der Mann war nervtötend, schwierig und – so ungern sie sich das auch eingestand – umwerfend charmant. Und gut aussehend. Sie erwärmte sich immer mehr für diesen dunkelblonden Sonnyboy. Ja, es gefiel ihr sogar, wie er mit seinen braungrünen Augen geradewegs hinter ihre Fassade blickte. Und die Art, wie er sich bewegte. Er hatte schöne Hände und war ein fantastischer Küsser. Aber das Schlimmste war: Sie wollte ihn.

Obwohl sie eine Woche lang alle paar Stunden ihren Mageninhalt ausgekotzt, durchgehend Fieber gehabt und sich insgesamt wie vom Laster überrollt gefühlt hatte, war da trotzdem dieses Kribbeln, sobald er in der Nähe war. Seine Untersuchung war vollkommen professionell und nicht im Geringsten intim gewesen. Trotzdem war sie förmlich dahingeschmolzen. Wobei sämtliche erotischen Anwandlungen erloschen sind, als er mir die Infusionsnadel in die Hand gerammt hat, rief sie sich trocken ins Gedächtnis. Sie betrachtete den Beutel Kochsalzlösung, dessen Inhalt langsam in ihren Körper rann. Tatsächlich spüren konnte sie die Flüssigkeit nicht, die Nadel war allerdings auch nicht gerade angenehm. Na ja, es war notwendig und würde nicht ewig dauern. Und es lenkte sie von ihren Gedanken an Stephen ab, was sie gut gebrauchen konnte.

Als sie das letzte Mal zusammen gewesen waren, hatte er ihr eine Affäre vorgeschlagen. Eine zutiefst erwachsene Beziehung auf der Basis von Freundschaft und gegenseitiger Anziehung, ohne irgendwelche Pläne für etwas Dauerhaftes. War er daran immer noch interessiert? Und wenn ja, was wollte *sie* eigentlich? Körperlich verzehrte sie sich nach ihm – das stand außer Frage. Aber was war mit dem Rest von ihr? Konnte sie ihr Herz aus der Sache heraushalten? Schließlich hatte sie keinen Bedarf, sich zu verlieben, schon gar nicht in ihn.

»Dein Tee«, verkündete Stephen, als er wieder ins Schlafzimmer kam.

Er stellte den Becher auf den Nachttisch, daneben platzierte er einen Teller, auf dem eine trockene Scheibe Toast lag. Mit dem Kinn deutete er auf sein Mitbringsel.

»Tu dein Bestes mit dem Toast«, bat er. »Du solltest bald wieder anfangen, etwas zu dir zu nehmen. Auch wenn es dir vielleicht noch schwerfällt, probieren schadet nicht.«

Skeptisch beäugte sie das wenig appetitliche Stück Brot. Ihr Magen fühlte sich an wie ausgehöhlt, aber sie war nicht unbedingt scharf darauf, sich wieder übergeben zu müssen.

»Wenn du meinst …«, murmelte sie zweifelnd.

Stephen beugte sich über sie und nahm ein paar Kissen von der anderen Seite des Betts. Dann schob er den freien Arm hinter ihre Schultern und zog sie nach vorn, sodass er die Kissen hinter ihren Rücken stopfen konnte, um sie in eine aufrechtere Position zu bringen. Sachte ließ er sie zurücksinken, bevor er ihr schließlich den Tee reichte.

»Trink«, ordnete er an.

»Musst du mich so rumkommandieren?«, murrte sie, nippte aber vorsichtig.

Er hatte den Tee mit Honig gesüßt, und es schmeckte tatsächlich gut. Sie trank noch einen Schluck und ließ den Becher auf ihren Schoß sinken.

Stephen ließ sich wieder neben dem Bett nieder und musterte sie. Unbehaglich rutschte Nora herum. »Du siehst mich nicht gerade von meiner Schokoladenseite«, sprach sie das Offensichtliche aus.

»Ist doch alles okay.«

Oh. *Okay*. Ein Wort, nach dem sich jede Frau sehnte. »Schatz, es ist alles okay mit dem Kleid.« Bloß dass er das mit dem »Schatz« weggelassen hatte. Nicht dass ich so von ihm genannt werden will, ruderte sie innerlich schnell zurück. Sie war weder an ihm noch an sonst irgendeinem Mann interessiert. Bei ihr gab es keine Gefühlsduseleien und erst recht keine Beziehungen.

Sie warf einen Blick auf die graue Stoffhose und das dunkelblaue Hemd, die unter seinem weißen Kittel hervorblitzten. »Und, hast du jetzt ein ganzes Wartezimmer voller Patienten sitzen lassen, um nach mir zu sehen?«, fragte sie.

»Nein, ich war schon durch für heute. Tatsächlich war ich gerade in einen faszinierenden Artikel über neue Behandlungsmethoden der Lyme-Borreliose vertieft, als man mich informiert hat, dass du mit dem Tode ringst.«

»Ich ringe doch nicht mit dem Tod. Jetzt zumindest nicht mehr.« Sie hielt inne. »Wird Borreliose nicht von Zecken übertragen?«

»Ja.«

Sie erschauderte. »Igitt. Wer denkt sich so was aus? Zecken sind so schon widerlich genug. Allein bei der Vorstellung würde ich am liebsten den Rest meines Lebens keinen Fuß mehr vor die Tür setzen.«

»Aber du bist doch Texanerin – in der weiß Gott wievielten Generation schon. Du bist auf einer Ranch aufgewachsen und müsstest das Leben im Freien eigentlich lieben.«

Über den Rand ihres Bechers hinweg sah sie ihn an. »Du schaust zu viel Fernsehen. Es hat schon seinen Grund, dass ich die Ranch verlassen habe, sobald ich achtzehn war. Ich liebe meine Familie und fahre gern regelmäßig hin, um sie zu besuchen, aber es reizt mich nicht im Geringsten, da noch mal hinzuziehen. Hast du eine Ahnung, was für Gerüche einem auf so einer Ranch begegnen?«

»Kann ich nicht von mir behaupten.«

»Sei froh.«

Leise lachend lehnte er sich in den Sessel zurück und schlug die Beine übereinander. »Und, bist du auch so reitbegeistert wie deine Mutter?«

Nora trank den letzten Schluck Tee und stellte den Becher auf dem Nachttisch ab. Eine Weile beäugte sie den Toast, beschloss aber, lieber noch ein Weilchen zu warten, bevor sie riskierte, echte Nahrung in ihren Magen zu lassen. »Früher hab ich beim Junior-Rodeo mitgemacht … Als Kinder haben das die meisten von uns. Aber besonders toll fand ich das nie, und meine Mom hat mich nicht dazu gedrängt. Nachdem ich es ein paar Jahre versucht hatte, hat sie mich damit in Ruhe gelassen. Ich hab mich immer lieber schick gemacht, als bäuchlings im Dreck zu landen.«

»Wolltest du immer schon Friseurin werden?«

Aus schmalen Augen musterte sie ihn und versuchte zu ergründen, ob die Frage sarkastisch gemeint war. »Ich weiß, dass sich eine Wasserwelle nicht mit der täglichen Rettung von Menschenleben vergleichen lässt, aber das ist nun mal mein Beruf. Darin bin ich gut.«

Er schüttelte den Kopf. »Wie wär's, wenn du mich erst mal Mist bauen lässt, bevor du auf mich losgehst? Hör auf, ständig davon auszugehen, ich würde schlecht über dich denken. Können wir uns darauf einigen?«

»Vielleicht.«

»Nora, du machst mich wahnsinnig.« Er seufzte. »Erzähl mir von deinem beruflichen Werdegang. War Friseurin schon immer dein Traumberuf? Ich frage das, weil es mich interessiert.«

Es war nicht so, als würde sie seine Worte anzweifeln – bloß waren die meisten Männer wenig fasziniert von dem, womit sie ihren Lebensunterhalt verdiente. Das Snip 'n Clip war für Männer eine fremde Welt, und die machte ihnen Angst.

»Ja, ich wollte schon immer Friseurin werden. So etwa mit zwölf habe ich angefangen, meinen Geschwistern die Haare zu schneiden. Sämtliche Freundinnen haben von mir ihre Strähnchen und Dauerwellen gekriegt. Fürs College habe ich mich nicht interessiert. Stattdessen bin ich mit siebzehn auf die Kosmetikschule gegangen, die ich mit links abgeschlossen habe. Danach habe ich beim Snip 'n Clip angefangen. Nachdem ich fleißig gespart hatte, konnte ich den Laden irgendwann kaufen. Anfangs lag noch eine Hypothek darauf, aber als auf unseren Ländereien Öl gefunden wurde, haben Mom und Jack uns allen einen großen Batzen Geld geschenkt. Mit meinem hab ich die Bank ausgezahlt. Seitdem gehört der Laden ganz allein mir.«

»Nicht schlecht für jemanden, der noch keine dreißig ist.«

So hatte sie das noch nie betrachtet. »Könnte man wohl sagen. Jedenfalls hab ich einen Job, der mir gefällt und Menschen glücklich macht.« Sie neigte den Kopf zur Seite und sah ihn an. »Und was ist mit dir? Sicher, dass du in so einem kleinen Kaff dein Dasein als Landarzt fristen willst? Wird dir nicht langweilig hier?«

Er grinste. »Nie im Leben. Je länger ich hier bin, desto sicherer bin ich mir, dass ich genau hierher gehöre. Lone Star Canyon ist genau die Art von Städtchen, die ich gesucht habe.«

Sie ertappte sich bei dem Wunsch, das wäre die Wahrheit. Aber ein Mann wie er konnte hier unmöglich glücklich werden. Das vermochte sie sich einfach nicht vorzustellen. »Du hast gesagt, die ersten paar Jahre hast du in der Notaufnahme in Boston gearbeitet. Warum hast du das Fach gewechselt?«

Ein Schatten huschte über sein Gesicht und ließ erahnen, dass es in seiner Vergangenheit Geheimnisse gab. Sicher, jeder hatte Geheimnisse – auch wenn ihr in ihrem eigenen Leben gerade keine einfallen wollten. Dass David Fitzgerald sie praktisch vor dem Altar hatte stehen lassen, wusste Stephen bereits, und schlimmer ging es in ihrer Welt kaum. Aber was war mit Stephens Welt?

»Eines Morgens bin ich aufgewacht und habe gemerkt, dass ich keine Lust hatte, zur Arbeit zu gehen«, erklärte er leise. »Ich wollte keine zwanzig oder dreißig Patienten behandeln, die ich nie wiedersehen würde. Die Herausforderung, die die höchst unterschiedlichen Fälle an mich gestellt haben, hat mir nichts ausgemacht, aber ich fand es schrecklich, wie unpersönlich das alles war.«

Sie spürte, dass noch mehr dahintersteckte, bohrte aber nicht nach. Erstens stand ihr das nicht zu. Und zweitens wurde sie zusehends schläfriger. Also zog sie eins der Kissen hinter ihrem Rücken heraus, sodass sie wieder mehr lag als saß.

»Wolltest du immer schon Arzt werden?«, fragte sie.

»Schon seit ich zehn Jahre alt war.« Lächelnd sah er sie an. »Angefangen hat es mit meinem besten Freund Jeff. Er hat

Krebs bekommen und musste ins Krankenhaus, und da hab ich ihn immer wieder besucht. Das Personal da war toll. Vor allem die Ärzte. Die haben uns alle Fragen beantwortet, obwohl wir bloß ein paar kleine Jungs waren. Jeff ist wieder gesund geworden und wollte nie wieder ein Krankenhaus von innen sehen, aber mich hatte es gepackt. All die Möglichkeiten, die sich einem da boten … Ich wollte für andere Menschen tun, was diese Leute für Jeff getan hatten.«

Noras Lider waren unfassbar schwer. »Ich glaube, ich muss jetzt schlafen«, brachte sie leicht nuschelnd heraus.

»Das ist auch das Beste für dich.«

»Aber meine Mom ist noch nicht hier.«

»Ich lasse sie rein, wenn sie da ist.«

»Aber du kannst doch nicht dort sitzen bleiben, während ich schlafe.«

»Wieso nicht?«

Darauf wollte ihr keine plausible Antwort einfallen, aber im Augenblick hatte sie sowieso auf kaum etwas eine Antwort. In ihrem Kopf herrschte ein einziger dicker Nebel.

Stephen lehnte sich vor und fühlte ihr die Stirn. »Dein Fieber scheint fast weg zu sein. Offenbar hilft die Flüssigkeit.«

»Das war der Tee«, murmelte sie und ließ zu, dass ihre Lider sich ganz schlossen. »Der beste, den ich je hatte.«

»Danke.«

Sie drehte sich zu ihm auf die Seite. »Du bist echt nett.«

»Ich gebe mir Mühe.«

»Willst du mir keinen Gutenachtkuss geben?«

Er lachte leise. »In deinem Zustand halte ich das für keine gute Idee.«

»Weil ich so schrecklich aussehe?«

Es entstand eine Pause. »Du siehst nicht schrecklich aus, Nora. Das ist gar nicht möglich. Du bist eine unglaublich attraktive, sexy Frau. Und bei deinen Outfits läuft mir jedes Mal das Wasser im Mund zusammen.«

Sie lächelte, ohne die Augen zu öffnen. »Ich weiß. Macht richtig Spaß.«

»Definitiv, genau wie alles andere mit dir.«

Etwas Warmes strich über ihre Wange. Er hat mich geküsst, dachte sie glücklich und zufrieden. Und dann versank die Welt um sie herum in wohltuender Dunkelheit.

Am Freitag war Nora wieder im Salon. Mrs. Arnold machte es sich auf dem Stuhl gemütlich und lächelte sie im Spiegel an.

»Wie ich höre, hat unser lieber Herr Doktor gleich *mehrere* Hausbesuche bei Ihnen gemacht, um sicherzugehen, dass Sie auch wieder auf die Beine kommen.«

Nora unterdrückte ein Seufzen. Es war noch nicht einmal Viertel nach zehn an ihrem ersten Arbeitstag nach knapp zwei Wochen, und schon ging der Tratsch los. Andererseits hätte sie das nicht überraschen sollen. Das war einer der Nachteile am Kleinstadtleben. Kaum etwas geschah, ohne dass ein gebanntes Publikum die Ereignisse verfolgte.

Nora griff sich eine Bürste und begann, das weiße Haar der alten Dame zu glätten. »Dr. Remington war sehr nett«, erklärte sie ruhig. »Unfassbar, dass ich mich nicht für krank genug gehalten habe, selbst zu ihm zu gehen. Wer weiß, was passiert wäre, wenn Jill nicht darauf bestanden hätte, dass er diesen Hausbesuch macht.«

Rasch blickte sie zu ihrer Mitarbeiterin hinüber. Jill grinste. Sie waren alle Expertinnen darin, die Aufmerksamkeit ihrer »interessierten« Kundschaft umzulenken.

Dann atmete Nora tief durch und fuhr fort, bevor Mrs. Arnold etwas sagen konnte: »Ich glaube, wir nehmen solche Infekte oft nicht ernst genug. Ist Ihre Schwester nicht sogar mal mit einer Lungenentzündung im Krankenhaus gelandet?«, erkundigte sie sich.

Mrs. Arnold verzog das Gesicht. »Oh ja, das war vor sechs Jahren. Eine aus dem Ruder gelaufene Bronchitis. Wissen Sie, es ist nicht die Erkältung, die die Leute umbringt, sondern die Sekundärinfektionen.«

»Davon hab ich auch schon mal gehört«, pflichtete Nora ihr bei und führte die alte Dame nach hinten zum Waschbecken.

»Ich weiß noch, als meine Großmutter mal eine ganz schlimme Grippe hatte«, fiel Jill hilfsbereit mit ein. »Damals war ich noch ganz klein und hatte keine Ahnung, was los ist.«

Innerhalb weniger Minuten schwirrten die wildesten Krankheitserlebnisse durch den Salon, wurden Symptome verglichen und Horrorgeschichten erzählt von Leuten, die einfach nicht zum Arzt gehen wollten.

Mission erfüllt, dachte Nora einigermaßen erleichtert. Auch wenn das Thema garantiert wieder zur Sprache kommen würde. Der Gedanke an *tägliche* Hausbesuche eines *alleinstehenden*, gut aussehenden Arztes bei einer ebenfalls alleinstehenden, hübschen jungen Frau war selbst für die treuesten Seelen zu verlockend. Und wenn es sich bei der fraglichen Frau auch noch um Nora handelte, war nicht auszudenken, was die Leute sich zusammenfabulieren würden. Schließlich galt sie immer noch als unnahbar, was die männliche Bevölkerung anging.

Nora drehte die letzten Haarsträhnen von Mrs. Arnold auf kleine Wickler und setzte sie unter eine Trockenhaube. Anschließend kehrte sie an ihren Platz zurück und überprüfte ihre Vorräte. Doch während sie Handtücher zählte und sich mental eine Notiz machte, sich neues Haarspray zu holen, schweifte ihr Blick ab, bis sie sich dabei ertappte, wie sie zur Arztpraxis auf der anderen Straßenseite hinüberstarrte. War Stephen gerade dort? Dachte er auch an sie, so wie ihre Gedanken ständig um ihn kreisten?

Seit seinem ungebetenen Auftauchen am Montag hatte er sie jeden Tag besucht und war mindestens eine Stunde bei ihr geblieben, manchmal auch deutlich länger. Dabei war er witzig, aufmerksam, charmant und komplett professionell geblieben. Mit keiner Geste, keinem Blick hatte er sie glauben lassen, es ginge ihm um irgendetwas, das über ihre Gesundheit hinausreichte.

Und das ist auch gut so, rief sie sich in Erinnerung. Er *sollte* seinen Job schließlich ernst nehmen. Sie war froh, dass er sich so viel Zeit für sie genommen hatte, ohne dabei an Sex zu denken – oder seine alberne Idee, sie könnten ein Verhältnis miteinander haben. Hätte sie doch dieselbe Selbstbeherrschung besessen!

Denn sie hatte sich ausgiebig damit beschäftigt. In manchen Augenblicken schalt sie sich eine Verrückte, es auch nur in Erwägung zu ziehen. Was würde für sie denn schon dabei herausspringen? Ein bisschen guter Sex? Etwas Gesellschaft? Na und? Bisher war sie auch gut ohne beides ausgekommen. Eine Frau wie sie sollte eher nach … nach …

Nora schüttelte den Kopf und zwang ihre Aufmerksamkeit zurück zu dem kleinen Schränkchen an ihrem Arbeitsplatz. Vorräte, rief sie sich ins Gedächtnis. *Ich überprüfe meine Vorräte.* Wonach eine Frau wie sie Ausschau halten sollte – davon hatte sie nicht den geringsten Schimmer. Nach einem Ehemann? Einem Happy End? In diesem Leben würde ihr wohl beides nicht vergönnt sein. Ihr Vater hatte ihr das Herz gebrochen, als er sie verlassen hatte. Es hatte lange gedauert, bis sie begriffen hatte, dass sein Verrat nichts mit ihr zu tun hatte. Dass es okay war, einem anderen Mann zu vertrauen – darauf zu vertrauen, dass er sie nicht verletzen würde. Und doch hatte der erste Mann, dem sie danach ihr Herz geschenkt hatte, sie öffentlich gedemütigt und sitzen lassen. Bei ihrer Vergangenheit und all den furchtbaren Geschichten, die sie im Salon über Männer hörte – warum, um alles in der Welt, sollte sie sich da auf irgendetwas Längerfristiges mit einem einlassen wollen? Allein war sie weit besser dran.

Sie richtete sich auf und machte sich auf den Weg zur Vorratskammer am hinteren Ende des Salons. Im Vorbeigehen hörte sie Jill von ihren Kindern erzählen.

»Die beiden machen sich dieses Jahr richtig gut in der Schule«, berichtete die Mitarbeiterin gerade. »Den letzten Sommer haben wir ganz viel lesen geübt. Einfach war das nicht, aber es hat sich definitiv gelohnt. Jetzt können die beiden im Unterricht mithalten, machen fleißig ihre Hausaufgaben – und zwar richtig – und setzen sich sogar gern mal hin und lesen ein Buch.«

Mrs. Arnold schob ihre Trockenhaube hoch. »Mein Enkel Mark ist Klassenbester«, erklärte sie stolz. »Nächstes Jahr geht's an die College-Bewerbungen, und seine Eltern haben tatsächlich Harvard ins Spiel gebracht. Können Sie sich das vorstellen?«

»Oh, haben Sie vielleicht ein Bild von Mark dabei?«, fragte Kathy, eine andere Mitarbeiterin. »Ich glaube nicht, dass ich ein aktuelles vor Augen habe.«

»In meiner Handtasche.« Suchend blickte die alte Dame sich danach um.

Nora holte sie aus dem Schrank und brachte sie ihrer Kundin, woraufhin Mrs. Arnold das Schulfoto ihres gut aussehenden Enkelsohns im Teenageralter herumzeigte. Im Nu wurden Bilder getauscht wie Karten beim Pokerspiel.

Lächelnd machte Nora mit und gab auch hier und da einen Kommentar ab, doch selbst hatte sie keine Fotos zum Herumreichen. Und das würde sie vermutlich auch nie – ohne Mann und ohne Kinder. Nicht einmal ein Haustier hatte sie. Während die anderen Frauen sich über die Menschen in ihrem Leben unterhielten, wurde Nora bewusst, dass sie einsam war, und das schon lange …

Sie entschuldigte sich und flüchtete sich in den Pausenraum. Dort angekommen, verschloss sie die Tür hinter sich und sank auf den kleinen hochlehnigen Stuhl in der Ecke. *Einsam.* Natürlich. Warum hatte sie das erst jetzt begriffen? All ihre Freundinnen waren dabei, zu heiraten und Familien zu gründen. Selbst ihr großer Bruder würde bald die Ringe mit seiner Auserwählten tauschen. Währenddessen rückte Noras dreißigster Geburtstag immer näher, und sie würde sich wohl oder übel mit der Tatsache auseinandersetzen müssen, dass sie, wenn es so weiterging, ihr Leben allein verbringen würde.

Kopfschüttelnd holte Nora tief Luft. Keinen Ehemann zu haben machte ihr nicht wirklich etwas aus, aber die Vorstellung, kinderlos zu bleiben, schmerzte sie. Irgendwie war sie immer davon ausgegangen, dass sie eines Tages Mutter sein würde.

Ihr wurde die Brust eng, und das hatte nichts mit der jüngst überstandenen Magen-Darm-Grippe zu tun. Es war Traurigkeit, die sich in ihr breitmachte. Ein kaltes Ziehen, das ihr bis in die Knochen drang. Nur mit Mühe unterdrückte sie ein Zittern. Sie versuchte, sich damit zu beruhigen, dass es auch andere Wege gab, Kinder zu bekommen. Sie brauchte keinen Ehemann. Genauso gut konnte sie adoptieren oder Pflegemutter werden. Auch an eine Samenbank konnte sie sich wenden, auch wenn ihr das ein wenig zu sehr wie eine Bestellung beim Chinesen vorkam. Eine Portion Mu-Shu-Hähnchen, eine Beilage aus Kategorie A, zwei aus Kategorie B. Aber vielleicht, wenn es hart auf hart käme …

Erneut schüttelte sie den Kopf. »Ich hab keine Zeit für so was«, sagte sie sich. »Nicht jetzt.« Sie hatte eine Kundin unter der Trockenhaube sitzen, einen Tag voller Termine und einen Mann, der ein Verhältnis mit ihr anfangen wollte.

Letzteres ist leicht zu lösen, dachte sie. Sie hatte sich entschieden, was sie zu ihm sagen würde. Ein schlichtes, höfliches »Nein danke«. An dem, was er ihr anbot, hatte sie kein Interesse. Eine Freundschaft war in Ordnung, aber sie war nicht bereit, sich den Stress mit einer Affäre zu geben.

Noras Entschlossenheit hielt genau bis zu dem Moment, als Stephen Remington um Viertel nach sechs an diesem Abend in den Salon marschiert kam. Ihre Angestellten waren bereits gegangen, die letzte Kundin hatte soeben bezahlt und streifte sich gerade ihre Jacke über. Normalerweise hatte sie freitagabends lange geöffnet, aber heute fand an der Highschool ein Basketballspiel statt, das niemand verpassen wollte.

Stephen kam hereinspaziert, als wäre das Snip ’n Clip sein zweites Zuhause. Mit einem Nicken grüßte er die Kundin und hielt ihr wie ein echter Gentleman die Tür auf, dann schenkte er Nora ein verheerend sexy Lächeln.

»Wie geht’s dir?«, erkundigte er sich.

»Gut«, antwortete sie mit einem ebenfalls strahlenden Lächeln, während sie sich bemühte, das Flattern in der Herzgegend und ihre plötzlich feuchten Hände zu ignorieren. Entweder kam ihr Infekt gerade zurück, oder es war Stephens Anwesenheit, auf die sie so heftig reagierte. Sie hatte da so eine Ahnung, dass sie nicht das Glück hatte, noch einmal die Magen-Darm-Grippe zu bekommen.

»Heute war dein erster Arbeitstag nach langer Krankheit«, sagte er. »Ich hoffe, du hast es nicht übertrieben.«

»Ich? Ach was! Mir geht's gut.«

Er lehnte sich gegen den Empfangstresen. »Ich wollte mal nach dir schauen, nachdem ich mich so daran gewöhnt habe, dich täglich zu sehen.«

Ihr wurde die Kehle trocken, während ihr alarmierend warm wurde. Bildete sie sich das nur ein, oder war die Temperatur im Salon gerade auf das Doppelte hochgeschnellt? Und warum musste er so verdammt süß aussehen in seiner Chinohose und dem hellblauen Hemd? Er war groß, attraktiv, und sie verspürte den beinahe unwiderstehlichen Drang, sich ihm an den Hals zu werfen.

Nora hastete nach hinten, um den Besen und die Kehrschaufel zu holen. Wortlos ging sie zurück zu ihrem Arbeitsplatz und machte sich daran, die abgeschnittenen Haare aufzufegen. Wo war ihre Entschlossenheit hin? Hatte sie sich nicht erst heute Vormittag geschworen, nichts mit Stephen Remington und seinem albernen Vorschlag zu tun haben zu wollen? Sex nur um des Sex willen. Was für ein verrückter Gedanke! Nur dass ihr Körper so erwartungsvoll vibrierte, dass sich das gar nicht mehr so verrückt anhörte, wie sie gehofft hatte.

»Es war schon ein voller Tag«, gab sie zu, wobei sie sorgsam seinen Blick mied. »Aber ich hab mir bewusst ein paar Pausen gegönnt. Ein bisschen müde bin ich, aber nichts Schlimmes.

Sicherheitshalber wollte ich heute mal früh schlafen gehen. Nur ein leichtes Abendessen und dann ab ins Bett.«

Bett? *Argh! Warum musste ich das B-Wort sagen?* Sie leerte das Kehrblech über dem Mülleimer aus und brachte es samt Besen zurück an seinen Platz in der Ecke.

Stephen richtete sich auf und kam zu ihr. »Nora, wir müssen reden.« Langsam streckte er die Hand aus und berührte sie am Arm.

Sobald seine Finger ihre Haut streiften, schmolz sämtlicher Widerstand in ihr dahin. In dieser Sekunde wusste sie, dass sie ihm nichts würde abschlagen können. Nicht einmal wenn ihr gesunder Menschenverstand ihr davon abriet. Offensichtlich konnte sie nicht darauf vertrauen, dass sie Nein sagen würde – also musste sie ihn davon abhalten, die Frage überhaupt erst zu stellen.

»Ein bisschen Sorgen hatte ich mir schon gemacht«, redete sie weiter und ging rasch an ihm vorbei in den vorderen Teil des Ladens. Dort angekommen, zog sie die Jalousien herunter. Wenigstens würden so keine Passanten ihre Unterhaltung beobachten können.

»Worüber?«, wollte er wissen.

»Na ja, dass ich noch geschwächt sein könnte. Aber es war überhaupt nicht schlimm. Während meines Ausfalls ist eine neue Dauerwellflüssigkeit gekommen, die ich heute zum ersten Mal ausprobiert hab. Ich glaube, die ist gut.«

Als sie sich umdrehte, sah sie ihn auf sich zukommen. Panik machte sich in ihr breit, und sie begann, die Zeitschriften im Wartebereich zu sortieren. »Ist das Wetter nicht herrlich in den letzten Tagen? Der Frühling ist hier immer so launisch. Mal ist es warm und klar, dann rollen wieder schlimme Unwetter über uns hinweg. Das war auch der Auslöser für den Tornado. Oh, wo wir gerade dabei sind – wie geht's dem einen Verletzten? Dem aus dem Pick-up? Weißt du noch, der hatte diese schlimme Schnittwunde. Ich hab mich gefragt, ob …«

Er nahm sie in die Arme und presste seine Lippen auf ihre. Sie versuchte, ihm zu widerstehen. Wirklich. Aber sobald sein Mund ihren berührte, war ihre Entschlusskraft in etwa so unnachgiebig wie ein Marshmallow.

Es war nicht einmal ein langer Kuss. Nur ein paar Sekunden Kontakt. Als Stephen sich von ihr löste, war sie außer Atem und hungrig. Sie wollte sich in seine Arme werfen und ihn anbetteln, sie hier und jetzt zu nehmen.

»Wir müssen reden«, wiederholte er.

»Nein.« Sie schluckte schwer und versuchte, irgendwie ein bisschen Rückgrat aufzubringen. »Das ist eine ganz schlechte Idee. Wir haben nichts miteinander gemeinsam. Du bist Arzt, und ich frisiere alte Damen.«

Er runzelte die Stirn. »Was hat das denn damit zu tun? Ist mir doch egal, womit du dein Geld verdienst. Du hast einen messerscharfen Verstand – wenn bei dieser Geschichte irgendwer Gefahr läuft, sich unterlegen zu fühlen, dann ich. Wir verstehen uns, können uns über alles unterhalten. Ich finde dich witzig – und verteufelt sexy. Also, wo liegt das Problem?«

Was er sagte, gefiel ihr durchaus, aber sie würde sich nicht umstimmen lassen. »Du und ich … Wir könnten nie eine echte Beziehung führen.«

Noch immer hielt er sie an den Armen fest. Jetzt ließ er die Daumen auf und ab gleiten, dicht unter dem Saum ihrer Ärmel, und unwillkürlich erbebte sie. »Willst du das? Eine klassische Beziehung?«

Sie zögerte. »Nicht wirklich. Ich glaube nicht, dass davon viele funktionieren.«

»Ich will das genauso wenig. Ich will mich nicht verlieben oder mir Gedanken übers Heiraten machen müssen. Was ich will, ist etwas Besonderes mit einer besonderen Frau. Für mich war Qualität immer wichtiger als Quantität, deshalb hab ich kein Interesse daran, wild in der Gegend rumzuvögeln. Woran ich Interesse *habe*, ist, dein Liebhaber zu werden. Das würde mir sehr gefallen. Und ich glaube, das könnten wir beide wirklich genießen, sowohl im Bett als auch außerhalb. Ich verspreche, ich werde monogam bleiben, ein aufmerksamer Partner sein und immer dafür sorgen, dass du das Zusammensein mit mir genießt. Ich würde mich freuen, wenn wir Freunde sein könnten – Sachen miteinander unternehmen. Und wenn das Ganze den Weg alles Irdischen geht und endet, dann wäre es mir lieb, wenn wir ohne Animositäten auseinandergehen könnten.«

Ihr Hirn schien nicht in der Lage zu sein, aufzunehmen, was er da alles von sich gab. »Bei dir klingt das alles so rational«, brachte sie schließlich heraus und war sich nicht sicher, was sie eigentlich wollte. Sie wusste nur, dass ihr Körper noch nie so in Flammen gestanden hatte wie jetzt. Bisher hatte sie geglaubt, Leidenschaft bereits erlebt zu haben, aber da hatte sie sich getäuscht. Und wenn es sich schon nach einem simplen kurzen Kuss so anfühlte, wie würde es dann erst sein, wenn sie die Zügel fahren ließen?

»Es ist ja auch rational. Sag Ja.«

Bevor sie herausfinden konnte, was sie antworten wollte, verschloss er ihre Lippen erneut mit dem Mund. Doch diesmal war der Kuss alles andere als keusch. Während seine Zunge ihre zu einem erotischen Tanz aufforderte, umfasste er mit der einen Hand ihren Hintern und liebkoste mit der anderen ihre Brüste. Als sie geschockt aufkeuchte, musste er unwillkürlich grinsen.

Stürmisch drängten sie sich aneinander. Verlangen pulsierte durch ihre Adern, und ihre Knie drohten unter ihr nachzugeben. Sie musste sich an ihn klammern, um nicht hinzufallen. Ihre Zungen umkreisten einander, und seine herrlichen Berührungen waren noch besser als beim letzten Mal. Vielleicht weil sie mittlerweile wusste, was sie erwartete. Ihr ganzer Körper stand in Flammen. *Das geht doch nicht!* Sie musste Stephen davon abbringen. Sie musste …

Jetzt reizte er ihre Brustwarzen, kniff zärtlich hinein. Laut stöhnte sie auf und befürchtete, gleich hier und jetzt zu kommen. Schon verspannte sie sich, da wechselte er das Tempo, schlang beide Arme um sie und drückte sie an sich. Hart spürte sie seine Erregung an ihrem Bauch.

Er wollte sie ebenso sehr wie sie ihn. Wie sollte sie einer solchen Begierde widerstehen?

Keuchend zog sie den Kopf zurück und starrte ihn an. Pure Leidenschaft färbte seine Augen dunkel, und sein Atem ging genauso schnell wie ihrer.

»Ich glaube nicht, dass ich es überlebe, wenn ich dich nicht haben kann«, stieß er rau hervor.

Sie nickte. »Zu dir oder zu mir?«

7. Kapitel

Nora zerrte sich einen Pullover über den Kopf und friemelte ungeduldig ihre Arme in die Ärmel. Während sie das Kleidungsstück zurechtrückte, schaute sie immer wieder zur Uhr. Keine zwanzig Minuten mehr, dachte sie und bemühte sich, nicht in Panik zu geraten. In weniger als zwanzig Minuten würde Stephen hier sein. Das reichte nicht ansatzweise für alles, was sie noch zu erledigen hatte, aber es war mehr als genug Zeit für sie, um ihre Entscheidung eine Million Mal infrage zu stellen.

»Zu dir«, hatte er auf ihre atemlose Frage geantwortet, wo sie ihr erotisches Techtelmechtel fortsetzen sollten. »Wir treffen uns bei dir, und ich gebe dir noch eine Stunde, um dich vorzubereiten.« Als er das gesagt hatte, war ihr diese Stunde wie eine Ewigkeit erschienen, doch jetzt wusste sie, dass die Zeit niemals ausreichen würde.

Stirnrunzelnd sah sie in den Spiegel. Wie kleidete man sich für den Beginn einer Affäre? Sie wollte sexy, aber nicht billig wirken, zugänglich, aber nicht leicht zu haben. In wirren Haufen lagen ihre Kleider um sie herum verteilt. Mittlerweile hatte sie so gut wie alles aus ihrem Kleiderschrank anprobiert und nichts für gut befunden. Ganz zu schweigen davon, dass sie diesen Pullover wirklich nicht ausstehen konnte.

Grob riss sie ihn sich vom Leib und warf ihn zu den anderen für unpassend befundenen Kleidern auf den Boden. In nichts als einem pfirsichfarbenen Set aus Höschen und BH, das sie sich für ein Heidengeld im Internet bestellt hatte, musterte sie die Sachen, die noch in ihrem Schrank lagen.

Der Mann würde einzig und allein für Sex zu ihr kommen. Als sie angeboten hatte, sie könnte etwas kochen, hatte er sie wissen lassen, er sei an nichts interessiert, bei dem nicht *sie* auf der Menükarte stünde. Bei der Erinnerung an diese Worte rieselte ihr ein Schauer über den Rücken. Wieder warf sie einen Blick auf die Uhr. Eine Viertelstunde noch. *Verdammt!*

Blind griff sie in den Schrank und holte ein kurzes cremefarbenes Strickkleid hervor, das vorn zu knöpfen war, eng anlag und kaum etwas der Fantasie überließ. Nora neigte den Kopf zur Seite und musterte das Kleid, dann nickte sie. Es hatte sowieso keinen Zweck, sich subtil geben zu wollen. Zwei Minuten später hatte sie das Kleid gerade weit genug zugeknöpft, dass es den Vorderverschluss ihres BHs verdeckte. Sie schnappte sich eine Bürste und fuhr sich damit durchs Haar, dann tupfte sie sich etwas Parfüm auf die Innenseite ihrer Ellenbogen.

Mit ein paar gut gezielten Tritten beförderte sie die Kleiderhaufen in ihren begehbaren Kleiderschrank, schloss die Tür und betrachtete prüfend ihr Schlafzimmer. Das Bett hatte sie heute früh frisch bezogen. Für Stephens Geschmack hatte sie wahrscheinlich zu viele Zierkissen und Rüschen, aber das ließ sich jetzt nicht mehr ändern. Weder auf dem Nachtschränkchen noch auf dem Schminktisch lag noch irgendetwas Peinliches herum. *Gut.*

Eilig machte sie sich auf den Weg in die Küche. Dort holte sie eine Flasche Weißwein aus dem Kühlschrank und wühlte den Sektkühler hervor, den sie mit Eis befüllte, bevor sie die Flasche hineinstellte. Die selten benutzten Weingläser mussten erst abgestaubt werden, bevor Nora sie auf ein Tablett stellte und den Weinkühler daneben absetzte. Sie trug das Tablett ins Wohnzimmer. Jetzt blieb ihr gerade noch genug Zeit, um die Zeitungen der letzten Tage hinter dem Ecksessel verschwinden zu lassen, bevor es klopfte.

Sie fuhr zusammen, das Herz schlug ihr bis zum Hals. Er war hier. Was jetzt?

»B…bin gleich da«, brachte Nora heraus und verfluchte das leise Zittern in ihrer Stimme. Sie wollte kühl und mondän erscheinen – wie das genaue Gegenteil ihres tatsächlichen Zustands. Welch ein Irrsinn, sich auf Stephens Vorschlag eingelassen zu haben. Sie konnte das genauso wenig durchziehen, wie sie ein Raumschiff für den Flug in ferne Galaxien hätte bauen können. Das würde sie Stephen begreiflich machen müssen … Sobald sie den Mut aufgebracht hatte, ihn hereinzulassen.

Vor der Haustür blieb sie ein letztes Mal stehen und strich sich die Haare glatt. Sie hatte nur ganz wenig Make-up aufgelegt, keinen Lippenstift. Jetzt zupfte sie an ihrem Rocksaum, schaute auf ihre Füße hinunter und fragte sich, ob sie doch Schuhe hätte anziehen sollen, schluckte schließlich schwer und öffnete die Tür.

Stephen stand auf ihrer Veranda. Auch er hatte sich umgezogen und trug jetzt Jeans und ein weißes Hemd. Er war groß, athletisch und so attraktiv, dass ihr die Worte dafür fehlten. Außerdem hielt er einen riesigen Strauß gelber Rosen in der Hand. Vor lauter Nervosität rutschte ihr das Herz in die Hose. Plötzlich konnte sie nicht mehr atmen, aber das war nicht so schlimm. Schließlich war er Arzt und würde sie bestimmt im Handumdrehen wiederbeleben.

»Mit den Blumen bin ich mal auf Risiko gegangen«, gestand er, als er eintrat und ihr den Strauß überreichte. »Erst dachte ich, das ist vielleicht doch etwas zu klischeehaft, aber als ich die hier gesehen habe, konnte ich einfach nicht widerstehen.«

Genießerisch sog Nora den berauschenden Duft ein. »Die gelbe Rose von Texas?«

»So was in der Art.«

Sie drückte den Strauß an ihre Brust und kam sich ein wenig vor wie die Zweitplatzierte bei einem Schönheitswettbewerb. »Die sind traumhaft. Danke. Am besten stelle ich sie gleich mal in die Vase. Während ich mich darum kümmere, schenk du uns doch schon mal einen Wein ein.« Mit der Hand wies sie auf das Tablett, das sie auf dem Couchtisch bereitgestellt hatte.

Statt hinzugehen, grinste Stephen sie an. »Brauchst du etwa Alkohol, um das durchzuziehen?«

»Nein, aber vielleicht hilft er mir ja ein bisschen dabei, mich zu entspannen.«

»Du bist nervös?«

Kurz war sie versucht, die Augen zu verdrehen und ihn zu fragen, ob das sein Ernst sei, entschied aber, dass beides wohl kaum förderlich für die Stimmung wäre. »Ein bisschen«, brachte sie stattdessen heraus.

»Vielleicht sollten wir einfach loslegen«, antwortete er und kam näher, nahm ihr den Strauß ab und ließ ihn aufs Sofa fallen. »Dann hast du nicht so viel Zeit zum Grübeln.«

»Du willst es einfach so tun?« Die Entrüstung, die in ihrer Stimme mitschwang, ließ sie innerlich zusammenzucken. Sie räusperte sich. »Ich meine, wir sollten vielleicht erst mal was trinken, uns unterhalten und entspannen.«

Ohne Schuhe reichte sie ihm gerade so bis zur Nasenspitze. Was bedeutete, dass er ein paar wirklich nervige Sachen machen konnte, zum Beispiel ihr einen Kuss auf die Stirn drücken.

»Du entspannst dich doch sowieso erst, wenn wir es hinter uns gebracht haben«, befand er, lehnte sich an die Rückseite des Sofas und zog sie zwischen seine Beine. »Deine Muskeln sind angespannt, und ich fühle, wie du zitterst.« Er legte ihr die Hände an die Taille. »Hast du's dir anders überlegt?«

Jetzt standen sie wahnsinnig dicht beieinander. Ihre Beine berührten sich, und wenn Nora sich auch nur den kleinsten Hauch vorbeugte, wären sie vom Bauch bis zur Schulter aneinandergedrückt. Wollte sie das?

Ohne sich dessen bewusst zu sein, presste sie die Hände an seine breite Brust. Er fühlte sich warm an, muskulös und durch und durch männlich. Richtig gut, wenn sie ehrlich war. Die Leidenschaft, die sich in ihrem Laden geregt hatte, als er sie geküsst hatte, erwachte zu neuem Leben. In ihrem Inneren loderte Verlangen auf.

Sie schob die Finger hoch zu seinen Schultern und ließ sich nach vorn sinken, bis ihre Brustspitzen sein Hemd streiften. Köstliche Empfindungen schossen durch ihren Körper. Sie wollte, dass er wieder ihre Brustwarzen liebkoste, so wie er es im Salon getan hatte. Aber diesmal wollte sie dabei nackt sein. Sie wollte seine Haut auf ihrer spüren, seinen Leib, hart und bereit, wenn er in sie eindrang.

Um sie herum schien alles zu verschwimmen. Sie ertappte sich dabei, wie sie leicht schwankte, während sich zwischen ihren Beinen Hitze ausbreitete. Es war, als würde sie dahinschmelzen. Warum also küsste der Mann sie nicht endlich? Worauf wartete er eigentlich?

»Nora?«

»Hmm?«

»Wolltest du mir die Frage noch beantworten?«

»Was?« Er hatte eine Frage gestellt? »Was willst du wissen?«

»Hast du es dir anders überlegt?«

Sie blinzelte und schaute tief in Stephens wundervolle braungrüne Augen – den Spiegel der Seele, sagte man das nicht so?

»Dass du mich küssen sollst?« Sie war verwirrt. »Nein, das sollst du. Je eher, desto besser.«

»Nein«, erwiderte er geduldig, wenn auch spürbar angespannt. »Willst du immer noch mit mir schlafen?«

»Natürlich. Was denkst du denn, worüber wir hier reden?«

»Weiß der Teufel«, grummelte er, dann presste er den Mund auf ihren.

Er küsste sie nicht zum ersten Mal – da waren der Vorfall draußen in ihrer Auffahrt und der vorhin im Salon. Beide Male waren ihr die Knie weich geworden vor Begierde. Aber dieser Kuss war anders. Vielleicht weil sie allein und unbeobachtet waren. Vielleicht lag es auch daran, dass sie einander langsam kennenlernten. Möglicherweise meldeten sich einfach auch nur zum ersten Mal seit Jahren ihre Hormone. Wie dem auch sein mochte, Nora wurde fortgerissen von einer Leidenschaft, die ihr den Atem raubte.

Willig hob sie ihm das Gesicht entgegen und öffnete die Lippen, um ihn willkommen zu heißen. Als seine Zunge in ihren Mund drang, begegnete sie ihm mit ihrer, streichelte, rieb und umkreiste ihn, wollte, dass er jeden Zentimeter von ihr erkundete. Sein herrlicher Geschmack weckte den Wunsch in ihr, ihn überall zu kosten. Am Hals, an den Schultern, am Bauch – an jener persönlichsten aller Stellen. Später, dachte sie wie im Nebel, schlang die Arme um ihn und zog ihn noch enger an sich. *Dafür ist später noch jede Menge Zeit.*

Während er sie küsste, streichelte er ihren Rücken, dann ließ er die Hände weiter nach unten wandern und schob sie unter den Saum ihres Kleids. Stöhnend umfasste er ihren Po und drückte ihn fest, zog sie an sich, ließ sie spüren, wie hart seine Erektion war. Die Erkenntnis, dass er sie genauso sehr wollte wie sie ihn, ließ sie beinahe vor Lust aufkeuchen. Nacktes Verlangen erfasste sie und wuchs mit jedem hämmernden Herzschlag weiter an.

Spielerisch strich er über das Bündchen ihres Slips und liebkoste die nackte Haut ihres Pos. Die zarte Berührung kitzelte Nora, war aber im selben Moment auch äußerst erregend. Unwillkürlich begann Nora, sich unter seinen Händen zu winden. Doch er setzte seine erotische Erkundungstour bereits weiter fort, streichelte ihre Taille, den Rippenbogen und widmete sich dann ihren Brüsten.

Das Gefühl war herrlich. Beinah hatte sie vergessen, wie gut sich das alles anfühlen konnte. Die Wärme eines Mannes; von ihm angefasst zu werden. Aber es liegt nicht nur daran, dass ich so lange keinen hatte, dachte sie, während er mit Daumen und Zeigefingern ihre Brustspitzen neckte. Hier ging es speziell um Stephen – den Mann, der ihre emotionalen Mauern durchbrochen und sie daran erinnert hatte, dass sie eine lebendige sinnliche Frau war.

Er beendete den Kuss und lehnte die Stirn an ihre. »Du machst mich verrückt, ich bin schon viel zu kurz davor«, raunte er. »Und dabei sind wir beide noch angezogen.« Er küsste sie auf die Wangen, auf die Nase, aufs Kinn, dann knabberte er an ihrer Kehle. Und währenddessen liebkoste er ununterbrochen weiter ihre Brüste.

»Du fühlst dich so gut an«, fuhr er fort und leckte ihr Schlüsselbein, dann senkte er den Kopf tiefer, in das Tal zwischen ihren Brüsten. »Ich will dich überall berühren. Ich will dich sehen, will in dir sein.« Er hob den Kopf und lächelte. »Vielleicht sollten wir das ins Schlafzimmer verlegen.«

»Das würde mir gefallen«, flüsterte sie.

Vor Leidenschaft verdunkelten sich seine Augen. Er legte ihr die Hände an die Wangen und küsste sie sanft, dann nahm er sie bei der Hand und führte sie den Flur hinunter.

Im Schlafzimmer angekommen, drehte er sich zu ihr um und begann, das Kleid aufzuknöpfen. Überrascht stellte sie fest, dass seine Hände zitterten und er die kleinen Knöpfe kaum öffnen konnte. Sie war so mit ihrer eigenen Nervosität beschäftigt gewesen, dass ihr gar nicht in den Sinn gekommen war, ihm könnte es ähnlich gehen.

Als er beim dritten Knopf wiederholt scheiterte, schob sie seine Hände weg. »Das kann ich auch machen. Zieh du dir doch schon mal dein Hemd aus.«

So entkleideten sie sich schweigend, bis Nora nur noch in dem pfirsichfarbenen BH und dem dazu passenden Höschen vor ihm stand. Stephen war noch immer dabei, sich das Hemd aufzuknöpfen, und erstarrte mitten in der Bewegung. Interessiert betrachtete sie die pralle Erhebung unter seinem Reißverschluss.

Nora hatte sich nie groß mit ihrem Körper beschäftigt, denn sie hatte das Glück, gute Gene mitbekommen zu haben und relativ mühelos schlank zu bleiben. Ihre Kleidung suchte sie aus, wie sie ihr gefiel, ohne sich um die Meinung anderer Leute zu kümmern. Aber als Stephen sie anstarrte wie ein Verhungernder, der zum ersten Mal seit Wochen ein saftiges Steak zu Gesicht bekommt, durchrieselte sie ein wohliger Schauer.

Mit einem unflätigen Ausruf streckte er die Hände nach ihr aus, und sie war entzückt, dass sie ihm gefiel.

»Du bist der pure Wahnsinn«, murmelte er, bevor er wieder über ihren Mund herfiel.

Sie schloss ihn in die Arme und zog ihn an sich. Seine Hände schienen überall zu sein: auf ihrem nackten Rücken, an ihren Hüften, auf ihrem Po, streichelnd und liebkosend an ihren Oberschenkeln. Tastend fuhr er an der Rückseite ihres BHs entlang und folgte dem zarten Gewebe bis nach vorn, um den Verschluss zu lösen.

Stephen hielt lange genug in seinen Küssen inne, um ihre üppigen Kurven anzustarren. Dann nahm er sie stöhnend in die Hände. »Perfekt«, erklärte er und senkte den Kopf, um ihre aufgerichteten Spitzen zu liebkosen.

Das Gefühl seiner Zunge auf ihrer erregten Haut hätte sie beinahe in die Knie gezwungen. Sie musste sich an ihm festhalten, um nicht hinzufallen. Als er eine pralle Knospe in den Mund nahm und daran saugte, keuchte Nora auf und krallte die Finger in sein Haar. Feurige Begierde durchströmte sie. In ihrem Unterleib loderte eine verzweifelte Leidenschaft auf, und bei jedem Saugen seiner Lippen pulsierte die Antwort zwischen ihren Beinen.

»Nicht aufhören«, hauchte sie.

Ohne von ihr zu lassen, schob er sie rückwärts, bis sie die Bettkante in den Kniekehlen spürte. Stephen richtete sich auf und riss sich das Hemd über den Kopf. Dann hob er sie hoch und beförderte sie aufs Bett.

Wippend landete sie auf der weichen Matratze, und im nächsten Moment streckte er sich auch schon neben ihr aus. Dann war sein Mund wieder auf ihren Brüsten, und sie wusste, sie würde sterben, so herrlich war das alles.

Er leckte an ihren aufgerichteten Brustwarzen, umkreiste sie, knabberte sachte daran, und jede einzelne Berührung ahmte er an der anderen Brust mit den Fingern nach. Dann küsste er sie wieder auf den Mund und ließ die Hand an ihrem Bauch bis zum elastischen Bündchen ihres Slips hinabgleiten.

Sie wusste, was er vorhatte, und versuchte, sich dafür zu wappnen, doch es reichte nicht aus. Schon während er die Finger unter das Bündchen schob, spürte sie, wie ihre inneren Muskeln sich anspannten.

»Wie hast du's gern?«, fragte er dicht an ihrem Ohr, und seine Stimme war kaum mehr als ein Flüstern. »Sanft? Langsam? Schnell?« Während seiner Aufzählung demonstrierte er die Bewegungen.

Davon kann ich mir nichts aussuchen, dachte sie aufgewühlt. Die fühlen sich alle fantastisch an. »Ganz egal«, brachte sie heraus.

Schnell zog er ihr das Höschen aus und begann, ihren sensibelsten Punkt zu verwöhnen. Vor und zurück, auf und ab, kreisend, streichelnd, aufschaukelnd, bis sie sich auf nichts anderes mehr fokussieren konnte als auf diesen einen Punkt absoluter Perfektion.

»Du bist mehr als bereit für mich«, flüsterte er und leckte ihre Ohrmuschel. »Du bist so wahnsinnig sexy. Gott, wie sehr ich dich will! Ich schwöre dir, würdest du mich jetzt anfassen, würde ich in der nächsten Sekunde kommen. Ich kann's kaum erwarten, in dir zu sein. Ich will dich ausfüllen, spüren, wie du die Kontrolle verlierst.«

Der Erotik dieser Szene, die er da ausmalte, konnte sie nicht widerstehen. Unwillkürlich spreizte sie die Beine und drängte sich ihm entgegen. Ihr Höhepunkt rückte immer näher, das spürte sie.

Und dann konnte sie sich nicht länger zurückhalten. Ihr Bedürfnis nach Erfüllung steigerte sich ins Unermessliche, bis sie glaubte, explodieren zu müssen. Sie konnte nicht sprechen, nicht atmen, konnte nichts tun, außer auf diesen einen unfassbaren Augenblick der Erlösung zuzusteuern.

»Du bist kurz davor«, wisperte er. »Das fühle ich.«

Er erhöhte den Druck und drang gleichzeitig mit einem Finger in sie ein. Das war endgültig zu viel für sie. Pure Lust durchströmte sie in Wogen aus Licht und Hitze. All ihre Muskeln spannten sich an und pulsierten wieder und wieder, bis sie zitternd und keuchend den Tränen nah war. Bis zum Schluss liebkoste er sie behutsam weiter, dann schloss er sie in die Arme und drückte sie an sich.

»Du bist unglaublich«, sagte er.

Sie brachte ein mattes Lächeln zustande. »Und jetzt stell dir mal vor, wie es wird, wenn wir erst beide beteiligt sind.«

»Das hab ich schon.«

Mit einem sanften Kuss löste er sich von ihr und erhob sich, um sich rasch von Schuhen, Socken, Jeans und Boxershorts zu befreien. Bevor er wieder zu ihr aufs Bett kam, nahm er noch einmal die Jeans zur Hand und zog ein Kondom aus der Tasche.

Nora war derweil damit beschäftigt, seine athletisch definierten Beine zu bewundern und wie die feinen Härchen unter seinem Bauchnabel pfeilförmig auf seine pralle Erektion zuliefen. Jetzt landete ihr Blick auf dem Kondom in seiner Hand. Sie erstarrte innerlich.

»Das hab ich völlig vergessen«, gestand sie – mehr an sich gerichtet als an ihn. »Ich nehme weder die Pille noch sonst irgendwelche Hormone, und trotzdem hab ich keine Sekunde daran gedacht. Es ist schon eine ganze Weile her, dass …«

Stephen streckte sich wieder neben ihr aus und drückte ihr einen Kuss auf die Lippen. »Ich war mir nicht sicher, da erschien es mir am vernünftigsten, auf Nummer sicher zu gehen.«

Langsam ließ sie sich auf ihr Kissen sinken und strich ihm nachdenklich über die Brust. »Ich hätte wissen müssen, dass die jahrelange medizinische Ausbildung sich irgendwann bezahlt machen würde.«

»Genauso sehe ich das auch. Also, wo waren wir stehen geblieben?«

Bevor sie antworten konnte, hatte er sich schon das Kondom übergestreift und schob sich über sie. Zärtlich küsste er sie, zuerst auf den Mund, dann widmete er sich wieder ihren Brüsten. Rasch spürte sie, wie sie aufs Neue bereit für ihn wurde. Sie hungerte förmlich danach, ihn endlich in sich zu spüren.

Im nächsten Moment fühlte sie, wie er behutsam in sie eindrang. Unwillkürlich spreizte sie die Beine weiter, legte ihm die Hände auf den Po und zog ihn näher zu sich heran, um ihn noch intensiver zu spüren. Langsam und herrlich tief füllte er sie immer weiter aus, bis sie sich nichts Überwältigenderes vorstellen konnte, als diese körperliche Intimität mit ihm zu erleben.

Stöhnend stieß er erneut zu. Pure Leidenschaft loderte in seinen Augen, als er ihrem Blick begegnete. »Lange kann ich mich nicht zurückhalten. Ich würde ja gern, aber du bist einfach …«

Sie lächelte. »Das ist ja wohl kaum eine Beleidigung. Außerdem dauert es bei mir auch nicht mehr lange.«

Schon jetzt fühlte sie, dass sie kurz davor war, erneut zu kommen. Mit jedem Stoß brachte er sie dichter und dichter an den Rand der Ekstase.

Er schloss die Arme um sie, senkte den Kopf und küsste sie. Mit den Zungen wiederholten sie den Liebesakt, den sie vollführten. Sehnsüchtig klammerte sie sich an ihn, nahm ihn in voller Länge in sich auf, drängte sich jedem Stoß entgegen und gab sich seinem Rhythmus hin, der sie schließlich über die Grenze trieb.

Mit einem spitzen Schrei erreichte sie einen gewaltigen Höhepunkt. Sekunden später versteifte auch er sich und keuchte ihren Namen. Fest hielten sie einander in den Armen und genossen gemeinsam die sich langsam legenden Wogen der Leidenschaft.

Erfüllt von einer tiefen Zufriedenheit, lehnte Stephen sich auf dem Küchenstuhl zurück. Mit Nora zu schlafen war noch besser gewesen, als er es sich ausgemalt hatte. Sie war nicht bloß wunderschön und sexy dabei, sondern hatte auch intensiver auf ihn reagiert, als er es je bei einer Frau erlebt hatte. Wie sie gekommen war … beide Male. Sicher, er hatte erwartet, dass es gut sein würde – aber nie hätte er zu hoffen gewagt, dass es so überwältigend wäre.

»Woran denkst du?«, fragte sie, als sie vom Küchentresen aufsah, wo sie beschäftigt war.

Seine Energie hatte gerade so ausgereicht, dass er sich die Jeans übergestreift hatte, für mehr nicht. Nora trug einen weißen Frotteebademantel, der eigentlich praktisch hätte aussehen sollen, doch an ihr war es das heißeste Kleidungsstück, das er je an einer Frau gesehen hatte. Allein der Anblick, wie der dicke Kragen ab und an auseinanderklaffte und einen weichen Brustansatz freigab, reichte aus, ihn schon wieder hart werden zu lassen. Andererseits würde Nora ihn wohl praktisch immer erregen, ganz egal, was sie tat.

»Dass du umwerfend bist«, antwortete er, stand auf und trat hinter sie.

Sie war dabei, ein paar Brote zu schmieren. Zärtlich umarmte er sie, schob beide Hände unter den Bademantel und drückte sachte ihre Brüste. Augenblicklich richteten die Spitzen sich auf.

»Ich kann mich nicht konzentrieren, wenn du das machst«, beschwerte sie sich. »Willst du nun essen oder Sex?«

»Muss ich mich unbedingt für eins entscheiden? Können wir nicht beides haben?«

»Schon, aber nicht gleichzeitig. Vorhin hast du gesagt, du willst nichts essen, eben hieß es, du bist am Verhungern. Was denn nun?«

Er vergrub das Gesicht in ihrer duftenden Mähne und seufzte. »Können wir jetzt was essen und danach Liebe machen?«

Der leise Schauer, der sie bei diesen Worten überlief, brachte ihn zum Lächeln.

»Okay«, sagte sie.

Widerstrebend setzte er sich wieder an den Tisch. Sie belegte die Sandwiches fertig, dann zauberte sie sogar noch etwas Kartoffelsalat aus dem Kühlschrank und gab ihnen beiden eine Portion auf den Teller.

Währenddessen ging Stephen ins Wohnzimmer und holte den Wein und die Blumen. Er fühlte sich gut – so gut wie schon lange nicht mehr. Auch wenn er unbedingt mit Nora hatte schlafen wollen, hatte er sich doch gefragt, ob er Probleme haben würde, mit einer anderen Frau intim zu werden. Ein Teil von ihm hatte sich gesorgt, Courtney könnte ihm einen Strich durch die Rechnung machen.

Aber er hatte nicht ein einziges Mal an sie gedacht. Nein,

er war berauscht gewesen von Nora und ihrer Einzigartigkeit. Zufrieden stellte er fest, dass er die körperliche Liebe genießen konnte, ohne sich schuldig zu fühlen.

Er machte den Wein auf und schenkte ihnen beiden ein Glas ein. Im selben Moment stellte Nora die Teller auf den Tisch, dann füllte sie eine Vase mit Wasser und stellte die Blumen hinein. Schließlich setzte sie sich ihm gegenüber und nahm ihr Sandwich zur Hand.

Ihre Haut war noch immer gerötet, ihre Lippen waren geschwollen. Die dunklen Locken fielen ihr wild um die Schultern. Sie sah aus wie eine Frau, die den Nachmittag im Bett verbracht hatte. Schon erwachte das Verlangen nach ihr erneut, er brauchte diese Nähe zu ihr. Wollte all ihre Geheimnisse ergründen, ihre Vergangenheit kennenlernen, herausfinden, wo ihre Gemeinsamkeiten lagen und wo sie sich voneinander unterschieden.

Plötzlich schrillte eine Alarmglocke in seinem Kopf. Es ist nur Freundschaft, ermahnte er sich. *Eine Affäre. Das alles ist okay, aber keine Gefühle.* Niemals *darfst du dich verlieben.*

»Also«, begann Nora, nachdem sie den ersten Bissen heruntergeschluckt hatte. »Warum ist ein halbwegs anständiger Kerl wie du noch nicht verheiratet?«

Die Frage brachte ihn zum Lachen. »Typisch Nora, immer direkt zum Punkt. Kein Um-den-heißen-Brei-Gerede, keine Tänzeleien, gnadenlos offen und ehrlich. Warum bist *du* nicht verheiratet?«

»Weichst du meiner Frage aus?«

»Ganz und gar nicht. Ich wüsste nur gern, warum du denkst, ich müsste es sein.«

Darauf verdrehte sie die Augen. »Also bitte. Jetzt fischst du aber nach Komplimenten, das ist unter deiner Würde. Wir haben doch schon festgehalten, dass du halbwegs gut aussiehst, annähernd intelligent bist und beruflich einigermaßen erfolgreich.«

Er nippte an seinem Wein. »Jetzt übertreibst du's aber mit der Bauchpinselei.«

Sie grinste. »Definitiv. Also, es muss doch mindestens ein halbes Dutzend Frauen geben, die dich irgendwie als guten Fang betrachten würden.«

»Aber du gehörst nicht dazu?«

Sie hob die Augenbrauen. »Willst du dir das wirklich antun?«

»Nein, eigentlich nicht.« Er lehnte sich vor. »Okay, ich gestehe. Ich war mal verheiratet.«

Sie legte ihr Sandwich hin und schlug mit beiden Händen auf den Tisch. »Ich wusste es. Siehst du, das ist ein weiterer Beweis für meine Theorie. Der Grund, warum du geschieden bist. Also, meine Theorie lautet folgendermaßen: Jeder Mann hat irgendeine furchtbare Macke. Die einen trinken, die anderen spielen, wieder andere sind gemein oder unfassbar unordentlich. Was auch immer. Das Geheimnis einer erfolgreichen Ehe ist, dass die Frau diesen Fehler findet, *bevor* sie sich an den Kerl bindet, und sich gut überlegt, ob sie damit leben kann.«

Typisch Nora, dachte er trocken. »Hast du eigentlich für alles eine Theorie?«

»So ziemlich.«

»Es gibt da bloß ein Problem.«

Sie hob die Hand. »Ich weiß, was du jetzt sagen willst. Du willst wissen, ob Frauen auch diese furchtbaren Macken haben. Manche schon, das gebe ich zu, aber dem Großteil gelingt es tatsächlich, mackenfrei zu bleiben. Zu diesen glücklichen Frauen zähle auch ich.«

»Natürlich«, murmelte er. »Wie könnte ich auch je was anderes denken?«

Sie stützte das Kinn auf die Hand und lächelte. »Also, Schätzchen. Raus damit, was ist deine furchtbare Macke? Was hat dieser Ehe den Garaus gemacht?«

»Nichts.« Er zuckte die Achseln. »Das wollte ich dir ja gerade erklären. Ich bin Witwer.«

8. Kapitel

In diesem Moment erlebte Nora eine außerkörperliche Erfahrung. Statt an dem Gespräch mit Stephen teilzunehmen, schwebte sie an der Küchendecke. Sie konnte sich sehen, wie sie am Tisch saß, einen geschockten, aber interessierten Gesichtsausdruck aufgesetzt. Stephen erzählte und erzählte, doch sie hörte kein Wort.

Witwer? Stephen?

Sie blinzelte und fand sich auf ihrem Stuhl sitzend wieder, mühsam um Normalität bemüht, während sie in Wahrheit weder atmen noch denken noch irgendetwas begreifen konnte. Er hatte seine Frau geliebt, und sie war gestorben, sodass er allein und trauernd zurückgeblieben war?

Ihr war nicht ganz klar, warum die Vorstellung solch ein Schock für sie war. Schließlich kam es vor, dass Menschen ihre Ehepartner verloren. Auch wenn es meistens der Mann war, der zuerst starb, konnte es durchaus auch andersherum sein.

»Aber sie muss ja noch furchtbar jung gewesen sein«, fiel sie ihm mitten im Satz ins Wort.

»Ja, das war sie«, bestätigte er. »Vierunddreißig. Courtney war ein Jahr älter als ich.«

Courtney. Stumm wiederholte Nora den Namen. »Klingt hübsch … und zierlich.«

Um seine Mundwinkel spielte ein leichtes Lächeln. »Das war sie tatsächlich. Und verdammt klug. Überall Klassenbeste. Sie war eine brillante Chirurgin mit beinahe magischen

Händen. Hatte eine intuitive Verbindung zu ihren Patienten. Zumindest haben ihre Ausbilder das immer gesagt.«

Courtney klingt wie ein mustergültiges Exemplar ihrer Gattung, dachte Nora bitter. Eine perfekte kleine Puppenfrau, die in der Lage war, die Welt zu retten. Außerdem war sie Ärztin gewesen. Natürlich. »Habt ihr euch im Medizinstudium kennengelernt?«

»Ja.« Er biss von seinem Sandwich ab und kaute. »Sie war zwei Jahre über mir. Zum einen, weil sie älter war, aber sie hatte das College auch schon mit sechzehn abgeschlossen. Hatte ganz früh bereits eine Klasse übersprungen. Die Spezialisierung für ihr Fachgebiet dauert normalerweise Jahre, aber sie hat immer gesagt, sie wolle damit durch sein und praktizieren, bevor sie vierzig wäre.«

Nora wusste, sie würde sich für die Frage hassen, aber sie konnte einfach nicht anders. »Was war denn ihr Fachgebiet?«

»Pädiatrische Neurochirurgie.«

Sie schob den Teller von sich und griff nach ihrem Wein. »Natürlich«, murmelte sie. Eine brillante, wunderschöne Frau, die ihr Leben der Rettung von Kindern verschrieben hatte. Aber nicht bloß als Kinderärztin. Nein, das wäre zu einfach gewesen.

Unbehaglich zupfte sie am Kragen des Bademantels und wünschte, sie würde sich nicht so nackt und verletzlich fühlen. Von dumm ganz zu schweigen. Sie besaß einen scharfen Verstand und ein großes Mundwerk, das sie noch nie im Stich gelassen hatte. Aber Fakten waren Fakten. Sie war eine Kleinstadt-Friseurin irgendwo im texanischen Hinterland. Nach ihrem Highschool-Abschluss hatte sie noch ein paar Abendkurse zum Thema Betriebswirtschaft in Kleinunternehmen gemacht, aber das war es dann auch. Den meisten Leuten, mit denen sie zu tun hatte, konnte sie problemlos das Wasser reichen, aber mit einer brillanten, chirurgisch hochbegabten Heiligen konnte sie nicht mithalten.

»Courtney und ich haben uns durch gemeinsame Bekannte in einer Lerngruppe kennengelernt«, berichtete Stephen gerade. »Eines Nachmittags sind wir ins Gespräch gekommen, und danach hat sich die Sache zwischen uns rasant entwickelt. Im Sommer nach meinem Examen haben wir geheiratet.«

»Deine Familie muss begeistert gewesen sein – ihr Sohn, der Arzt, angelt sich eine begabte Ärztin.«

Sie gab sich wirklich Mühe, einigermaßen normal zu klingen. Allerdings ließ ein rascher fragender Blick von Stephen ahnen, dass es ihr nicht unbedingt gelang.

»Sicher, sie haben sich gefreut.«

»Kann ich mir vorstellen.«

Angestrengt räusperte sie sich. Was sollte sie jetzt sagen? Sie bereute es, das Thema überhaupt angeschnitten zu haben, aber jetzt würde sie aus der Misere auch nicht mehr herauskommen. Da konnte sie genauso gut gleich alles in Erfahrung bringen.

»Wie, äh, wie lange wart ihr denn verheiratet?«

»Knapp sieben Jahre. Wir haben zusammen in Boston gelebt. Courtney hatte gerade eine Facharztstelle ergattert, als sich herausgestellt hat, dass sie schwanger war.«

Nora hatte gerade an ihrem Wein genippt, und bei dieser jüngsten Eröffnung hätte sie ihn beinahe wieder ausgespuckt. Im letzten Augenblick gelang es ihr, sich zusammenzureißen. Leider geriet ihr das Getränk trotzdem in den falschen Hals, und sie verschluckte sich.

»Alles in Ordnung?«, fragte er besorgt und war schon halb aufgestanden.

Mit der Hand bedeutete sie ihm, wieder Platz zu nehmen, und hustete weiter, bis sie schließlich mit dünner Stimme keuchend ein »Schon gut« herausbrachte. »Erzähl weiter.«

Stephen zögerte. »Für Courtney war das Timing nicht gerade ideal«, sagte er dann. »Das mit dem Baby, meine ich. Sie hatte sich in dieser Facharztstelle weiterbilden wollen, was viele Stunden zusätzliche Arbeit bedeutet hätte. Leider war die Schwangerschaft körperlich nicht leicht für sie.«

Nora spürte, dass noch mehr dahintersteckte, aber sie würde ihn nicht darüber ausquetschen. Sie hatte schon genug zu verdauen. Das bisschen Essen, das sie herunterbekommen hatte, lag ihr wie ein Stein im Magen. Sie wollte nicht mehr hören; es war schon jetzt zu viel. Dass Stephen schon einmal verheiratet gewesen war, dass seine perfekte, schöne Ärztin ein Kind bekommen hatte.

Beim Gedanken an ein Baby wurde ihr weh ums Herz. *Ein eigenes Baby.* Nora sehnte sich nach Kindern, auch wenn der Weg dahin noch nicht so ganz klar war. Für den Rest der Welt mochten alleinstehende Mütter akzeptabel sein, aber in Lone Star Canyon würde sie damit noch immer einen Skandal verursachen. Außerdem hatte sie nicht besonders oft intime Begegnungen mit Männern, was bedeutete, dass die altmodische Art der Zeugung für sie nicht infrage kam. Noch hatte sie nicht den Mut aufgebracht, sich um andere Optionen zu bemühen, aber Adoption war für sie durchaus eine Möglichkeit.

»Courtney hatte im siebten Monat eine Fehlgeburt.«

Stephens tonlose Verkündung holte sie abrupt in die Realität zurück. Ungläubig starrte sie ihn an. »Sie hat das Baby verloren?«

Er nickte. »Ich hatte eine Doppelschicht in der Notaufnahme, und bis man mich erreicht hatte und ich zu ihr in die Klinik fahren konnte, war das Baby schon tot. Courtney ebenfalls.«

Seine braungrünen Augen verdunkelten sich vor Schmerz, auch wenn er weiterhin einen leichten Ton anschlug. »Da hast du also meine finsteren Geheimnisse. Wahrscheinlich nicht ganz so aufregend, wie du dachtest.«

Sie wusste, er wollte nur die Stimmung auflockern, aber es gelang ihr nicht, mitzuspielen. Nicht solange sie noch dabei war, das Gesagte zu verarbeiten. »Ihr wart offensichtlich sehr glücklich miteinander«, murmelte sie. »Courtney scheint eine wundervolle Frau gewesen zu sein.«

»Sie war alles, was ich mir je gewünscht habe, und ich habe sie sehr geliebt. Mittlerweile ist ihr Tod gut zwei Jahre her. Im ersten Jahr war ich wie betäubt. Dann bin ich langsam wieder auf die Beine gekommen und habe erkannt, dass ich mich wieder meinem alten Traum vom Landarzt zuwenden wollte. Und so bin ich dann hier gelandet.«

Sie schenkte ihm ein mattes Lächeln, weil sie nicht wusste, was sie sagen sollte. Wie reagierte man auf solche Eröffnungen? Courtney war so anders gewesen als jeder Mensch, dem Nora je begegnet war … Aber vor allem war Stephens verstorbene Ehefrau völlig anders als Nora selbst.

Sie nahm noch einen Schluck Wein. »Wieso ich?«

Grinsend hob er die Augenbrauen. »Du meinst, wieso ich mich von einem schönen Gesicht und einem noch anziehenderen Körper habe verführen lassen?«

Bei seinen Komplimenten fühlte sie sich kein Stück besser. »So in der Art, ja.«

»Ich war einsam«, antwortete er und lehnte sich vor. »Du bist schön und sexy, aber dazu bist du auch eine Herausforderung. Das gefällt mir, Nora. Seit Courtney gestorben ist, habe ich mich mit Frauen nicht viel abgegeben. Tatsächlich bist du die erste, mit der ich wieder näheren Kontakt habe … in jedweder Hinsicht.«

Sie war sich nicht sicher, ob das nun gut oder schlecht war. Wieder zupfte sie an ihrem Bademantel und wünschte, sie hätte sich die Zeit genommen, sich wieder anzuziehen. Dann hätte sie sich nicht ganz so nackt fühlen müssen.

»Vielen Dank, dass ich dein Sprungbrett zurück in die Welt des Datings sein durfte«, sagte sie. »Dann kannst du dich ja daranmachen, sämtliche Singlefrauen in Lone Star Canyon zu verführen, jetzt, wo du wieder weißt, wie der Hase läuft und dass du's noch draufhast.«

»Glaubst du, darauf bin ich aus? Masse? Außerdem möchte ich an dieser Stelle darauf hinweisen, dass die meisten Singlefrauen in dieser Stadt entweder unter zwanzig oder über fünfundsechzig sind.«

»Dann war ich also die einzige Wahl?«

Sie wünschte, sie könnte die Worte zurücknehmen, doch das ging nicht. Forschend sah Stephen sie an. »Nora, was ist los?«

»Nichts. Es ist einfach – ich weiß nicht … Komisch.«

»Meine Vergangenheit zu kennen?«

Sie nahm ihren kaum angerührten Teller und trug ihn zur Spüle. »Ja. Natürlich. Ich hatte da etwas anderes erwartet.«

Mit dem Gesicht zum Spülbecken hörte sie, wie er aufstand, dann war er auf einmal hinter ihr und legte die Arme um sie, zog sie an sich.

»Was ändert das denn? Was ich gesagt habe, war ernst gemeint. Ich genieße es wirklich, mit dir zusammen zu sein. Keiner von uns ist auf der Suche nach etwas Langfristigem. Du hast unmissverständlich klargemacht, was du von Männern und der Ehe an sich hältst, und ich will das alles nicht noch mal durchmachen. Wir sind perfekt füreinander.«

»Wenn du das sagst.«

Aber überzeugt war sie nicht. Genauso wenig konnte sie erklären, warum sie sich so … so … *betrogen* fühlte. Sie wusste einfach, es wäre leichter gewesen, wenn Stephen einfach geschieden wäre, wenn die Gefühle für seine Frau erloschen wären und er sie verlassen hätte. Selbst wenn er verlassen *worden* wäre. Aber dass seine Frau und sein Kind gestorben waren, war um ein Vielfaches schlimmer.

Außerdem wusste sie jetzt mit Sicherheit, dass er es ernst meinte, wenn er sagte, er wolle keine dauerhafte Beziehung. Bei dieser Geschichte hier ging es ihm nur um Sex. Dabei bezweifelte sie nicht, dass er tatsächlich monogam bleiben würde, aber sie wusste eben auch, dass er sich nicht in absehbarer Zeit verlieben würde. Jedenfalls nicht in sie. Nicht dass sie das gewollt hätte. Mit Liebe und Heiraten hatte sie nichts am Hut. Daran hatte sie sich einmal zu oft die Finger verbrannt, herzlichen Dank auch.

Stephen hielt Nora weiter im Arm. Als sie vor einer Stunde miteinander geschlafen hatten, war sie nachgiebig und zugänglich gewesen. Jetzt kam es ihm so vor, als wäre sie emotional auf Distanz gegangen. Ihr Körper war steif, ihre Kommentare wirkten abgehackt. Würde er sie nicht besser kennen, hätte er fast glauben können, er hätte sie verletzt. Bloß dass das nicht sein konnte. Die Einzelheiten seiner Vergangenheit mochten sie überrascht haben, aber weiter hätten sie keinen Einfluss auf Nora haben sollen.

War es ein Fehler gewesen, ihr von Courtney zu erzählen? Normalerweise gab er kaum jemandem preis, was ihm widerfahren war, aber bei Nora war es ihm leichtgefallen. Er mochte und respektierte sie nicht nur, nein, er vertraute ihr auch. Fürchtete sie, er könnte immer noch seiner Frau nachhängen? Sollte er zu erklären versuchen, dass er seinen Frieden mit der Vergangenheit gemacht hatte? Dass er Courtney zwar immer lieben würde, aber bereit war, sein Leben weiterzuleben?

»Ist irgendwas?«, fragte er. »Bist du wütend oder verletzt?«

Sie schüttelte den Kopf. »Natürlich nicht.«

Ihm entging nicht, dass sie sich trotz dieser Antwort nicht zu ihm umwandte. Nicht dass es nicht auch seine Vorteile gehabt hätte, auf ihren Hinterkopf zu starren. Auch wenn er es sehr genoss, ihr perfektes Gesicht zu betrachten, gefiel es ihm durchaus, wie ihr Hintern sich an seinen Schritt presste. So nah bei ihr zu sein war mehr als ausreichend, um erneut hart zu werden.

Er schob ihr das Haar über die Schultern. »Na, wenn du nicht sauer bist, macht es dir ja sicher auch nichts aus, wenn ich das hier tue.«

Sachte streifte er die freigelegte Haut mit den Lippen, dann leckte er über die Stelle. Ein Schauer lief durch ihren Körper.

»Ich will dich«, raunte er, dann drehte er sie in seinen Armen um, sodass er ihren Mund erobern konnte.

Einen oder zwei Herzschläge lang reagierte sie nicht. Ihre Arme hingen locker herab, ihr Körper schmiegte sich nicht an seinen. Doch als er den Kuss vertiefte, ihre Zunge zu einem erotischen Tanz herausforderte und seine Erektion an ihrem Bauch rieb, spürte er ihre Leidenschaft erwachen. Sie schlang ihm die Arme um den Hals, ließ die Finger in sein Haar gleiten und zog ihn näher an sich. Selbst durch den dicken Frotteestoff hindurch fühlte er ihre Körperwärme, als sie ihm das Becken entgegendrängte.

Sein Puls hämmerte in seinen Ohren. Ihr schien es offenbar genauso zu gehen, und gemeinsam berauschten sie sich an ihrem erhitzten Blut, bis sie ein erotisches Fieber erfasste.

Er tastete nach dem Gürtel ihres Bademantels und öffnete ihn. Bevor sie reagieren konnte, schob er ihr den Stoff von den Schultern und legte ihren nackten Körper frei. Für eine Sekunde zog er sich zurück, um sie zu betrachten: ihre vollen Brüste, die Rundung ihrer Hüften, den anmutigen Bogen ihrer Schenkel. Verlegen errötete sie unter seiner schamlosen Musterung, aber weder wich sie zurück, noch bedeckte sie sich.

»Du bist eine Augenweide«, sagte er, fasste sie bei der Hand und dirigierte sie zu einem Stuhl am Küchentisch. Er brachte sie dazu, sich zu setzen, dann ging er vor ihr auf die Knie und drückte einen Kuss auf ihren flachen Bauch.

»Was hast du vor?«, fragte sie, doch das Leuchten in ihren Augen verriet ihm, dass sie es nicht bloß wusste, sondern sich darauf freute.

Anstelle einer Antwort schenkte er ihr ein träges Lächeln, dann zog er eine Spur von Küssen über die Innenseite ihres rechten Oberschenkels. Während er an dem süß duftenden Fleisch knabberte, ließ er die Handflächen an ihren Schienbeinen auf und ab gleiten. Er kitzelte sie in den Kniekehlen, dann fuhr er die glatte Außenlinie ihres Oberschenkels nach.

Seufzend spreizte sie unter seinen Zärtlichkeiten die Beine. Er packte sie bei der Hüfte und zog sie zu sich. Dann ließ er die Hände aufwärtswandern bis zu ihren Brüsten, beugte den Kopf vor und küsste ihren empfindsamsten Punkt.

Nur ein Kuss, sagte er sich, obwohl er wusste, dass er sich damit in die eigene Tasche log. Er würde weit mehr tun, als sie zu küssen. Er würde sie auf intimste Weise liebkosen, sie kosten und ihr Lust bereiten, bis sie seinen Namen schrie und er verrückt wurde vor Verlangen nach ihr. Schon jetzt wuchs der Hunger in seinem Inneren. Seine Erregung zuckte und pulsierte im Takt seines Herzschlags. Hätte sie ihm jetzt zwischen die Beine gegriffen, hätte er innerhalb einer Nanosekunde jede Beherrschung verloren. Zum Glück war sie zu sehr damit beschäftigt, sich an ihrem Stuhl festzuhalten, um ihm Beachtung zu schenken.

Er verwöhnte sie mit der Zunge, fand mühelos ihre sensibelste Stelle, mit deren Hilfe er sie einmal ins Paradies und zurück befördern konnte. Während er ihren empfindsamsten Punkt mit der Zunge umkreiste, liebkoste und neckte er mit den Fingern ihre Brüste, streichelte die aufgerichteten Knospen. Ihr stockte der Atem, ihr Körper erbebte, und noch immer ließ er nicht von ihr ab.

Nach einer Weile zog er sie ein Stück nach vorn und legte sich ihre Beine auf die Schultern. Nun lag sie völlig offen und bloß vor ihm. Sie musste sich an der Stuhlkante festklammern, um die Balance zu halten. Schnell und keuchend ging ihr Atem, und aus ihrer Kehle drang leises Stöhnen. Jeder Atemzug, jeder Laut fachte seine eigene Leidenschaft weiter an. Er war hin- und hergerissen zwischen dem Wunsch, den Augenblick in die Länge zu ziehen, und dem verzweifelten Drang, sich tief in ihr zu versenken.

Scharf holte er Luft und zwang sich, seine Gelüste zu beherrschen. Statt sich mit dem quälenden Druck in seinem Schritt zu befassen, wandte er seine Aufmerksamkeit wieder Noras Traumkörper und der Lust zu, die er ihr bereiten konnte. Behutsam schob er einen Finger in ihre feuchte Hitze, während er sie erneut mit der Zunge zu verwöhnen begann. Immer schneller ließ er die Zunge kreisen, je mehr er ihre Lust anwachsen spürte.

Nun ließ er auch einen zweiten Finger in sie gleiten und dehnte sie ganz sachte, bevor er langsam seinen Rhythmus steigerte. Rein und raus, rein und raus … Sie keuchte, erzitterte, rief seinen Namen. Und noch immer wuchs die Anspannung. Mit der freien Hand streichelte er ihre pralle Brustwarze.

Nora schrie.

Ihre Beine zuckten unkontrolliert, und sie drückte seinen Kopf in ihren Schoß, hielt ihn an sich gepresst. Während die Lust in gnadenlosen Wogen über sie hinwegrollte, durchströmte ihn eine enorme Befriedigung. Genau das hatte er gewollt. Sie zum Schreien und Keuchen zu bringen. Er wollte alles über ihren Körper in Erfahrung bringen, bis er sie mit einem einzigen Blick in ein willenloses Bündel verwandeln konnte. Sie war die erotischste Frau, die ihm je begegnet war.

Schließlich ebbte ihr Höhepunkt langsam ab, und er richtete sich auf. Ihre Beine glitten von seinen Schultern. Träge öffnete sie die Augen und lächelte ihn an. Er drückte einen Kuss auf ihren Oberschenkel, ohne jedoch die Finger aus ihr zurückzuziehen. Noch immer bewegte er sie gleichmäßig rein und raus, zuerst langsam, dann zunehmend schneller.

»Das kann doch nicht dein Ernst sein«, protestierte sie. »Nie und nimmer schaffst du *das* ein zweites Mal. Du solltest lieber dein Ding durchziehen und die Befriedigung genießen, mich auf ein willenloses Nervenbündel reduziert zu haben.«

»Ich denke, nicht«, entgegnete er und hielt ihren Blick fest. »Mir ist es lieber, wenn unser Liebesspiel auf Gegenseitigkeit beruht. Ich will dich.«

Bei diesen Worten weiteten sich ihre Pupillen, und sie bekam eine Gänsehaut. Schnell beugte er sich vor und nahm ihre Brustspitze in den Mund.

»Ich kann nicht«, flüsterte sie. »Nicht schon wieder. Ich war noch nie eine, die mehr als einmal kommt.«

Er schaute zu ihr empor. »Und was war das vorhin?«

»Dafür habe ich keine Erklärung.«

»Dann finden wir doch mal raus, ob wir das wiederholen können.«

Noch während sie den Kopf schüttelte, spürte er, wie sie erschauerte. Er behielt seinen Rhythmus bei, bis ihr Atem erneut stoßweise kam.

»Ich fasse es nicht, was du hier mit mir anstellst«, brachte sie keuchend heraus.

»Ich auch nicht.«

Unvermittelt stand er auf und zog sie hoch. Er war zu erregt, zu begierig, um sich zu gedulden, bis sie es ins Schlafzimmer geschafft hätten. Stattdessen stellte er den einen noch auf dem Tisch verbliebenen Teller auf den Stuhl, auf dem sie eben noch gesessen hatte, und dirigierte Nora dafür auf die Tischplatte. Als sie sich ihm öffnete und die Beine spreizte, knöpfte er seine Jeans auf und streifte sich rasch ein Kondom über.

»Du ziehst dir nicht mal die Hose aus?«, neckte sie ihn, dirigierte ihn aber im selben Moment zum Zentrum ihrer Lust.

»Keine Zeit«, stieß er hervor und drang mit einer geschmeidigen Bewegung in sie ein.

Sie öffnete den Mund, um noch etwas zu sagen, dann spürte sie einen weiteren Höhepunkt heranrollen. Bebend klammerte sie sich an ihn, zog ihn noch tiefer in sich hinein, bis ihm nichts anderes übrig blieb, als sich ihr völlig zu ergeben.

Zwei weitere schnelle Stöße katapultierten auch ihn über die Klippe. Der wachsende Druck löste sich und erfüllte ihn mit purer Lust. Jetzt klammerte er sich an ihr fest, atmete ihren Duft ein und schwelgte in der Perfektion ihres erotischen Zusammenspiels.

Sie hielten einander, bis ihr Atem wieder normal ging. Schließlich löste Nora sich ein Stück von ihm und lächelte. »Ich werde diesen Tisch nie wieder ansehen können, ohne an das zu denken, was wir hier gerade getrieben haben. Und ich bin mir nicht ganz sicher, ob das gut ist.«

Er grinste. »Okay, nächstes Mal versuchen wir, es ins Schlafzimmer zu schaffen.«

Lächelnd zupfte sie an seiner Jeans, die ihm immer noch um die Hüften hing. »Ich glaube, nächstes Mal sollten wir erst mal versuchen, alle Kleider abzulegen. So komme ich mir vor, als wären wir noch auf der Highschool.«

»Ist das so verkehrt?«

Entspannt lächelte sie ihn an. »Wohl nicht. Auch wenn ich mich nicht entsinnen kann, dass es so gut gewesen wäre, als ich noch auf der Highschool war.«

»Ich sag's dir immer wieder, wer sich mit Anatomie auskennt, hat einen entscheidenden Vorteil.«

Während er das sagte, zog er sich langsam aus ihr zurück und griff nach unten, um sicherzugehen, dass das Kondom blieb, wo es war. Als sein Blick seinen Händen folgte, entdeckte er, dass das dünne Latex ihn nicht so bedeckte, wie es sollte. Ein langer Riss hatte das Material beinah auf ganzer Länge zweigeteilt.

»Es ist gerissen«, stieß Nora ungläubig und gleichzeitig entsetzt hervor.

Stephen unterdrückte ein Stöhnen. *Verdammt.* Die potenziellen Konsequenzen waren ihnen offensichtlich beiden klar. Ihm zog sich der Magen zusammen, und barsch befahl er sich, nicht in Panik zu verfallen.

»Schon in Ordnung«, sagte er ruhig. »Aus gesundheitlicher Sicht stelle ich kein Risiko für dich dar. Und was eine Schwangerschaft angeht – na ja, die ist äußerst unwahrscheinlich. Es war ja nur das eine Mal.«

»Ich weiß.« Ihre Stimme klang verzagt. Sie rutschte vom Tisch und griff sich ihren Bademantel. »Es ist bestimmt nichts passiert. Es kam nur etwas unerwartet.«

»Sehe ich auch so.«

Er entsorgte das Kondom und konnte nicht umhin, sich zu erinnern, was geschehen war, als Courtney aufgegangen war, dass sie wegen einer Reihe ungünstig gelegener Schichten vergessen hatte, die Pille zu nehmen. Sie war rasend wütend gewesen. Und als sie erfahren hatte, dass sie tatsächlich schwanger war, war ihr Zorn nur noch gewachsen. Stephen war begeistert gewesen, doch für Courtney hatte das Kind einfach nur eine Unannehmlichkeit dargestellt. In ihrer Facharztposition hatte sie keine Zeit, Mutter zu sein.

Während er sich die Jeans zuknöpfte, dachte er an ihre Streitgespräche zurück. Courtney hatte abtreiben wollen, aber er hatte sie angefleht, das Baby zu behalten. Weil er, selbstsüchtig, wie er war, unbedingt ein Kind hatte haben wollen. Letztendlich hatte sie nachgegeben und damit ihren Tod besiegelt. Es war alles seine Schuld. Mittlerweile war ihm das klar. Aber es war zu spät, die Vergangenheit ließ sich nicht ändern.

Das kann ich nicht noch einmal durchstehen, schoss ihm durch den Kopf. Weder eine ungeplante Schwangerschaft noch eine widerstrebende werdende Mutter. Nora durfte schlicht und ergreifend nicht schwanger sein.

Er wandte sich ihr zu, wie sie da am Tresen stand – eingehüllt in ihren Bademantel, die Hände in die Taschen geschoben, die Schultern eingezogen.

»In welcher Zyklusphase bist du?«, fragte er.

»Schon kurz vor der Periode. Also wenigstens der am wenigsten gefährliche Zeitpunkt für einen Unfall.« Sie hob den Kopf und schaute ihn an. »Hör mal, Stephen, es ist schon spät, und das gerade war ein ziemlicher Dämpfer. Warum fährst du nicht nach Hause, und wir sprechen uns morgen wieder?«

Ein Teil von ihm wollte aufbegehren. Er war davon ausgegangen, dass er über Nacht bleiben und sie beim Schlafen in den Armen halten dürfte. Aber sie hatte recht, die Stimmung war dahin. Etwas Zeit für sich konnte er jetzt mehr als gebrauchen.

»Sicher, dass alles okay ist?«, vergewisserte er sich.

»Mir geht's gut. Ich wollte doch, dass du heute Abend herkommst. Und das bereue ich nicht, okay?«

Er ging zu ihr und küsste sie auf den Mund. »Was ich vorhin gesagt habe, war ernst gemeint. Du bist für mich etwas Besonderes, und ich hoffe, wir kriegen das hier hin.«

»Ich auch.«

Es dauerte noch beinahe fünfzehn Minuten, aber am Ende gelang es Nora, ihn aus dem Haus zu bugsieren. Männer … Wollte man sie dabehalten, konnten sie es gar nicht erwarten, das Weite zu suchen, und wollte man seine Ruhe, mutierten sie zu Klammeraffen.

Als sie endlich allein war, ließ sie sich gegen die Haustür sinken und musste einen Schrei unterdrücken. *Etwas Besonderes.* Er hielt sie für etwas Besonderes. Sie wusste nicht, ob sie lachen oder weinen sollte. Wie besonders konnte sie schon sein im Vergleich zu seiner ach so perfekten Frau?

»Was für ein Abend«, murmelte sie, schaltete das Licht im Wohnzimmer aus und ging ins Schlafzimmer.

Der Sex war überwältigend gewesen, und sie musste zugeben, dass sie in ihrem ganzen Leben noch nichts Vergleichbares erfahren hatte. Aber für die Zukunft konnte sie auf tiefschürfende Geständnisse und Unfälle gut verzichten. Dieses Wissen über Stephens Vergangenheit ging ihr furchtbar gegen den Strich, auch wenn es nicht den geringsten Sinn ergab, dass es sie auch nur annähernd tangierte. Warum sollte es ihr etwas ausmachen, dass er Witwer war?

Sie ging zu ihrem Bett und zog die Decke glatt. In der Bettwäsche hing noch der Duft ihres Liebesspiels. Aber sie war zu müde, um jetzt noch alles neu zu beziehen. Morgen früh vielleicht.

Stephen war verheiratet gewesen – und beinah sogar Vater geworden. Sie wusste nicht, was das alles bedeutete. Statt sich also weiter den Kopf darüber zu zerbrechen, ließ sie sich auf die Matratze fallen und öffnete ihre oberste Nachttischschublade. In der Ecke lag ein kleines Notizbuch. Sie blätterte die Seiten durch, las den letzten Eintrag und fügte einen neuen hinzu. Als sie fertig war, klappte sie das Büchlein zu und drückte es an ihre Brust.

Sie hatte schlicht und ergreifend gelogen. Es war ganz und gar kein ungefährlicher Zeitpunkt für sie, denn sie war genau in der Mitte ihres äußerst regelmäßigen Zyklus. Selbst ein Kaninchen wäre heute wohl kaum fruchtbarer als sie.

Doch sie gestattete sich keinen Gedanken an das Wunder eines Babys. Stattdessen bläute sie sich ein, es sei schließlich nur das eine Mal gewesen – und ignorierte das schadenfrohe Stimmchen, das flüsterte, mehr als einmal sei auch nicht notwendig.

9. Kapitel

Nora steckte bis zu den Ellenbogen in einer Dauerwelle, als am nächsten Morgen die Blumen eintrafen. In dem Moment, in dem der junge Mann vom Blumenladen ihren Salon betrat, waren all ihre Sinne sofort in Alarmbereitschaft. Am Samstagvormittag war immer viel los, und so hatte sie die geballte Aufmerksamkeit sämtlicher Kundinnen, während sie hastig ihre Unterschrift auf das hingehaltene Klemmbrett kritzelte und die übergroße Vase entgegennahm. Das sonst so laute Geschnatter kam zum Erliegen, und alle Köpfe drehten sich in ihre Richtung, als sie die Karte sorgsam in ihre Tasche steckte und auf dem Empfangstresen Platz schuf für das Arrangement.

»Blumen?«, bemerkte Mrs. Arnold neckisch. »Von wem die wohl sind …?«

Nora schenkte dem ganzen Salon ein strahlendes Lächeln. »Sind die nicht schön?« Mit großer Geste sog sie den süßwürzigen Duft des Frühlingsstraußes ein.

Jill war gerade dabei, mit einer Kundin einen neuen Termin zu vereinbaren, und schaute mit wissendem Blick zu Nora auf. »Sie sehen traumhaft aus. Die Iris erkenne ich ja noch, aber wie heißen diese rosa Blumen hier?«

»Das sind Stargazer-Lilien«, erklärte Nora. »Und die langstieligen hier mit den fluffigen weißen Blüten sind Garten-Levkojen. Was für ein wundervoller Start in den Tag.« Noch einmal lächelte sie strahlend, dann ging sie zurück zu ihrer Kundin. »So, was wollten Sie noch gleich über die neue Freundin Ihres Enkels erzählen?«

Ein wenig Aufwand war vonnöten gewesen, aber innerhalb einiger Minuten war es ihr gelungen, die Aufmerksamkeit von sich und dem opulenten Blumenstrauß abzulenken, der den gesamten Salon mit seinem Duft erfüllte. Leider kommentierte jede eintreffende Kundin das Arrangement aufs Neue. Doch mit keinem Wort gab Nora preis, wem sie die Blumen zu verdanken hatte, und niemand war so direkt, sie geradeheraus zu fragen. Aber sie rätselten und spekulierten, und es machte Nora wahnsinnig, im Mittelpunkt des allgemeinen Interesses zu stehen. Schließlich hatte sie sich in ihrem Leben schon mit genug Klatsch herumschlagen müssen.

Verschlimmert wurde das Ganze noch durch ihre vergeblichen Mühen, Stephen und ihre intime Begegnung am Vorabend zu vergessen. Die anhaltende körperliche Befriedigung und der traumhafte Blumenstrauß waren eine ständige Erinnerung an das, was zwischen ihnen geschehen war … einschließlich der Eröffnung über seine verstorbene Frau und des geplatzten Kondoms. Andere Frauen konnten wahrscheinlich problemlos erwachsene Affären führen, ohne davon sonderlich beeinflusst zu werden. Aber nicht sie. Eine Nacht voll unglaublichem Sex, und ihre Welt stand kopf.

Kurz nach eins hatte Nora endlich eine Pause in ihrem Terminplan. Sie verschwand auf die kleine Toilette hinten im Salon und schlug die Karte auf.

Danke für letzte Nacht.

Sie las es zweimal, dann blinzelte sie und las es noch einmal. Danke für letzte Nacht? Das sollte doch wohl ein Scherz sein. Wenn Stephen auch nur eine Sekunde lang glaubte, es würde irgendetwas verschleiern, wenn er seinen Namen wegließ, dann war er verrückt. Dank ihm würde nun in kürzester Zeit jeder Bescheid wissen. Was, um alles auf der Welt, sollte sie nur mit ihm anstellen?

Sie betrachtete ihr Spiegelbild in dem ovalen Spiegel über dem Waschbecken und steckte eine Haarsträhne fest, die sich aus ihrem Bauernzopf gelöst hatte. Ihr Make-up saß noch recht gut, und so frischte sie nur den Lippenstift auf, bevor sie aus der Toilette huschte und den Salon durch die Hintertür verließ. Ihr nächster Termin war erst um halb zwei, was ihr reichlich Zeit gab, Stephen Remington mal gehörig die Leviten zu lesen.

Indem sie einen großen Bogen bis zum Ende des Häuserblocks schlug und die Praxis von hinten betrat, gelang es ihr, ungesehen in das Gebäude zu kommen. Am Empfang saß Schwester Rosie und trug Daten in eine Tabelle ein.

»Ich muss mit ihm sprechen«, erklärte Nora und konnte der anderen Frau dabei kaum ins Gesicht sehen. Es fühlte sich an, als wüsste die gesamte Stadt Bescheid über das, was sie gestern Abend getrieben hatten.

»Gibt es ein Problem? Seine Sprechstunde ist für heute vorbei, aber wenn es sich um einen Notfall handelt – er ist noch hier.«

Nora knirschte mit den Zähnen. »Nein, es geht um etwas Persönliches. Sagen Sie ihm einfach, dass ich mit ihm sprechen muss.«

Am liebsten wäre sie einfach in sein Büro marschiert und hätte ihrer Frustration freien Lauf gelassen, die ihren gesamten Körper in Aufruhr versetzte. Aber damit hätte sie dem Tratsch nur noch mehr Nahrung gegeben, und das war das genaue Gegenteil von dem, was sie wollte.

Rosie musterte sie einen Moment, bevor sie nickte und nach hinten ging. Keine Minute später kam sie wieder und bedeutete Nora, ihr zu folgen. Nora bedankte sich bei der anderen Frau, trat an ihr vorbei in ein großes holzgetäfeltes Büro, knallte die Tür hinter sich zu und ließ ihrer Wut freien Lauf.

»Was ist dein Problem?«, fauchte sie, marschierte auf den Schreibtisch zu und funkelte Stephen böse an. »Ich hoffe wirklich sehr, das hast du nicht mit Absicht gemacht, aber trotz meiner sonstigen Vorbehalte dir gegenüber war ich nicht davon ausgegangen, dass du dermaßen dämlich sein könntest.«

»Wie charmant«, bemerkte er trocken und lehnte sich in seinem großen Lederstuhl zurück. Er wirkte weder verärgert noch verwirrt oder auch nur überrascht angesichts ihres dramatischen Auftritts. Wenn überhaupt, schien er leicht amüsiert zu sein, was ihr furchtbar gegen den Strich ging.

»Ja, klar, für dich ist das witzig. Aber ich habe hier ein Leben, verdammt noch mal. Hör auf, mir darin rumzupfuschen.«

Jetzt erhob er sich. Er war groß, athletisch, und obendrein wusste sie jetzt auch, wie er nackt aussah. In seiner Stoffhose, dem Hemd und der Krawatte wirkte er sehr professionell, aber unwillkürlich musste sie daran denken, dass er ohne Kleider die Versuchung in Person war. Mit diesem Mann hatte sie Dinge gespürt, die sie noch nie in ihrem Leben empfunden hatte. Er hatte ihr Reaktionen entlockt, die sie niemals für möglich gehalten hätte, und selbst in ihrer Wut wünschte sie sich nichts sehnlicher, als dass er sie packen und gleich hier auf seinem überdimensionierten Schreibtisch nehmen würde.

Er kam um den Tisch herum und blieb vor ihr stehen,

lehnte die Hüfte an das Holz, verschränkte die Arme vor der Brust und bedachte sie mit einem Lächeln.

»Verrätst du mir jetzt mal, was dich so aufgebracht hat?«

Sie griff in ihre Hosentasche und zückte die Karte, die er mit den Blumen geschickt hatte. Zorn und Frust brodelten so gnadenlos in ihr, dass sie am liebsten mit Sachen um sich geworfen hätte. Stattdessen stieß sie zwischen zusammengebissenen Zähnen hervor: »Du hast mir Blumen und eine Karte geschickt.«

Verwirrt nahm er den Umschlag entgegen und zog die kleine Karte heraus. »Ich verstehe dich nicht. Für mich war das gestern Abend etwas sehr Besonderes. Ich habe es genossen, und ich glaube, dir ging es genauso. Die Blumen sind meine Art, mich zu bedanken und dich wissen zu lassen, dass ich an dich denke. Das ist schlicht und ergreifend gutes Benehmen.«

»Gutes Benehmen? Was hat das denn damit zu tun? Wir reden hier von meinem *Leben.*« Sie stemmte die Hände in die Hüften und beugte sich vor. »Das sind Blumen, Stephen. Weiß der Himmel, wer alles dein Auto bis spätnachts vor meinem Haus hat stehen sehen. Und dann schickst du mir Blumen und eine Karte, auf der du dich für letzte Nacht bedankst. Eine Anzeige in der Lokalzeitung hätte es den Leuten vielleicht noch ein bisschen einfacher gemacht, eins und eins zusammenzuzählen, aber mit der Aktion hier machst du es ihnen auch nicht gerade schwer.«

Sie riss ihm die Karte und den Umschlag aus der Hand und stopfte sie zurück in ihre Tasche. »Ich wollte, dass das unter uns bleibt«, erinnerte sie ihn. »War das nicht unsere Abmachung?«

Stumm schaute er sie an. Verschiedene Emotionen spiegelten sich in seinen Augen, aber sie kannte ihn nicht gut genug, um sie deuten zu können. Dann streckte er die Hand aus und streichelte ihre Wange.

»Du hast recht«, erklärte er schlicht. »Es tut mir leid. Ich hab nicht nachgedacht. Aber ich habe diesen Abend mit dir sehr genossen und wollte dich das unbedingt wissen lassen.« Er ließ die Hand sinken.

Sie öffnete den Mund, dann schloss sie ihn wieder. »Du entschuldigst dich?«

»Ja. Natürlich. Ich hab einen Fehler gemacht. Ich wusste, dass du nicht willst, dass irgendwer davon erfährt. Schließlich hast du genauso wenig Interesse an Gerede wie ich. Lone Star Canyon ist eine Kleinstadt, und mit meinem Blumenstrauß und dieser Karte habe ich uns dem allgemeinen Interesse und Spekulationen ausgesetzt. Das war dumm von mir. Ich hab nicht nachgedacht. Es tut mir leid.«

Ihr Zorn verflog, als hätte es ihn nie gegeben. Sie konnte sich nicht entsinnen, dass sich je ein Mann bei ihr entschuldigt hätte – jedenfalls nicht so umfassend und ehrlich. »Danke«, sagte sie. »Entschuldigung angenommen.«

Ernst hielt er ihren Blick fest. »Glaubst du mir?«

Sie biss sich auf die Unterlippe und nickte. »Ja, ich glaube dir.«

Da richtete er sich auf, umfasste ihre Taille, lehnte sich wieder an den Schreibtisch und zog sie an sich. Ihr Bauch drückte sich an seine Lenden, und sie legte ihm die Hände auf die Schultern.

»Gut«, stellte er mit einem zufriedenen Lächeln fest. »Also, was hältst du von einer Wiederholung?«

Bevor sie antworten konnte, lag sein Mund schon auf ihrem.

Sie befahl sich, wütend zu werden, weil er so ein unsensibler Holzklotz war. Sich loszumachen, ihm eine Ohrfeige zu verpassen und ihm gehörig die Leviten zu lesen. Aber seine Lippen auf ihren fühlten sich einfach zu gut an. In einer einzigen Nacht hatte er herausgefunden, wie sehr sie seine intensiven sinnlichen Küsse genoss, und jetzt setzte er diese Schwäche gegen sie ein.

»Ich will dich«, raunte er und ließ die Lippen über ihre Wange zu ihrer Kehle wandern. »Du machst mich verrückt, ich kriege nicht genug von dir. Sag mir, wann ich dich wiedersehen darf.«

Sie drückte gegen seine Schultern, doch die Geste war allenfalls halbherzig. »Gleich kommt jemand rein und sieht uns.«

»Dann soll sich derjenige gefälligst eine eigene Frau suchen.«

Trotz ihres Bedürfnisses, die Kontrolle zu behalten und ihm zu widerstehen, konnte sie ein Lachen nicht unterdrücken. »Du bist echt zum Haareraufen.«

»Ich bin zum Haareraufen *gut*. Du willst mich genauso, das merke ich dir an.«

Er schaute sie an, und sie wusste, wie viel Leidenschaft in ihrer Miene abzulesen war. Sie wollte ihn tatsächlich, auch wenn sie es nicht sollte.

Endlich brachte sie die Kraft auf, sich von ihm loszumachen. »Ich muss wieder in den Salon, ich hab um halb zwei einen Termin.«

Sachte berührte er ihre geschwollenen Lippen. »Bald?«, bat er.

Sie wollte Nein sagen, ihm erklären, ihre gemeinsame Nacht sei ein Fehler gewesen. Wollte ihn daran erinnern, dass das zweite Kondom gerissen war und das ganz eigene Konsequenzen nach sich ziehen konnte. Doch sie brachte kein

Wort heraus. Stattdessen wählte sie den Weg der Feigheit und flüchtete aus seinem Büro, ohne auch nur einen Blick zurückzuwerfen.

»Geh mit mir aus.«

Stephens Stimme war dunkel und beharrlich, und Nora hätte schnurren mögen. Seufzend lehnte sie sich auf dem Stuhl hinter dem Empfangstresen zurück und widerstand der Versuchung, sich umzudrehen und aus dem Schaufenster zu blicken. Stephen war gleich auf der anderen Straßenseite … nah genug, dass sie sich in weniger als drei Minuten in den Armen liegen könnten. Eine äußerst verlockende Vorstellung.

»Ich kann nicht«, antwortete sie und hoffte, ihre Entschlossenheit würde das Telefonat überdauern. Wenn er ihr zu lange nachlief, wusste sie, sie würde weich werden. Schon jetzt spürte sie ein leises Beben in ihrem Körper beim Gedanken, mit ihm zusammen zu sein. Sie sehnte sich danach, ihn zu sehen, mit ihm zu reden, und am allermeisten danach, mit ihm zu schlafen.

»Es ist schon fast eine Woche her«, drängte er. »Du meidest mich. Was ich wissen will, ist, wieso.«

Sie schluckte ihre Schuldgefühle hinunter. »*Meiden* ist etwas hart ausgedrückt. Ich hab viel zu tun. Nachdem ich so lange krank war, gab es viel aufzuholen. Jetzt, wo das geschafft ist, bin ich kaputt.«

»Ich würde dir ja gern glauben«, erwiderte er, »aber ich weiß nicht, ob ich das kann.«

Ertappt verzog sie das Gesicht, denn seine Vorbehalte waren gerechtfertigt. Wenn sie ehrlich war, hatte sie ihn tatsächlich gemieden und würde das auch noch so lange wie möglich fortsetzen. Aber wenn sie ihm das eröffnete, würde er wissen wollen, wieso, und an diesem Punkt gingen ihr die Argumente aus. Sie hatte keinen guten Grund dafür … bis auf die kleine Stimme in ihrem Kopf, die ihr einredete, ihn wiederzusehen wäre sehr gefährlich – auch wenn sie keinen Ton darüber verlauten ließ, wieso.

Aber Nora hatte ihre eigenen Gründe. Sie musste sich immer noch an den Gedanken gewöhnen, dass Stephen bis zum Tod seiner Frau glücklich verheiratet gewesen war. Was, wenn er die Frau immer noch liebte? Das war zu furchtbar, um auch nur darüber nachzudenken – damit würde eine Beziehung mit ihm zu sehr einer Affäre mit einem verheirateten Mann gleichkommen. Etwas, das für sie nicht infrage kam.

Und selbst wenn er langsam über den Verlust hinwegkam, war sie nicht bereit, sich ständig mit einer anderen vergleichen zu lassen. Wie, bitte schön, sollte sie es denn mit einer Courtney Remington aufnehmen, einer Kinder-Hirnchirurgin?

»Was steckt wirklich dahinter?«, bohrte er nach. »Was willst du vor mir verbergen?«

»Da gibt es keine tiefen dunklen Geheimnisse«, behauptete sie. Das ist nur ein bisschen gelogen, redete sie sich ein. Ihre Vorbehalte waren persönlich, nicht geheim. »Unsere gemeinsame Nacht war schön, aber ich habe nicht das Verlangen, das Ganze zu wiederholen.«

»Warum nicht? Ich weiß, dass du deinen Spaß hattest. Willst du etwa behaupten, es hätte dir nicht gefallen, was ich alles mit dir angestellt habe?«

Seufzend wippte sie auf ihrem Stuhl. Doch, es hatte ihr sogar sehr gefallen. Selbst jetzt noch reichte allein der Gedanke daran aus, dass ihr ganz warm zumute wurde und sie erbebte. »Es ist komplizierter als das.«

Er senkte die Stimme. »Nein, es ist sehr einfach. Ich will

dich ausziehen und dich küssen, bis du nach Luft schnappst. Ich will an dieser kitzligen Stelle in deiner Kniekehle knabbern und mich an deinen Schenkeln aufwärtslecken. Ich will sehen, wie du dich unter mir anspannst und vor Lust laut aufschreist, und dann will ich in dir sein und das Ganze noch mal erleben.«

Mit nur wenigen Worten hatte er ein äußerst schillerndes Bild erschaffen, und ihr wurde die Kehle eng, bis ihr Atem hörbar schwerer ging. »Ja, gut, das wäre nett, aber was dann? Wir haben nichts, das uns verbindet.«

Er lachte leise. »Und was ist mit der körperlichen Anziehung?«

»Das ist bloß Chemie.«

»Hey, red nicht so abfällig über mein Lieblingsfach in der Schule. Davon abgesehen haben wir jede Menge Gesprächsthemen, Nora. Das weißt du genauso gut wie ich. Ich glaube, was dir die größte Sorge bereitet, ist nicht, ob wir einander genug zu sagen haben, sondern wie überragend es ist, wenn wir mit anderen Dingen beschäftigt sind. Ich glaube, du hast Angst.«

Volle Punktzahl für den Gegner, dachte sie und wusste nicht, was sie antworten sollte. »Ich kann es nicht besser erklären. Zumindest im Moment nicht.« Sie schluckte. »Ich muss auflegen, Stephen. Bis dann.«

Sie drückte den Knopf, ohne auf eine Antwort zu warten. Ein paar Augenblicke saß sie einfach nur auf ihrem Stuhl und fragte sich, ob er ihre Entscheidung akzeptieren oder über die Straße marschieren, an die Tür hämmern und darauf bestehen würde, dass sie mit ihm redete.

Mehrere Minuten vergingen und brachten nichts als Stille mit sich. Ein Teil von ihr war enttäuscht, dass er sich nicht mehr bemüht hatte, aber größtenteils war sie zufrieden. Ohne ihn und die Komplikationen, die er mit sich brachte, würde das Leben um einiges leichter sein.

Sie lehnte sich auf dem Stuhl zurück und sah sich in ihrem Salon um. Es war Donnerstagabend, nach sieben Uhr, alle anderen waren bereits nach Hause gegangen. In der Luft hingen noch die Gerüche von Shampoo, Dauerwellenlösung und Haarspray. Sie hatte hart gearbeitet, um das Snip 'n Clip kaufen zu können, und jetzt gehörte der Salon ihr, und zwar bis zur letzten Haarklammer. Sie hatte ein florierendes Geschäft, ein bisschen was auf der hohen Kante, und jetzt – sie berührte ihren Bauch – erwartete sie möglicherweise ein Kind.

Nora lächelte in sich hinein. War sie tatsächlich schwanger? Wahrscheinlich war es noch zu früh, um es feststellen zu können, aber sie konnte nicht umhin, darauf zu hoffen. Sie hatte sich immer Kinder gewünscht, und da sich in ihrer Zukunft kein Mr. Right abzeichnete, war dies womöglich ihre einzige Chance. Wenn Stephen kein Interesse an einer langfristigen romantischen Beziehung mit einer Frau hatte, würde ihn ein Kind wahrscheinlich noch weniger reizen. Was bedeutete, dass sie sich keine Sorgen würde machen müssen, er könnte ihr auf die Nerven gehen und Dad spielen wollen. Das Baby wäre ganz allein ihres.

An dieser traumhaften Zukunftsaussicht hielt sie fest. Sie wusste, dass sie eine gute Mutter werden würde – immerhin hatte sie ein fantastisches Vorbild gehabt. Ihr Kind würde umgeben von Liebe und Fürsorge aufwachsen, genau wie sie.

»Bitte, lieber Gott«, flüsterte sie in die Nacht. »Lass mich schwanger sein.«

Nur noch ein paar Tage, sagte sie sich. Dann würde sie einen Test machen können und es sicher wissen.

Myrna Nelson wirkte zerbrechlich wie ein Kranich, schien fast nur aus langen dünnen Beinen und hohlen Vogelknochen zu bestehen. Die Langsamkeit, mit der sie Stephens Sprechzimmer betrat, ließ in ihm sämtliche Alarmglocken schrillen. Mit einer Geste bot er ihr einen der Stühle vor seinem Schreibtisch an, doch statt sich auf die andere Seite auf seinen Ledersessel zurückzuziehen, setzte er sich zu ihr und nahm ihre erschreckend dürre Hand in seine.

»Ich muss Ihnen leider sagen, Myrna, dass ich mir ernsthaft Sorgen um Sie mache«, begann er und schaute ihr eindringlich in die blassblauen Augen. »In den letzten vier Wochen haben Sie anderthalb Kilo verloren. Sie sind zu dünn. Warum essen Sie so wenig?«

Zaghaft hob sie die Schultern, was nur noch verdeutlichte, wie knochig sie waren. Myrna war noch nie üppig gewesen, aber bis zu ihrem vor Kurzem ausgefochtenen Kampf gegen den Krebs hatte sie vor Lebensfreude nur so gesprüht. Sie war ein aktives Gemeindemitglied ihrer Kirche und eine passionierte Gärtnerin gewesen, und die geheime Rezeptur ihrer Brownies war so wundervoll, dass man ihr in den vier Jahren ihrer Witwenschaft Dutzende Heiratsanträge gemacht hatte.

Doch in den vergangenen Monaten hatte sich all das verändert. Die Operation war ein Erfolg gewesen, ihre Bestrahlungstherapie war überstanden, und die Prognose sah exzellent aus. Trotz ihrer vierundsiebzig Jahre hatte sie bis vor Kurzem noch die Energie und Lebensfreude einer Mittdreißigerin besessen.

»Raus damit, was ist los?«, beharrte er.

»Nichts. Mit mir ist alles in Ordnung. Ein bisschen müde bin ich vielleicht.« Sie seufzte, dann lächelte sie. »Aber es ist sehr freundlich von Ihnen, dass Sie sich um mich sorgen.«

»Gehen Sie noch zum Gottesdienst? Arbeiten Sie in Ihrem Garten?«

Sie schüttelte den Kopf. »Das erscheint mir alles so mühselig.«

Er musterte sie aufmerksamer. Bisher hatte er sie immer in farbenfrohen Kleidern gesehen. Heute trug sie ein zerknittertes formloses Kleid in dunklen Tönen. Ihre Lippen waren blass, was ihm in Erinnerung rief, dass er sie bis zu ihrer Krebsdiagnose nie ungeschminkt gesehen hatte. Jetzt trug sie gar kein Make-up mehr. Ihre Haare waren sauber, aber unfrisiert, ihre Fingernägel unregelmäßig geschnitten. Vor ihm saß eine Frau, die nichts mehr wirklich kümmerte.

»Bitte, lassen Sie sich jetzt nicht so hängen nach allem, was Sie durchgemacht haben«, bat er sie. »Ich will Sie noch nicht verlieren.«

Sie schenkte ihm ein mattes Lächeln, das nicht ihre Augen erreichte. »Danke, Dr. Remington. Das wird schon.«

Langsam erhob sie sich und hängte sich ihre Tasche um, dann schlurfte sie aus dem Sprechzimmer. Er folgte ihr und wünschte, er hätte eine magische Antwort auf dieses Problem. Myrna Nelson hatte ihren Lebenswillen verloren. Etwas an ihrer Krankheit hatte sie in Hoffnungslosigkeit versinken lassen.

Als er ihr die Praxistür aufhielt, schaute er automatisch hinüber zur anderen Straßenseite. In der hellen Nachmittagssonne waren in Noras Schaufensterscheiben nur Spiegelungen zu erkennen, doch er stellte sich die schöne Frau vor, die dort im Salon arbeitete.

In diesem Moment trat eine ihrer Kundinnen aus dem Gebäude. Sie war in Mrs. Nelsons Alter, doch anders als Myrna ging diese Dame beschwingten Schrittes. Kurz blieb sie stehen, um im Schaufenster ihr Spiegelbild zu bewundern, tätschelte ihr frisch frisiertes Haar und schenkte sich ein zufriedenes Lächeln.

Stephen starrte hinüber, während sich in seinem Kopf eine Idee zu formen begann. »Ich möchte Sie in zwei Wochen wiedersehen«, beschied er seiner Patientin.

»Wie Sie meinen«, murmelte die alte Dame und schlurfte zu ihrem Auto.

In der Zwischenzeit würde er es mit etwas unorthodoxen Methoden versuchen, und er wusste genau die Richtige, die ihn dabei unterstützen konnte. Vorausgesetzt, er würde Nora dazu überreden können.

Er wartete, bis Myrna gefahren war, bevor er die Straße überquerte und zum Snip 'n Clip ging. Auch wenn er sich einredete, er würde das nur im Namen seiner Patientin tun, wusste er tief in seinem Herzen, dass er nur nach einer Ausrede gesucht hatte, um Nora wiederzusehen. Mittlerweile mied sie ihn seit fast einer Woche, und gestern Abend am Telefon hatte sie ihn gnadenlos abblitzen lassen. Was er nicht wusste, war, wieso. Was war geschehen, dass sie es sich anders überlegt hatte? Hatte er etwas falsch gemacht, oder hatte sie schlichtweg kalte Füße bekommen? Nicht dass sie irgendetwas Kaltes an sich gehabt hätte. Sie war die sinnlichste, leidenschaftlichste Frau, die ihm je begegnet war. Allein beim Gedanken daran, mit ihr zusammen zu sein und sie zu berühren, geriet sein Blut in Wallung.

Vor ihrem Salon blieb er stehen, um sich zu sammeln. Er wollte nicht unübersehbar erregt in dieses Hühnerhaus voller Frauen marschieren.

Statt sich also mit Noras Körper zu beschäftigen, dachte er an ihren Verstand. Ihr kluger Kopf und die spitze Zunge machten ihm keine Angst – nein, sie brachte ihn zum Lachen. Das Zusammensein mit ihr war anders als mit Courtney. Bei Nora fühlte er sich wohl, als müsse er sich nicht ständig aufs Neue beweisen. Es war ihm zuwider, schlecht von seiner verstorbenen Frau zu denken, aber Courtney hatte ihn ununterbrochen angetrieben. Sie hatte Träume und Ziele gehabt – und keinerlei Schwierigkeiten, dafür zu sorgen, dass ihm diese auch bewusst waren und er sich in die richtige Richtung bewegte.

Die Glastür des Friseursalons öffnete sich, und Nora streckte den Kopf heraus. »Willst du da den ganzen Tag rumstehen, oder kommst du jetzt auch mal rein?«

Sie ist umwerfend, dachte er, als er das langärmelige weiße Oberteil und die dunkelrote Jeans in sich aufnahm. Ihr Haar trug sie heute offen. In weichen Wellen fiel es ihr über die Schultern, sodass er am liebsten mit den Fingern hindurchgefahren wäre und sein Gesicht darin vergraben hätte.

»Stephen?«

»Was? Oh.« Noch immer blickte sie ihn an. Ihm ging auf, dass er zwar nicht in den Laden hatte hineinschauen können, von drinnen aber für alle hervorragend zu sehen gewesen sein musste. »Entschuldige. Ich hab nachgedacht.«

»Das haben wir gesehen. Wolltest du was Bestimmtes?«

»Ja. Ich würde mich gern mit dir unterhalten. Über eine Patientin von mir. Ich brauche deine Hilfe.«

Sie seufzte schwer, dann stieß sie die Tür weiter auf. »Dann kannst du auch genauso gut reinkommen. Du hast ohnehin schon für Aufruhr gesorgt.«

»Gnädig wie immer«, murmelte er und folgte Nora in die feminine Welt ihres Salons.

Schon im Wartebereich schlug eine Woge von Gerüchen über ihm zusammen. Chemikalien und Parfüms – einige stark genug, um einen Hustenreiz bei ihm auszulösen – erfüllten die Luft. Alle außer ihm waren Frauen, die meisten von ihnen saßen auf breiten Stühlen und hatten bunte Plastikumhänge um. Er sah Frauen mit winzigen Wicklern im Haar und solche mit derart viel Alufolie auf dem Kopf, dass es aussah, als versuchten sie, mit außerirdischen Lebensformen zu kommunizieren. Eine ließ sich die Nägel machen, während eine andere bis zum Gehtnichtmehr zurechtgezupft und festgesprüht wurde. Und jede einzelne Person im Salon starrte ihn an.

Er winkte in die Runde. »Guten Tag, die Damen. Lassen Sie sich von mir nicht stören. Ich wollte nur kurz mit Nora sprechen.«

»Das haben wir uns gedacht«, kommentierte eine ältere Dame mit Lockenwicklern im Haar feixend. »Soso, Nora. Ein Arzt. Ihre Mutter wird wahnsinnig stolz sein.«

Mit hochgezogenen Augenbrauen schaute Nora ihn an, wie um *Ich hab's dir doch gesagt* zu verkünden. Dann deutete sie zur Rückseite des Salons. »Mein Büro ist dahinten.«

Er folgte ihr, vorbei an tiefen Waschbecken mit Liegestühlen und mehreren an der Wand montierten Trockenhauben. Wenn dies die Welt der Schönheit war, konnte er auf einen weiteren Besuch getrost verzichten. Die Wände waren viel zu rosa, und alles hier schrie ihm förmlich entgegen, dass er nicht hierhergehörte.

Sie wartete, bis er in ihr Büro trat, und schloss dann die Tür hinter ihm. Neugierig schaute er sich um. Wenigstens waren die Wände hier cremefarben und nirgends eine Rüsche oder ein Blumenmuster in Sicht. Nur ein abgestoßener Schreibtisch füllte den Raum fast zur Gänze aus, daneben gab es noch einen viertürigen Aktenschrank und auf einem kleinen Tisch in der Ecke ein altes Faxgerät.

Nora setzte sich auf ihren Schreibtisch und starrte ihn an. »Also, was willst du?«

»Dich.«

Das hatte er eigentlich nicht sagen wollen, doch als es erst einmal heraus war, konnte er es nicht mehr zurücknehmen. Er trat auf sie zu und zog sie an sich. Von ihr kam kein Wort des Protests, nicht einmal, als er sie küsste. Sie schmeckte süß und willig, und schon bald waren sie in eine leidenschaftliche Knutscherei verstrickt.

»Warum gehst du mir aus dem Weg?«, fragte er, als sie sich an ihn drängte. Der sanfte Druck ihres Busens war die reinste Folter.

»Tu ich doch gar nicht.«

»Lügnerin. Entweder hat dir so gar nicht gefallen, was wir gemacht haben, oder du hast Angst. Was davon ist es?«

Mit seiner Herausforderung erntete er die erwartete Reaktion. Sie versteifte sich und funkelte ihn böse an. »Ich hab keine Angst, weder vor dir noch vor sonst irgendeinem Mann.«

»Mhm. Also war der Sex mies?«

Sie blickte an seiner Schulter vorbei. »Nein, der war sehr schön.«

»Also hast du Angst.«

Wieder sah sie ihn an, versuchte ihn förmlich mit Blicken zu erdolchen. »Es gibt eine dritte Alternative.«

»Und die wäre?«

Sie öffnete den Mund, dann schloss sie ihn wieder. In ihren großen braunen Augen loderte ein Feuer, das nichts mit Leidenschaft zu tun hatte, sondern aus dem der pure Frust sprach.

In ihm machte sich ein Gefühl des Triumphs breit. »Sieh

es ein. Du willst mich, aber du hast Angst. Also meidest du mich. Ich verstehe das schon.« Er lehnte sich vor. »Feigling.«

Sie stieß einen missbilligenden Laut aus, sagte jedoch kein Wort.

Lachend legte er ihr die Hände an die Wangen. »Ich genieße es wahnsinnig, mit dir zusammen zu sein.«

Ihre Miene wurde säuerlich. »Vorsicht, sonst bilde ich mir noch ein, du wärst ernsthaft auf eine Beziehung mit mir aus.«

Damit hatte sie seine Aufmerksamkeit. Er ließ die Hände sinken. »Hast du es dir anders überlegt mit deinem Wunsch, das zwischen uns möglichst einfach zu halten? Bist du mir deshalb ausgewichen?«

»Das ist ja mal wieder typisch Mann. Kaum gibt man zu, dass der Sex halbwegs anständig war, nimmst du gleich an, ich würde schon das Porzellan aussuchen und unsere Hochzeit planen. So erstaunlich es auch sein mag, Dr. Stephen Remington, auf dieser Ebene hege ich keinerlei Interesse an Ihnen.« Sie hob die Hände an die Brust. »Oh nein. Da geht es einmal wirklich nicht um dich. Wie wirst du das nur überleben?«

Bei ihrer herablassenden Attacke fühlte er sich gleich besser. »Willst du jetzt wissen, warum ich hier bin, oder nicht?«

»Und er weicht der hässlichen Wahrheit aus. Auch wieder typisch Mann. Ja, raus mit der Sprache – was ist los?«

Er setzte sich auf den Schreibtisch und klopfte neben sich auf die Tischplatte. Als sie sich zu ihm gesetzt hatte, berichtete er ihr von Myrna und seiner Theorie, dass sie ihren Lebensmut verloren hatte.

»Immer wenn ich deine Kundinnen aus dem Salon kommen sehe«, fuhr er dann fort, »strahlen sie vor Vitalität und Lebensfreude. Sie fühlen sich attraktiv. Ich möchte, dass du einen Hausbesuch bei Myrna machst. Etwas Aufmerksamkeit könnte ihr sehr helfen, sich wieder besser zu fühlen. Die Rechnung übernehme ich.«

Lächelnd hatte sie ihn angesehen – bis er das Geld angesprochen hatte. »Ich brauche keine finanzielle Unterstützung von dir. Ich mache das für Myrna, und zwar, weil ich sie schon immer gemocht habe. Sie war sogar meine Sonntagsschullehrerin, ich bin ihr also praktisch ohnehin etwas schuldig. Gleich morgen früh fahr ich zu ihr.«

»Ich wäre gern dabei.«

Sie zuckte mit den Schultern. »Wie du meinst. Waschen und Legen – das kann aber beim Zuschauen ganz schön langweilig werden.«

»Nicht wenn du mit im Raum bist. Dir würde ich selbst beim Schlafen zuschauen und noch dafür bezahlen.« Er lehnte sich vor. »Nackt, versteht sich.«

Sie errötete. »Natürlich.«

»Also, wann darf ich dich wiedersehen?«

Sie seufzte schwer. »Dich werde ich nie wieder los, oder?«

»Nicht in diesem Leben.«

»Dann sollte ich wohl einfach nachgeben?«

»Absolut.« Er beugte sich herunter und knabberte an ihrem Ohrläppchen. »Ich verspreche dir, du wirst ohnmächtig werden vor Lust. Willst du diesmal zu mir kommen?«

Sie erschauerte. »O...okay. Wann?«

»Um sieben«, antwortete er mit ungerührter Miene, ohne auch nur eine Sekunde durchblicken zu lassen, dass er das lüsterne Beben in ihrer Stimme gehört hatte.

10. Kapitel

Pünktlich um achtzehn Uhr sechsundfünfzig kam Nora bei Stephens Adresse an, dann schritt sie vor ihrem Auto auf und ab, bis es exakt sieben war. *Ich fasse es nicht, dass ich mich dazu habe überreden lassen.* Es war verrückt, geisteskrank – genau wie sie.

Verstohlen musterte sie die ebenerdige Wohnanlage. Die Einheiten waren relativ neu. Sie fragte sich, warum Stephen zur Miete wohnte, statt sich etwas zu kaufen. Lag es daran, dass er als Neuling in der Stadt noch nicht die Zeit dazu gefunden hatte, oder war er nur auf der Durchreise? Nicht dass es sie ernsthaft interessiert hätte. Wenn Stephen Remington morgen das Weite suchte, wäre sie glücklich und zufrieden.

Nora holte scharf Luft und ermahnte sich, dass es keine gute Idee war, sich selbst zu belügen. Natürlich spielte es eine Rolle für sie, ob Stephen blieb oder ging. Vielleicht keine große, aber sie hatte durchaus Interesse an dem Mann. Immerhin war sie hier, um Sex mit ihm zu haben.

Ihr Unterleib kribbelte vor freudiger Erregung. Schnell legte sie sich eine Hand auf den Bauch, um ihre Nervosität in den Griff zu bekommen. Worüber sollte sie schon groß besorgt sein? Schließlich hatte sie schon einmal mit dem Mann geschlafen, und es hatte gut funktioniert. Wann immer er in greifbarer Nähe war, schmolz sie dahin. Offensichtlich fühlten sie sich körperlich stark zueinander hingezogen. Sie waren beide erwachsen, und keiner von ihnen war auf eine langfristige emotionale Beziehung aus. Warum sich also Sorgen machen?

Entschlossen straffte sie die Schultern und steuerte seine Wohnungstür an. Es ist alles in Ordnung, redete sie sich ein, doch das glaubte sie nun auch wieder nicht. Nichts an der Geschichte fühlte sich richtig an. Auch wenn sie sich darauf freute, Stephen wiederzusehen, wurde ihr unbehaglich zumute bei der Vorstellung, wieder mit ihm intim zu werden. Was völlig verrückt war. Der Mann machte sie wahnsinnig an. Wäre er nur ein klein wenig nachdrücklicher gewesen, hätte sie es gleich heute Nachmittag in ihrem Büro mit ihm getan. Warum also war das hier so anders?

Darauf fehlte ihr noch immer die Antwort, als sie an seiner Tür klopfte. Sofort machte er auf und lächelte sie an.

»Ich dachte schon, du kneifst womöglich«, bemerkte er mit funkelnden Augen.

Er trug Jeans und ein langärmeliges Oberteil. Offenbar hatte er geduscht – seine Haare waren noch feucht und seine Füße nackt. Außerdem hatte er sich frisch rasiert. Er war unglaublich attraktiv. Intelligent, mitfühlend und verdammt gut im Bett. Und interessanterweise wollte er ausgerechnet sie als seine Geliebte. Eine ziemlich tödliche Kombination. Angestrengt versuchte sie, den Kloß in ihrem Hals hinunterzuschlucken, während sich das Kribbeln in ihrem Unterleib zu einem stetigen Pulsieren steigerte.

»So leicht lasse ich mich nicht ins Bockshorn jagen«, gab sie zurück.

»Ich weiß. Das ist Teil deines Charmes.« Mit einer Handbewegung lud er sie in seine Wohnung ein.

Sie trat ein und betrachtete den großen Wohnraum mit der Essnische und der Küche zur Linken. Zur Rechten zweigte ein Flur ab. Die Wohnung war geräumig, hatte große Fenster und war mit Parkett ausgelegt. Aber als sie sich so umsah und die schlichten funktionalen Möbel und das Fehlen jeglicher persönlichen Gegenstände bemerkte, überkam sie ein merkwürdig starker Drang, Farbe und Persönlichkeit in den Raum zu bringen.

Die Wände und Jalousien waren cremefarben, das Sofa und die Sessel in blau-beigem Karo bezogen, das Holz von einem hellen Eichenton. Kein Farbtupfer in Sicht, nicht einmal eine Pflanze irgendwo.

»Hast du Angst, jemand könnte auf die Idee kommen, du würdest hier tatsächlich leben?«, fragte sie und ließ sich auf dem Sofa nieder. Die Polster waren weich und bequem, aber sie wurde das Gefühl nicht los, sich in einer Möbelausstellung zu befinden und nicht bei jemandem zu Hause.

»Was meinst du?«, fragte er, als er ihr in den Raum folgte. »Gefällt dir mein Einrichtungsstil nicht?«

»Keine Ahnung, ich kann keinen erkennen. Was ist mit Bildern oder Fotos, vielleicht sogar ein, zwei Pflanzen? Dieser Raum schreit förmlich nach Farbe.«

Er runzelte die Stirn. »Ist mir nicht in den Sinn gekommen. Als ich von Boston hergezogen bin, hab ich alles verkauft und einen kompletten Neuanfang gemacht. Du findest, ich brauche hier Farbe?«

»Ja. Irgendwas. Selbst im Hotel hängen Bilder an den Wänden.«

Jetzt schaute er sich um, als sähe er die Wohnung zum ersten Mal. »Hm. Vielleicht hast du recht.« Mit einem Achselzucken tat er das Thema ab und wandte sich in Richtung Küche. »Willst du was trinken? Ich hab Wein da, rot und weiß.«

»Ich bin ein bisschen müde«, behauptete sie und redete sich ein, dass das nicht unbedingt gelogen war. »Ich fürchte, Alkohol würde mir den Rest geben, also heute lieber nur eine Cola light, wenn du so was hast. Oder Wasser.«

»Eine Cola light auf Eis, kommt sofort«, antwortete er gut gelaunt und ging in die Küche.

Erleichtert atmete Nora auf. Wenigstens hatte er nicht hinterfragt, warum sie keinen Wein trinken wollte. Sie hatte sich gefragt, ob er den wahren Grund erraten würde – nämlich dass sie, bis sie sicher war, dass sie nicht schwanger war, keinen Tropfen anrühren würde.

Stephen kehrte mit zwei Gläsern zurück, stellte sie auf den Couchtisch und setzte sich zu ihr. Zu ihrer großen Bestürzung war er ihr damit nahe genug, dass ihr Körper praktisch sofort in Flammen stand. Sie war erregt und nervös zugleich, was auch nicht besser wurde, als er ihr die Hand aufs Knie legte.

»Wir müssen reden«, verkündete er mit ernster Miene.

Sie wollte nicht reden, aber das konnte sie ihm nicht sagen. Dann würde er denken, sie wolle gleich zur Sache kommen, und sie war sich nicht sicher, ob sie das heute Nacht konnte. Nichts fühlte sich richtig an – ihre Haut prickelte, ihr Herz raste, und irgendwie tat ihr der Kopf weh, irgendwie aber auch nicht.

Sie lehnte sich vor und griff nach ihrem Glas, hauptsächlich um Stephen nicht ansehen zu müssen. »Sag, was du loswerden willst. Ich höre.«

»Ich hatte gehofft, die Kommunikation wäre beidseitig.«

»Wieso?«

Er lachte. »Weil das die Sache im Allgemeinen vereinfacht. Ich sage was, du antwortest, dann sagst du was.«

»Okay. Sag was.«

Er setzte sich anders hin, dann spürte sie seine Hand am Rücken. Seine Berührung war leicht und warm und weckte das Bedürfnis in ihr, sich an ihn zu kuscheln. Was verdammt ärgerlich war.

»Du wirst nervös«, bemerkte er. »Hab ich dich zu sehr bedrängt, heute Abend herzukommen? Möchtest du lieber wieder gehen?«

Sie trank einen Schluck von ihrer Cola light, dann stellte sie das Glas wieder auf den Tisch. Was ihr leider nicht ausreichend Zeit verschaffte, um sich zu sammeln. »Nein, ich fühle mich nicht von dir bedrängt. Aber ich muss zugeben, ein bisschen nervös bin ich schon. Diese ganze Situation fühlt sich komisch an. Ich vermute, teilweise hat das damit zu tun, dass ich zu diesem Konzept einer monogamen sexuellen Beziehung zwischen Erwachsenen ohne emotionale Verpflichtungen zwar theoretisch genauso stehe wie du – in der Praxis gestaltet sich das allerdings schwieriger.«

Und mehr würde sie sich nicht entlocken lassen. Auf gar keinen Fall würde sie ihm gestehen, dass sie abgelenkt war, weil die Möglichkeit bestand, schwanger von ihm zu sein. Und weil sie Angst hatte, ihre Gefühle könnten sich in eine Richtung entwickeln, die keiner von ihnen wollte.

»Verstehe«, behauptete er, um dann ironisch hinzuzufügen: »Offensichtlich bin ich ein so umwerfender Liebhaber, dass du völlig überwältigt bist. Schon in Ordnung. Das Problem habe ich schon mein Leben lang. Frauen erfahren in meinen Armen einfach eine solche Glückseligkeit, dass sie von da an den unwiderstehlichen Drang verspüren, mir zu huldigen und in sklavischer Ergebenheit zu dienen. Ziemlich peinlich, kann ich dir sagen.«

Entrüstet sprang sie auf und fuhr zu ihm herum. Seine Augen funkelten belustigt, doch seine Miene war bierernst. Mit erhobenen Augenbrauen starrte sie ihn böse an.

»Ich trage offene Schuhe«, bemerkte sie und hob den Fuß, um ihre Worte zu unterstreichen. »Ich bin also nicht darauf eingerichtet, durch den ganzen Bockmist zu waten, den du hier verzapfst.«

Gespielt geschockt ließ er die Schultern hängen. »Du spürst nicht das Bedürfnis, mir zu huldigen? Dein Leben lang den Boden unter meinen Füßen zu küssen?«

»Nicht im Entferntesten.«

Er schob ihre Gläser ans andere Ende des Tisches und klopfte vor sich auf die Holzfläche. Zögerlich ließ Nora sich auf die angezeigte Stelle sinken. Jetzt saßen sie einander gegenüber, genauso dicht wie eben. Was gar keine gute Idee war. Erst recht, als Stephen ihre Hände nahm und ihr tief in die Augen sah.

»Fühlst du dich so unwohl, weil du Angst hast, es könnte sich in der gesamten Stadt herumsprechen, dass wir was miteinander haben? Ich weiß, dass es dir gar nicht recht ist, wenn die Leute über dich reden.«

Wie einfühlsam und lieb von ihm. Eine tödliche Kombination, weil sie unter Männern so selten war. »Teilweise. Irgendwann weiß hier einfach jeder über jeden Bescheid.«

Zärtlich streichelte er ihre Hände, dann drückte er sie. »Und das habe ich nicht unbedingt besser gemacht, indem ich dir letzten Samstag die Blumen geschickt habe. Das tut mir leid.«

»Dafür hast du dich doch schon entschuldigt. Außer mir hat niemand die Karte gelesen.« Und er würde nie erfahren, dass sie sie in das kleine Kästchen ganz hinten in ihrem Schrank gelegt hatte, in dem sie auch all die anderen kostbaren

Erinnerungsstücke an besondere Momente in ihrem Leben aufbewahrte.

Er senkte den Blick, dann schaute er wieder zu ihr auf. »Auch wenn ich damit Ärger riskiere – könnte es sein, dass deine Zurückhaltung etwas mit der Tatsache zu tun hat, dass ich schon mal verheiratet war? Du hast überrascht gewirkt, als du gehört hast, dass ich Witwer bin.«

Nora fühlte sich, als hätte er ihr unvermittelt die schützende Fassade heruntergerissen und könnte ihr bis in die dunklen Tiefen ihrer Seele blicken. Sie kam sich klein und unzulänglich vor, doch als sie sich von ihm losmachen wollte, ließ er es nicht zu.

»Kann sein«, murmelte sie, ohne ihn anzusehen. »Nicht wirklich, aber gewissermaßen schon.«

»Würdest du das etwas genauer ausführen?«

»Nein.«

»Nora.« Mehr sagte er nicht, sondern wartete schlicht, bis sie schließlich den Kopf hob und seinem Blick begegnete. »Courtney hat mit dir und mir nichts zu tun.«

»Doch, hat sie. Sie ist immer noch ein Teil deines Lebens. Du liebst sie, was mir das Gefühl gibt, als würdest du sie mit mir betrügen oder so was in der Art. Ich bin keine Frau, die sich mit verheirateten Männern einlässt.«

»Dafür habe ich dich auch nie gehalten. Aber ich bin nicht verheiratet. Courtney ist schon lange nicht mehr an meiner Seite. Was meine Gefühle zu ihr angeht, hast du recht – ich werde sie immer lieben. Aber was hat das mit uns zu tun?«

Statt zu versuchen, etwas zu erklären, das nicht einmal für sie selbst richtig Sinn ergab, zuckte sie nur die Schultern. Sie wollte einfach nicht, dass er noch in seine tote Frau verliebt war. Das mochte unfair sein und sie zu einem kleinlichen, oberflächlichen Menschen degradieren. Nichtsdestoweniger war ihr unwohl bei der ganzen Situation.

»Ich will nicht, dass du an sie denkst, wenn wir zusammen sind, und ich habe keine Möglichkeit, das zu kontrollieren.«

Ohne nachzudenken, war es einfach aus ihr herausgesprudelt, und als die Worte gesagt waren, hätte sie sie am liebsten sofort zurückgenommen. Doch das konnte sie nicht. Alles, was sie tun konnte, war, die Lippen zusammenzupressen und zu hoffen, dass er das Thema wechseln würde.

Sie hoffte vergebens.

Er ließ ihre Hände los und umfasste ihr Gesicht. Um seine Mundwinkel spielte ein kleines Lächeln. »Nora, du bist eine Naturgewalt. Es ist mir physisch unmöglich, an irgendeine andere zu denken, wenn ich mit dir zusammen bin. Und ich rede hier nicht nur vom Sex. Schon eine Unterhaltung mit dir verlangt mir jedes bisschen Konzentration und Aufmerksamkeit ab, sonst würdest du mich zermalmen. Du bist schön, klug und witzig, aber ganz sicher keine Frau, mit der man mal eben locker in die Kiste springt.«

Das besänftigte einige ihrer Sorgen. »Findest du?«

»Absolut. Du machst mir keine Angst, aber meine Aufmerksamkeit weckst du definitiv.«

Sie wollte ihm glauben, wollte Gewissheit, dass seine Vergangenheit komplett hinter ihm lag und keinen Einfluss auf die Gegenwart nahm. Aber er hatte nicht gesagt, er würde Courtney nicht mehr lieben, und das war es, was Nora eigentlich hatte hören wollen. Nicht dass sie ihm das je erzählen würde. Das widersprach ihrer Abmachung der emotionalen Unverbindlichkeit.

Langsam beugte er sich vor und streifte ihre Lippen mit seinen. »Alles gut zwischen uns?«, fragte er.

Sie nickte. Ihr war klar, was er wirklich wissen wollte: ob sie jetzt miteinander schlafen würden. Vorfreude erfasste ihren gesamten Körper. Sie wollte mit ihm zusammen sein, ihn anfassen, von ihm berührt werden. Doch noch mehr als das wollte sie von ihm im Arm gehalten werden, ihn sagen hören, dass alles gut werden würde. Mit dem sexuellen Verlangen konnte sie leben – das Bedürfnis nach Trost machte ihr eine Heidenangst. Sie wollte sich keinem Mann gegenüber verletzlich zeigen, nie wieder.

Also zog sie sich zurück und stand auf. »Ich kann nicht«, erklärte sie und wich vor ihm zurück.

»Was ist los?«

»Nichts Spezielles. Ich glaube einfach, wir sollten das Ganze für eine Weile auf Eis legen.«

Nun stand er ebenfalls auf, näherte sich ihr jedoch nicht. »›Das Ganze‹ im Sinne von ›diese Beziehung‹?«

»Ja. Ich kann heute nicht mit dir schlafen.«

Jede Sekunde rechnete sie mit einem Wutausbruch, mit Vorwürfen, doch Stephen blieb ruhig. Er musterte sie, dann nickte er. »Erklärst du mir, wieso?«

Weil ihr innerlich alles wehtat und sie nicht wusste, wieso. Weil sie verwirrt war und Angst hatte und es ihm irgendwie gelungen war, ihre Welt so durcheinanderzubringen, dass sie sich nicht mehr darin zurechtfand.

»Nein«, antwortete sie kurz angebunden. »Was ich dir sage, ist, dass ich im Augenblick nicht bereit bin, Sex mit dir zu haben. Du kannst mir nicht befehlen, mit dir zu schlafen. Und demokratisch abstimmen werden wir darüber auch nicht. Wenn ich nicht bereit bin, ist die Sache gegessen. Und ich bin nicht bereit.«

Sie hob das Kinn in der Erwartung, es mit ihm aufnehmen zu müssen. Doch der Streit kam nicht. Was folgte, war Schweigen. Stephen starrte auf einen Punkt irgendwo hinter ihrer linken Schulter. Aus der Küche hörte sie das leise Ticken einer Uhr. Draußen startete jemand einen Wagen. Schließlich schaute Stephen sie wieder an.

»Hilfst du mir morgen trotzdem mit Mrs. Nelson?«

Das war nicht die Frage, mit der sie gerechnet hatte. »Natürlich. Warum sollte sich daran etwas ändern?«

Freudlos lächelte er sie an. »Die Regeln hier scheinen in Treibsand geschrieben zu sein. Ich wollte nur sichergehen.« Sein Blick wurde schärfer. »Hast du schon deine Periode bekommen?«

»Nein, die ist erst in ein paar Tagen dran.«

Sie hatte geantwortet, ohne nachzudenken, weil er sie überrumpelt hatte. Sobald die Worte ihren Mund verlassen hatten, schloss Nora die Augen und stöhnte. Stephen war nicht nur des Rechnens fähig, er war auch Arzt und dürfte somit wissen, was die Zahlen bedeuteten.

Vorsichtig riskierte sie einen Blick und sah die Erkenntnis dämmern. Er nickte leicht.

»Das war *kein* ungefährlicher Zeitpunkt letzte Woche.«

»Nicht wirklich«, gab sie zu und schluckte. »Aber es war ja nur das eine Mal, und die Chancen, dass ausgerechnet da was passiert ist, sind doch minimal, oder? Ich meine, sie sind praktisch nicht existent. Statistisch betrachtet kann uns gar nichts passieren.«

Er stopfte die Hände in die Hosentaschen. »Ich möchte, dass du morgen einen Schwangerschaftstest machst. Dann wissen wir Bescheid.«

Abwehrend wich sie einen Schritt zurück. »Nein. Das ist nicht nötig. Es spielt keine Rolle, ob ich schwanger bin. Ich meine, für dich nicht. Du willst keine Beziehung mit einer Frau, also willst du dir mit Sicherheit auch keinen Kopf darum machen müssen, Vater zu werden. Was völlig okay ist. Sollte ich schwanger sein, was ich nicht bin, kümmere ich mich allein darum. Ich liebe Kinder. Ich hab immer welche gewollt, und bei meinem Job kann ich mir flexible Arbeitszeiten erlauben. Es muss niemand erfahren, dass du der Vater bist. Ich unterschreibe dir, was immer du willst, damit du dir keine Gedanken machen musst, ich könnte irgendwann ankommen und Geld fordern oder so was. Ehrlich. Das Ganze ist keine große Sache.«

Während die Worte nur so aus ihr heraussprudelten, hatte seine Miene sich verhärtet, bis er eine kalte, undurchschaubare Maske trug. Nora wich einen weiteren Schritt zurück und spürte unvermittelt den Kaminsims im Rücken.

»Mir ist bewusst, dass wir einander noch nicht besonders gut kennen«, begann er, und die unterdrückte Wut war seinen bewusst langsam gewählten Worten anzuhören. »Deshalb lass mich dir ein paar Dinge erklären: Zuerst mal nehme ich Verantwortung sehr ernst. Ich bin nicht der Typ, der sein Kind im Stich lassen würde, und die Vorstellung, du könntest mich damit bestechen, dass du niemals finanzielle Unterstützung von mir verlangen wirst, ist mir zuwider.«

»Das war nicht negativ gemeint«, versuchte sie hastig zu erklären. »Ich wollte nur …«

Sein bohrender Blick schnitt ihr mitten im Satz das Wort ab. »Du hättest mir von Anfang an die Wahrheit sagen sollen. Wenn du schwanger bist, dann regeln wir das gemeinsam.«

»Aber ich will nicht, dass du dich da einmischst.«

»Tja, Pech gehabt. Es ist auch mein Baby, und ich *werde* mich einmischen, also gewöhn dich schon mal dran.«

»Aber du willst doch gar keine Kinder.«

Plötzlich wurde seine Miene weicher. »Tatsächlich will ich die sehr wohl.«

Sie wusste nicht, was sie dazu sagen sollte. Stephen hatte ein Interesse daran, Vater zu werden? War das möglich? Sie hatte befürchtet, sollte er von der Schwangerschaft erfahren, würde er von ihr verlangen, das in ihr heranwachsende Leben auszulöschen. Nie war ihr in den Sinn gekommen, er könnte daran teilhaben wollen.

»Solltest du wirklich schwanger sein«, verkündete er, »dann werde ich der Vater sein und am Leben meines Kindes teilhaben. Und selbstverständlich werden wir dann auch heiraten.«

Nora konnte sich nicht mehr daran erinnern, wie sie Stephens Wohnung verlassen hatte. Im einen Moment hatte sie dagestanden und Stephen sagen hören, falls sie schwanger sei, würde er erwarten, dass sie ihn heiratete, und im nächsten Augenblick fand sie sich im Auto in ihrer Auffahrt wieder und stürzte zur Haustür.

Mit ihren zittrigen Fingern hatte sie Mühe aufzuschließen, und als es ihr endlich gelang, hastete sie hinein, warf die Tür hinter sich zu und wankte zum Sofa. Auf den vertrauten weichen Polstern sackte sie zusammen, zog die Beine an den Körper und schlang die Arme um sich, als müsse sie einen unerträglichen Schmerz wegdrücken. Ihr tat alles weh, sie kämpfte mit den Tränen, und nichts in ihrer Welt ergab noch einen Sinn. Was geschah hier gerade?

Lange kauerte sie so in der Dunkelheit und suchte nach Antworten, doch sie begriff nicht einmal die Fragen. Schlimmer noch, sie wusste nicht, was sie am meisten aus der Fassung brachte. War es Stephens große Ankündigung oder etwas noch Beängstigenderes? In ihr keimte der unangenehme Verdacht, dass das, was sie am meisten erschüttert hatte, Stephens Fähigkeit gewesen war, zu erraten, was in ihr vorging. Er hatte sich ihr seltsames Verhalten angesehen, wie sie sich offensichtlich zu ihm hingezogen gefühlt, sich der Intimität aber trotzdem widersetzt hatte, und rasch ihre größten Bedenken identifiziert. Erstens: dass ihr nicht wohl dabei war, dass er noch Gefühle für seine verstorbene Frau hatte. Und zweitens: dass sie möglicherweise schwanger war.

Niemand – und ganz sicher kein Mann – hatte sie je so gut verstanden. Wie machte er das nur, vor allem da sie sich erst seit so kurzer Zeit kannten? Sie hasste es, dass er offenbar ihre Gedanken lesen konnte.

Entschlossen setzte sie sich auf. »Ich werde ihn nicht heiraten«, verkündete sie dem dunklen Wohnzimmer. »Dazu kann er mich nicht zwingen.«

Verheiratet? Sie? *Mit ihm?* Die Vorstellung war zu abwegig, um sie auch nur in Erwägung zu ziehen. Aber was, wenn sie tatsächlich schwanger war? Würde er wirklich am Leben seines Kindes teilhaben wollen?

Sie versicherte sich, die Vorstellung, ihr Kind mit irgendjemandem teilen zu müssen, wäre ihr zuwider, doch allzu stark war dieses Empfinden nicht. Die meiste Zeit mochte sie Stephen. Vielleicht wäre es sogar ganz angenehm, sich diese Aufgabe zu teilen. Eine Hochzeit allerdings kam nicht infrage. Falls es ein Baby geben sollte, konnten sie gern über ein geteiltes Sorgerecht oder etwas ähnlich Zivilisiertes verhandeln.

Da das nun entschieden war, beruhigte sie sich ein wenig und fand ihr inneres Gleichgewicht wieder. Sie schaltete die Stehlampe beim Sofa ein und ging in die Küche. Die Post hatte sie schon vorhin aus dem Briefkasten geholt, sich aber in ihrer Eile, zu Stephen zu kommen, nicht alles durchgesehen. Jetzt blätterte sie abwesend den Stapel von Werbezetteln und Umschlägen durch und geriet ins Stocken, als ihre Finger auf einen dicken cremefarbenen Umschlag stießen. Als Absender war die Darby-Ranch aufgedruckt.

Nora wurde kalt. Sie spannte sich an, wappnete sich, doch auch das verhinderte nicht den schmerzhaften Stich, der sie traf, als sie den Umschlag öffnete und eine Hochzeitseinladung erblickte. Langsam zog sie das edle Briefpapier hervor.

Weil wir einander lieben …

Behutsam strich sie mit dem Zeigefinger über die erste Zeile und spürte die Prägung. Darunter standen Jacks und Katies Namen, die Buchstaben ineinander verschlungen, so vereint, wie es auch ihrer beider Leben mit der Hochzeit werden würde.

Weil wir einander lieben. Wieder und wieder hallten die Worte in ihr nach, bis sie den gesamten Raum auszufüllen schienen. Jack und Katie liebten einander. Deshalb heirateten sie. Sie wollten dem Widerstand beider Familien und dem jahrelangen Gerede in der Stadt die Stirn bieten. Katies Vater würde seiner Tochter diesen in seinen Augen sicherlich schmählichen Verrat womöglich niemals verzeihen. Aber nichts davon spielte für das glückliche Paar eine Rolle. Sie hatten einander und würden sich der Welt mit der Kraft ihrer Liebe stellen.

Nora hatte die beiden zusammen erlebt, auch mit Katies Sohn Shane. Hatte ihre Zuneigung und Hingabe gespürt. Die Gefühle strahlten mit der Kraft einer Sonne aus den beiden heraus, und wenn Nora ihnen zu nahe kam, fühlte es sich manchmal an, als würde sie sich daran verbrennen.

Ihr rannen Tränen über die Wangen. Sie ermahnte sich, nicht albern zu sein. Dass nichts davon eine Rolle spielte. Aber die Worte halfen nicht. Schneller und schneller kullerten die Tränen, ein körperliches Symptom des Leids, das sie innerlich zerriss. Kein Mann hatte sie je so geliebt wie Jack seine Katie. Ihr eigener Vater hatte seine Kinder schon vor Jahren im Stich gelassen. David Fitzgerald hatte eine andere geheiratet. Auf Dutzenden von Dates hatte Nora nicht einen Mann kennengelernt, der bereit gewesen wäre, hinter ihr stachliges Äußeres zu schauen und die Frau mit dem weichen Herzen in ihr zu entdecken.

Sie fühlte sich leer und einsam, ohne dass irgendjemand etwas davon ahnte. Nicht einmal Stephen, der sie heiraten würde, sofern sie sein Kind in sich trug, aber trotzdem immer nur Courtney lieben würde.

Sie versuchte sich einzureden, es wäre ihr egal – er, das Baby und alles, was damit zusammenhing. Sie würde zur Hochzeit ihres Bruders gehen und ihm alles Gute wünschen, weil sie ihn liebte. Weil sie fest daran glaubte, dass Katie und Shane ihn sehr glücklich machen würden. Hocherhobenen Hauptes würde sie dastehen, und niemand würde erraten, dass sie innerlich zerbrochen war.

Als sie sich auf einen Küchenstuhl sinken ließ, wünschte sie unwillkürlich, Stephen wäre bei ihr. Dass er sie in den Arm nehmen und halten würde, bis die Tränen versiegten und sie sich wieder sicher fühlte. Ein Gedanke, der sie nur noch mehr zum Weinen brachte, denn ausgerechnet für ihn Gefühle zu entwickeln wäre mehr als töricht – so wie geradewegs in sein Verderben zu rennen. Er mochte sie zwar sympathisch finden und begehren, aber lieben würde er sie niemals. Nicht solange sein Herz einer anderen gehörte.

11. Kapitel

Stephen stellte seinen Kaffeebecher auf den abgewetzten Tisch vor sich und strich über das handgefertigte Häkeldeckchen und die spitzenbesetzten Servietten. Myrna Nelsons kleines Häuschen war blitzsauber, ordentlich und voll mit Handarbeiten, aus denen eine unübersehbare Liebe und Sorgfalt sprachen. Selbst der durchdringende Geruch des Nagellacks vermochte den Potpourri-Duft nicht zu überdecken, der aus kleinen Schälchen überall in der Küche und im Wohnzimmer aufstieg.

»Ich glaube, das war eine gute Wahl«, bemerkte Nora gerade, während sie den Nagellack bei der alten Frau auftrug. »Rosa schmeichelt jedem Hautton.«

Myrna hob die freie Hand und blies vorsichtig über ihre frisch lackierten Nägel. »Ich mochte die Farbe auch immer. Sie wirkt so fröhlich.«

Auch wenn Stephen es gewesen war, der Nora um diesen Hausbesuch gebeten und sie begleitet hatte, um die Verwandlung mitzuverfolgen, hielt er sich im Hintergrund. Nora hatte ein mobiles Haarwaschbecken, Lockenwickler und eine komplette Maniküreausstattung mitgebracht. Im Nu war die kleine Küche in einen Schönheitspalast verwandelt worden, und schon jetzt sah Stephen die Veränderung, die mit seiner Patientin vor sich ging.

Die Myrna, die sie an der Tür in Empfang genommen hatte, war gebeugt und müde gewesen. Jetzt, da ihr weißes Haar gewaschen und in Locken gelegt war, sah man wieder ein Funkeln in ihren blassblauen Augen. Sie lächelte mehr und hatte sich sogar kurz entschuldigt, um Lippenstift aufzulegen. Als sie jetzt ihre rosafarbenen Fingernägel betrachtete, schien sie gleich ein wenig aufrechter zu sitzen und lauter zu sprechen.

Stephen hatte schon immer großen Respekt vor dem Einfluss des Geistes auf den Körper gehabt. Ein ums andere Mal hatte er in Boston in der Notaufnahme Patienten gesehen, die sich von furchtbaren Traumata erholten, und andere, die es problemlos hätten schaffen sollen und trotzdem starben. Erstere waren oft umgeben von einer liebenden Familie, hatten Hoffnungen und Träume und jede Menge, wofür es sich zu leben lohnte, während viele aus letzterer Gruppe allein und einsam waren. Er war froh, dass Noras Bemühungen bei Myrna Wirkung zeigten, denn er hatte nicht vor, diese Patientin in absehbarer Zeit verloren zu geben.

Nora lachte über etwas, das die alte Dame gesagt hatte, und Stephens Aufmerksamkeit richtete sich auf die brünette Schönheit in ihrem kurzärmeligen grünen Kleid. Heute trug sie ihr Haar zu einem Zopf geflochten, aber ein paar Strähnen waren herausgerutscht und umspielten ihre Wangen. Ihre großen braunen Augen schienen seinen Blick zu meiden, und sie wirkte nervös, sobald er ihr zu nahe kam. Was keine große Überraschung war nach dem Gespräch, das sie gestern Abend geführt hatten.

Möglicherweise würde er ein Kind mit dieser Frau bekommen. Die Vorstellung war schwer zu begreifen. Doch während er so zusah, wie sie sich um Myrna kümmerte, kam er zu der Überzeugung, dass Nora eine wundervolle Mutter sein würde – geduldig, liebevoll und ermutigend. Ein krasser Gegensatz zu Courtney.

Dieser Gedanke bereitete ihm Unbehagen, fühlte Stephen sich doch ein wenig treulos. Daher schob er ihn rasch beiseite. Stattdessen versuchte er zu ergründen, wie es ihm damit gehen würde, sollte Nora tatsächlich schwanger von ihm sein. Er war nicht davon ausgegangen, dass er noch einmal eine Chance haben würde, Vater zu werden. Ein Teil von ihm war beinahe panisch, und doch konnte er nicht anders, als sich auch ein wenig zu freuen. Trotzdem, ein Baby würde alles verändern. War er dafür bereit? Aber hatte er überhaupt eine Wahl?

Er hatte ernst gemeint, was er zu Nora gesagt hatte. Wenn sie schwanger war, würde er sie heiraten. Er wollte am Leben seines Kindes teilhaben, von dem Moment an, in dem sie Gewissheit über seine Existenz hatten, bis zu seinem letzten Atemzug. Wenigstens hatte sie kompromisslos darauf bestanden, das Baby zu bekommen. Erst jetzt wurde ihm klar, dass sie nie über die Alternativen gesprochen hatten. Auch das war anders. Courtney hatte sich dagegen gesträubt, das Kind auszutragen. Dutzende Male hatten sie sich gestritten, bis er sie endlich überredet hatte, es zu behalten. Hätte er die Entscheidung seiner Frau überlassen, hätte sie das Kind abgetrieben.

Auch wenn es ihm zuwider war, schlecht von Courtney zu denken, musste er zugeben, dass sie trotz ihres Berufs als Ärztin kein besonders mitfühlender Mensch gewesen war. Sie hatte nie eine Bindung zu ihren Patienten aufgebaut und penibel darauf geachtet, eine professionelle Distanz zu deren Familien zu wahren. Zwar mochte sie ein intuitives Gespür dafür gehabt haben, was die Ursachen für ihre Erkrankungen waren, aber die Herzen ihrer Patienten hatte sie nie berührt. Im Gegensatz zu Nora. Die Frau, die hier vor ihm saß, stürzte sich emotional ins Getümmel – zumindest was den Rest der Welt betraf. Männern zu vertrauen fiel ihr schwer.

»Sie wissen doch Bescheid über die Fehde, Dr. Remington, oder?«, wollte Myrna wissen.

Stephen zwang sich, der Unterhaltung zu folgen. »Ja, hier und da sind mir ein paar Einzelheiten zu Ohren gekommen, und Nora hat mir etwas mehr darüber erzählt.«

»Sie hat ja auch so ihre ganz eigenen Erfahrungen mit der Familie Fitzgerald gemacht.« Verschwörerisch lehnte Myrna sich vor und senkte die Stimme. »David war ein Idiot, sie gehen zu lassen.«

Unwillkürlich schaute Stephen zu Nora, die sich ein wenig versteifte und dann beinahe unmerklich die Schultern zuckte, als wolle sie sagen, mit solchem Gerede müsse man eben leben. Sie trug die zweite Schicht Nagellack auf den letzten Finger auf und schraubte das Fläschchen zu. Nachdem sie kurz über Myrnas Nägel geblasen hatte, öffnete sie einen neuen Flakon mit einer klaren Flüssigkeit.

»Das mit David ist lange her«, erklärte sie ruhig. »Wir waren beide viel zu jung, um ans Heiraten zu denken. Da konnten wir uns noch gar nicht sicher sein, ob wir überhaupt die richtige Wahl getroffen haben.«

Myrna hob die Augenbrauen. »Da haben Sie definitiv recht. David hat es jedenfalls gründlich in den Sand gesetzt. Fern ist ein willensschwaches Weib, das sich immer nur beschwert, und ihre Töchter sind eine echte Herausforderung. Und das, wo David sich den Rücken krumm schuftet, um die Ranch am Laufen zu halten, ohne von seinem Vater auch nur ein Dankeschön zu bekommen.« Wieder lehnte sie sich zu Stephen vor. »Aaron – Davids Vater – ist ein ziemlicher Tyrann.«

»Hab ich schon gehört.«

»Unsere Nora hier …« Sie nickte der Frau zu, die ihr gegenübersaß. »… hätte ihm ordentlich Kontra gegeben. Ich glaube, das ist einer der Gründe, weshalb er gegen diese Ehe war. Es braucht schon den richtigen Mann, um mit einer starken, intelligenten Frau umgehen zu können. Mein Bert wusste genau, was er mit mir zu machen hatte, und ich wage zu behaupten, Sie besitzen diese Gabe ebenfalls, Dr. Remington.«

»Keine Verkupplungsversuche am Wochenende«, erklärte Stephen streng. »Das müssen Sie sich schon für unter der Woche aufheben.«

Doch so leicht ließ Myrna sich nicht von ihrer Fährte abbringen. »Ich sehe doch, wie Sie sie anschauen, Doktor. Meine Augen mögen ja nicht mehr so gut sein, wie sie mal waren, aber das ein oder andere bekomme ich schon noch mit.«

Stephen gestattete sich, den Blick zu Nora wandern zu lassen, die ihm erst vor einer Woche in Erinnerung gerufen hatte, welch eine Freude es war, mit einer Frau, die für Zärtlichkeiten empfänglich war, zu schlafen. »Nora ist praktisch eine Göttin. Da kann man als Normalsterblicher doch gar nicht umhin, in Versuchung zu geraten. Aber das bedeutet nicht, dass man sie auch anfassen darf.«

Nora verdrehte die Augen. »Eine Göttin? Mehr hast du nicht drauf?«

»Nicht so früh am Morgen.«

Myrna lächelte. »Ihr freches Mundwerk gefällt Ihnen.«

»Einer ihrer besten Wesenszüge.«

Ermutigend tätschelte die alte Dame Nora die Hand. »Sehen Sie, Liebes – es gibt noch Hoffnung.«

Nora lächelte gequält. »Bei der Vorstellung, wie dieser gut aussehende Mann mir zu Füßen liegt, wird mir ganz warm ums Herz. Ich könnte schwören, ich falle gleich in Ohnmacht.«

Nachdem sie auch den letzten Fingernagel mit dem klaren Überlack behandelt hatte, begann Nora, ihre Sachen zusammenzupacken. Myrna griff nach ihrer Geldbörse, doch Nora ließ nicht zu, dass die alte Dame ihr auch nur einen Cent für ihre Dienste gab. Im Stillen nahm Stephen sich vor, das nachher mit Nora zu regeln. Doch erst einmal galt es, seine plötzlich wieder strahlende und lebenssprühende Patientin zu bewundern.

»Versprechen Sie mir, dass Sie ein paar Freundinnen anrufen und sich zum Lunch mit ihnen treffen«, verlangte er, als er sich erhob.

Myrna stand auf und wedelte mit den noch feuchten Fingernägeln vor ihrem Gesicht herum. »Das ist eine hervorragende Idee. Das wollte ich bestimmt schon seit einem Monat, ich hatte einfach nur nicht die Energie.«

Aber jetzt hat sie sie, dachte Stephen zufrieden. In physischer Hinsicht war Myrna schon lange geheilt, aber um ihr Herz und ihren Geist genesen zu lassen, hatte es etwas zusätzlicher Mühe bedurft. Er umarmte seine Patientin – wobei er sorgfältig ihre frisch lackierten Nägel mied –, dann griff er sich Noras Tragetasche und machte sich auf den Weg zum Wagen. Fünf Minuten später fuhren sie von Myrnas Grundstück.

»Danke dafür«, sagte er, als er auf die Hauptstraße bog, die sie zurück in die Stadt bringen würde. »Ich hatte das Gefühl, dass Myrna etwas zusätzliche Fürsorge braucht, um sie wieder unter die Lebenden zu holen.«

»Freut mich, dass ich helfen konnte. Die Leute denken immer, im Schönheitssalon ginge es bloß um Haare und Nägel, aber da steckt auch eine Menge Psychologie dahinter.«

Er schaute zu ihr hinüber, betrachtete ihr elegantes Profil und wie sie immer noch sorgsam seinen Blick mied. »Das mit dem Kuppelversuch vorhin tut mir leid.«

»War ja nicht deine Schuld. Außerdem bin ich das mittlerweile gewohnt. Seit meinem fünfundzwanzigsten Geburtstag betrachten es die meisten Frauen in der Stadt fast als ihre heilige Pflicht, mich endlich unter die Haube zu bringen.«

»Und doch sitzt du hier neben mir und bist köstlich ungebunden.«

Sie presste die Lippen aufeinander. »Ich verstehe nicht so recht, welchen Reiz eine Heirat haben soll. Das Geplauder da eben bei Myrna ist nichts im Vergleich zu dem, was ich im Salon manchmal zu hören bekomme. Ich weiß über jede Ehe in der Stadt bis ins kleinste Detail Bescheid, über die guten wie die schlechten Zeiten. Und nach dem, was mir so zu Ohren kommt, gibt es deutlich mehr schlechte Zeiten.«

»Meinst du wirklich, das liegt daran, dass so viele Ehen in der Krise stecken, und nicht vielleicht daran, dass die Leute eher über ihre Probleme reden als über ihr Glück?«

»So hatte ich das noch nicht betrachtet.« Sie rückte ihren Gurt zurecht. »Aber du hast recht. Wenn es gut läuft, erwähnen meine Kundinnen ihre Beziehungen kaum.«

Am Praxisgebäude bog er links ab und fuhr auf den Parkplatz hinter dem Haus. Dort angekommen, stellte er den Wagen ab, stieg jedoch noch nicht aus.

Ihm stieg Noras süßer Duft in die Nase. Am liebsten hätte er die Hand ausgestreckt und diese losen Strähnen auf ihren Wangen berührt, um sie dann an sich zu ziehen und zu küssen. Er wollte ihre Haut unter seinen Fingern spüren, sie im Arm halten, in ihr das gleiche Verlangen wecken, das auch er verspürte.

Nora war anders als jede Frau, die ihm bisher begegnet war. Nicht bloß, weil sie nicht studiert hatte oder nie woanders als in Lone Star Canyon gelebt hatte, sondern weil sie klug und witzig und unglaublich mitfühlend war. Sie war eine äußerst gefühlsbetonte Frau. Leider hatten die meisten Männer in ihrem Leben ihr Schmerz zugefügt. Soeben hatte sie ihm eröffnet, dass sie sämtliche Details aller gescheiterten Ehen der Stadt kannte. Kein Wunder, dass sie da lieber allein blieb.

Und doch hatte sie ihn für einen Abend in ihr Leben und ihr Bett gelassen. Sie hatte sich von ihm berühren, sich all die Möglichkeiten aufzeigen lassen, die zwei Menschen miteinander genießen konnten. Er wusste, er durfte sich nicht wieder verlieben oder für irgendeine Frau so empfinden wie für Courtney, aber er konnte nicht umhin, sich zu wünschen, zwischen Nora und ihm könnte mehr entstehen als nur Freundschaft. Nun ja, wenn sie schwanger war, würden sie deutlich mehr als nur Freunde sein.

»Ich muss rüber in den Salon«, erklärte sie jetzt und griff sich ihre Tasche vom Rücksitz. »Keine halbe Stunde, dann kommt schon meine erste Kundin.«

Er legte ihr die Hand auf den Arm. »Nicht so schnell, junge Dame. Wir haben noch einen Schwangerschaftstest zu machen.«

Nora wusste, sie schwatzte wie eine Elster, aber sie konnte einfach nicht damit aufhören. Das ist die Nervosität, dachte sie, während sie unaufhaltsam daherplapperte. Sie hatte eine Heidenangst davor, wie der Test ausfallen würde. Panik, sie könnte schwanger sein, und Angst, sie könnte es nicht sein.

»Ich fasse es nicht, dass du mich auf ein Stäbchen hast pinkeln lassen«, beschwerte sie sich, während sie in seinem Sprechzimmer auf und ab lief. »Wir sind hier in einer Arztpraxis. Sollte es da nicht irgendwas Raffinierteres geben?«

»Ich kann dir auch Blut abnehmen, wenn du willst, aber der Stäbchentest ist genauso aussagekräftig.«

Sie warf einen Blick auf das weiße Plastikstäbchen, das auf einem Papiertuch auf seinem Schreibtisch lag. Stephen, der in seinem breiten Lederstuhl saß, wirkte tiefenentspannt.

»Mit einer Nadel lasse ich dich ganz sicher nicht auf mich los«, beschied sie ihm. »Außerdem will ich nicht, dass deine Helferin was mitbekommt, also wird das Stück Plastik wohl reichen müssen.«

Über den beigen Teppich ging sie zum Fenster. »Seit dem Tornado ist es ziemlich klar, aber ich hab gehört, morgen soll ein Unwetter aufziehen. Allerdings können wir den Regen auch gut gebrauchen diesen Frühling. Zumindest haben sie das heute Morgen im Radio gesagt.«

Sie verschränkte die Arme vor der Brust und versuchte, nicht daran zu denken, worauf sie warteten, während sie weiter übers Wetter brabbelte. Alles an Stephen brachte sie fürchterlich durcheinander. Sie mochte ihn. Mehr, als sie irgendeinen Mann seit langer Zeit gemocht hatte. Aber er war nichts für sie, so viel wusste sie. Sie hatten nicht viel gemeinsam. Daher war es nur sinnvoll, die Affäre so schnell und unaufgeregt wie möglich zu beenden. Letztendlich hatte die Theorie von einem netten kleinen unverbindlichen Techtelmechtel sich zwar gut angehört, aber die Realität überstieg Noras Fähigkeiten bei Weitem. Sobald also dieser Schwangerschaftstest negativ ausfiel, würde sie …

»Wir haben das Ergebnis.«

Sie fuhr auf dem Absatz herum und starrte ihn an. Sein Blick war auf das weiße Plastikstäbchen gerichtet, doch sie konnte seine Miene nicht deuten.

»Stephen?«

Er hielt ihr das Stäbchen hin, und mit zittrigen Knien ging sie zum Schreibtisch und starrte auf ein pinkfarbenes Pluszeichen. Sie war schwanger.

Ein Baby? Sie würde ein Baby bekommen? Unwillkürlich legte sie sich die Hand auf den Bauch, als könne sie schon jetzt das darin heranwachsende Leben spüren. Sie horchte in sich hinein, wartete auf eine Welle der Panik, Unsicherheit oder Reue, aber da war nichts als strahlende unglaubliche Freude. *Ein eigenes Kind.* Sie würde ein wundervolles, glückliches, gesundes Baby haben!

Stephen ließ sie keine Sekunde aus den Augen. Ihm war nicht klar gewesen, dass er den Atem angehalten hatte, bis er sich gestattete, ihn langsam entweichen zu lassen. Halb hatte er mit Wut oder Verbitterung gerechnet, doch stattdessen strahlte sie vor Glück, wie er es noch nie gesehen hatte. Es war, als wäre ihr innigster Wunsch in Erfüllung gegangen.

»Ist das nicht aufregend?«, stieß sie hervor, faltete die Hände vor dem Bauch und drehte sich mitten im Zimmer langsam im Kreis. »Ein Baby!«

Er spürte, wie er lächelte, auch wenn seine Reaktion zurückhaltender war als ihre. Zwar freute er sich ebenso wie sie über die Nachricht, doch machte er sich auch Sorgen. Bei Courtney hatte er seine Freude dämpfen müssen, weil sie so zwiegespalten gewesen war. Schon einmal hatte er auf die Geburt eines kleinen Menschen hingefiebert, nur um dieses zarte Leben zu verlieren, kaum dass es wirklich begonnen hatte.

Trotzdem – dies war seine zweite Chance, Vater zu werden.

Er ließ das Stäbchen auf das Papiertuch fallen und malte sich aus, wie er in nicht einmal neun Monaten sein Kind in den Armen halten würde. Ob Junge oder Mädchen, spielte für ihn keine Rolle.

»Ist das nicht wundervoll?« Nora kam zu ihm getänzelt. Ihr Gesicht strahlte vor Glückseligkeit. »Ich kann es kaum erwarten, auch wenn ich rein gar nichts übers Schwangersein weiß. Wahrscheinlich sollte ich mir mal ein paar Bücher zulegen und mich besser ernähren – aber, ach, ist das nicht herrlich?« Mit beiden Händen drückte sie seinen Arm. »Falls du es dir anders überlegt hast, ist das für mich auch okay. Ich meine, ich wäre auch eine super alleinerziehende Mutter. Ich hab genug Brüder und Schwestern, die mich unterstützen würden, und meine Mom wird begeistert sein, wenn ich es ihr erzähle.«

Er legte ihr eine Hand an die Wange. »Nicht in diesem Leben, Nora. Das, was ich dir gestern gesagt habe, war ernst gemeint. Dieses Kind ist genauso sehr von mir wie von dir. Wir werden heiraten, und wir ziehen unser Baby gemeinsam groß.«

Selbst jetzt konnte er noch kaum glauben, was da aus seinem Mund kam. Aber er wusste, dass jedes Wort ernst gemeint war. Er würde sie heiraten, weil es das einzig Richtige war. Sein Kind sollte eine stabile Umgebung haben. Es mochte ja sein, dass sie nicht bis über beide Ohren ineinander verliebt waren, aber immerhin mochten und respektierten sie einander. Darauf ließ sich eine gut funktionierende Beziehung aufbauen.

»Aber wir müssen nicht heiraten«, versicherte Nora ihm gerade. »Wenn du Anteil am Leben des Kindes haben willst, können wir es auch mit einem geteilten Sorgerecht oder so was versuchen. Ich bin nicht auf dein Geld aus, das brauche ich nicht – genauso wenig wie dich. Wenn du das alles nur anbietest, weil du das Gefühl hast, du müsstest es – lass es. Bitte. Ich komm schon klar.«

»Aber *ich* komme nicht klar. Ich brauche mein Kind, und das werde ich mir von dir nicht nehmen lassen.« Er fragte sich, ob es ihm je möglich sein würde, zu lernen, auch sie zu brauchen. Courtney hatte ihm beigebracht, sich für sein Glück nicht von einer Frau abhängig zu machen – dass ihr Fokus mehr ihrer Karriere als ihrer Beziehung galt. Würde es mit Nora anders sein?

»Sei nicht so altmodisch«, protestierte sie und wich vor ihm zurück. »Aber wir müssen das alles ja auch noch gar nicht jetzt entscheiden.«

»Ich werde meine Meinung dazu nicht ändern. Wenn dich schon sonst nichts überzeugen kann, dann zieh bitte in Betracht, wo wir leben. Lone Star Canyon ist eine Kleinstadt. Die Leute werden reden. Das will ich dir und dem Baby nicht zumuten.«

Sie öffnete den Mund, zweifellos um zu widersprechen, dann schloss sie ihn wieder. Nora hatte schon genug Klatsch und Tratsch erduldet, und er wagte zu bezweifeln, dass sie sich freiwillig noch mehr davon aussetzen würde.

»Und was den Zeitfaktor angeht: Uns bleibt nicht so lange, wie du denkst«, warnte er. »Die Leute können zählen und sich ausrechnen, wann das alles seinen Lauf genommen hat. Daher sollten wir das mit der Hochzeit ziemlich bald erledigen.«

Ihre Augen wurden schmal. »Du versuchst, so zu tun, als ginge es hier um mich – aber das ist es nicht, oder? Was dir wirklich Sorge bereitet, ist dein Ruf.«

»Wenn du mich für so niederträchtig und berechnend hältst, warum hast du dann mit mir geschlafen?«

Ihre Blicke trafen sich und fochten einen harten Kampf aus. Sie wandte sich als Erste ab. »Das hab ich … so nicht behauptet.«

»Was geht dann in dir vor?«

Sie seufzte. »Warum bist du so verbohrt?«

»Dieselbe Frage könnte ich dir stellen.« Er trat auf sie zu und legte ihr die Hände auf die Schultern. »Etwas Zeit bleibt uns noch, aber beileibe nicht so viel, wie wir beide gern hätten. Letztlich werde ich auf jeden Fall im Leben meines Kindes präsent sein, und das will ich als echter Vollzeitvater – in rechtlicher und jeder anderen Hinsicht. Der einzige Weg, das zu erreichen, ist, mit dem Kind zusammenzuleben. Da ich bezweifle, dass du mir das alleinige Sorgerecht überlässt, lautet der Kompromiss, uns die Verantwortung zu teilen. In unserer Kultur bedeutet das, zu heiraten.«

»Das ist aber nicht meine erste Wahl«, gab sie zurück.

»Hast du eine bessere Idee?«

Darauf schwieg sie lange, was für Nora äußerst selten war. Während sie überlegte, ließ er weiter die Hände auf ihren Schultern ruhen und genoss ihre Körperwärme. Zumindest unser Sexualleben wird exorbitant sein, dachte er und freute sich schon auf lange Nächte im gemeinsamen Bett.

Sie wich zurück. »Ich sage nicht Ja.«

»Das musst du auch nicht … fürs Erste zumindest. Aber ein Nein lasse ich nicht gelten.«

Ausweichend warf sie einen Blick auf ihre Armbanduhr. »Ich muss los. Jeden Moment kommt eine Kundin.«

»Versprich mir, dass du über meinen Antrag nachdenkst.«

Sie verzog den Mund zu einem trockenen Lächeln. »Es

wird schwer, über irgendwas anderes nachzudenken.« Damit steuerte sie auf die Tür zu.

»Nora? Ich bin zur Hochzeit deines Bruders eingeladen. Würdest du mit mir zusammen hingehen?«

Einen Augenblick blieb sie stehen, dann nickte sie knapp und verließ das Sprechzimmer. Stephen blickte ihr nach. Sie konnte sich sträuben, so viel sie wollte, aber am Ende würden sie miteinander verheiratet sein, und zwar, *bevor* dieses Baby zur Welt kam.

Er sagte sich, es sei nicht viel mehr als eine Geschäftsvereinbarung, die es zum Wohl ihres ungeborenen Kindes abzuschließen galt. Doch insgeheim war ein Teil von ihm sehr zufrieden mit der Wendung der Ereignisse, und ihn erfüllte ein Gefühl der Vorfreude – als wäre ihm soeben ein unerwartetes, unglaubliches Geschenk gemacht worden.

12. Kapitel

Kurz nach sieben Uhr an diesem Abend überquerte Nora die Grenze der Darby-Ländereien. Eigentlich war sie nur zu Besuch hier, weil es bereits über eine Woche her war, dass sie mit ihrer Mutter gesprochen hatte. Doch als sie vor dem Elternhaus vorfuhr, ertappte sie sich dabei, wie sie fast platzte, weil sie das dringende Bedürfnis verspürte, die neuen Entwicklungen in ihrem Leben mit jemandem zu teilen. Hattie war unvoreingenommen und zurückhaltend. Sie konnte zuhören und ihren Kindern mit liebender mütterlicher Fürsorge zur Seite stehen. Und nichts brauchte Nora jetzt dringender.

Sie schaltete den Motor ab und stieg aus dem Wagen. Vorhin am Telefon hatte ihre Mutter ihr gesagt, Jack, Katie und Shane würden den Abend in der Stadt verbringen – zusammen essen und dann ins Kino gehen. Nora und Hattie hatten das Haus also für sich. Nicht dass sie ihren Zustand lange vor ihrer Familie würde verbergen können, denn schon bald wäre ihre Schwangerschaft sichtbar.

Nora hüpfte die Stufen der Veranda hinauf und öffnete die Tür. »Ich bin's«, rief sie und ging ins Haus.

Ihre Mutter kam aus der Küche und schenkte ihr ein warmes Lächeln. »Ich freu mich so, dass du heute zum Essen da bist, Nora«, erklärte sie und breitete die Arme aus, um ihre älteste Tochter an die Brust zu drücken. »Ich bin immer glücklich, dich zu sehen und Zeit mit dir zu verbringen.«

Hattie, eine lebensfrohe Brünette mit nur wenigen Silberfäden im langen Haar, wirkte mit ihrer Energie und der zierlichen Figur weit jünger, als sie war. Zwar war sie kleiner als Nora, doch sie teilten die dunklen Augen und das offene Lächeln. Heute Abend trug Hattie Jeans und ein langärmeliges Oberteil. Das einzige Indiz für ihren Reitunfall vor ein paar Monaten war ein leichtes Hinken.

Nora ließ sich von ihrer Mutter umarmen und genoss die Wärme. Die vertraute Kraft gab ihr ein Gefühl von Sicherheit. »Hey, Mom«, begrüßte sie Hattie, schloss die Augen und wünschte, sie wäre wieder klein. Damals war das Leben so viel leichter gewesen. »Was gibt's zu essen?«

»Hackbraten und Kartoffelpüree – dein Lieblingsessen. Als du vorhin angerufen hast, klangst du, als könntest du eine kleine Aufmunterung gebrauchen.«

Nora trat zurück und wollte behaupten, ihr ginge es prächtig, doch die Worte kamen ihr nicht so recht über die Lippen. Stattdessen stiegen ihr plötzlich Tränen in die Augen, und sie hatte Mühe, ein Schluchzen zu unterdrücken. »Ich hab richtig Mist gebaut, Mom.«

Hattie sagte nichts. Stattdessen geleitete sie ihre Tochter ins Wohnzimmer. Als sie nebeneinander auf dem Sofa saßen, nahm sie Noras Hand zwischen ihre und drückte sie sanft. »Fang ganz von vorn an, und erzähl mir, was dich bedrückt.«

Nora schniefte, dann wischte sie sich mit der freien Hand über das Gesicht. Was sollte sie sagen? Sie brauchte dringend Rat, musste sich also rasch etwas einfallen lassen.

»Ich hab mich mit Stephen Remington eingelassen«, begann sie zaghaft und starrte in ihren Schoß hinunter. Wieder schniefte sie. »Na ja, nicht so richtig eingelassen – wir sind kein Paar oder so. Ich meine, wir haben uns ein paarmal getroffen, aber …« Sie brach ab.

Hattie lehnte sich vor. »Schätzchen, sprichst du von Sex? Ich habe sieben Kinder, der Vorgang ist mir also durchaus vertraut.«

Nora kniff die Augen zusammen, dann zwang sie sich, ihre Mutter anzusehen. In Hatties Lächeln lag nichts als Ermutigung und Verständnis. »So hatte ich das noch gar nicht betrachtet. In der Hinsicht dürftest du gut Bescheid wissen, oder?«

»Könnte sein.« Ruhig betrachtete Hattie sie. »Du und Stephen habt also was miteinander. Da ihr beide erwachsen und ungebunden seid, sehe ich da kein Problem.«

Wie sollte Nora es ihrer Mutter erklären? »So einfach ist das nicht. Verstehst du, er hat gesagt, er hat kein Interesse an einer ernsthaften Bindung. Also in romantischer Hinsicht.« Sie entzog Hattie die Hand und stützte die Ellbogen auf die Knie. Plötzlich ging ihr auf, dass das alles ziemlich mies klingen würde.

»Du willst also sagen, er hatte kein Interesse an irgendwelchen Verpflichtungen, sondern nur an körperlicher Intimität.«

»So in der Art. Ein One-Night-Stand sollte es auch nicht werden – wir hatten durchaus abgemacht, monogam zu bleiben. Ein bisschen wie Freunde mit gewissen Vorzügen.«

»Also gut. Wo liegt dann das Problem? Machst du dir Sorgen, dass deine Gefühle für ihn sich verändert haben? Dass du mehr als nur Freundschaft willst, er aber nicht?«

Wäre es doch nur so einfach, dachte Nora wehmütig. »Nicht so ganz. Das Kondom ist gerissen. Ich bin schwanger.«

Sie wagte einen Blick zu ihrer Mutter, fürchtete den Tadel,

den sie womöglich in Hatties Augen sehen würde. Doch als die ältere Frau einen Freudenschrei ausstieß und sie stürmisch an sich drückte, erinnerte Nora sich, dass ihre Mutter schon immer sehr uneigennützig gewesen war und selten irgendjemanden verurteilte.

»Ein Baby!«, jubelte Hattie und hielt Nora fest in den Armen. »Ich kann dir gar nicht sagen, wie lange ich mir schon Enkel wünsche. Man sollte meinen, dass bei sieben Kindern so langsam mal einer von euch rausgefunden hätte, wie man sich fortpflanzt, aber nein – ich musste mir ja einen Haufen Freigeister heranziehen. Jetzt, wo Jack und Katie heiraten, habe ich wenigstens Shane, aber der ist schon fast zehn. Ich glaube nicht, dass er sich noch von mir im Arm halten und in den Schlaf wiegen lässt.«

Nora richtete sich auf und sah ihre Mutter an. »Und du bist ganz sicher nicht böse?«

»Ach, Schätzchen, ich weiß, das ist ganz und gar nicht das, was du dir gewünscht oder erwartet hast, aber ich kann es beim besten Willen nicht bedauern. Babys sind Gottes Wunder. Du hast immer gesagt, du willst Kinder. Hat sich das geändert?«

»Ganz und gar nicht. Auf das Baby freue ich mich riesig. Stephen ist das Problem.«

Hattie ließ die Arme sinken. »Dann will er das Kind also nicht. Drängt er dich zu einer Abtreibung?«

Nora schüttelte den Kopf. »Das genaue Gegenteil ist der Fall. Er besteht darauf, von Anfang an dabei zu sein. Er …« Sie räusperte sich, denn sie konnte selbst kaum glauben, was sie jetzt sagen würde. Es laut auszusprechen würde es womöglich real genug machen, um ihr echte Angst einzujagen. »Er hat gesagt, wir sollten heiraten.«

Auf diese Neuigkeit reagierte Hattie ruhig. Sie lehnte sich auf dem Sofa zurück und musterte ihre älteste Tochter. »Ich nehme an, du hast was dagegen.«

»Natürlich. Das ist doch Wahnsinn. Heiraten? Wir kennen einander kaum. Außerdem leben wir nicht mehr im neunzehnten Jahrhundert. Wir müssen nicht heiraten. Ich bin absolut in der Lage, mich und mein Kind aus eigener Kraft zu versorgen. Wenn er unbedingt am Leben des Babys teilhaben will, finden wir schon eine Lösung. Andere Leute kriegen das doch auch hin.«

»Ich nehme an, er wird mehr wollen als ein regelmäßiges Besuchsrecht.«

»Das kannst du laut sagen. Er beharrt darauf, der einzige Weg, wie er wirklich ein Teil des Ganzen sein kann, wäre eine Heirat. Es sei denn, ich wäre bereit, ihm das Sorgerecht zu überlassen, was ich nicht bin.« Sie barg das Gesicht in den Händen. »Das ist doch verrückt. Ich will dieses Kind. Was ich nicht will, ist ein Ehemann.«

Ihre Mutter seufzte leise. »Nicht jeder Mann ist wie dein Vater oder David Fitzgerald. Sie lassen einen nicht alle sitzen.«

Schuldbewusst verzog Nora das Gesicht. Sie hatte keine alten Wunden aufreißen wollen, weder bei sich noch bei Hattie. »Das weiß ich doch. Es gibt auch gute Männer da draußen.«

»Ich glaube, auf intellektueller Ebene weißt du das, aber in deinem Herzen ist es nicht wirklich angekommen. Als dein Dad gegangen ist, hat uns das alle mitgenommen, aber als älteste Tochter hattest du eine ganz spezielle Perspektive. Ich glaube, Russells Abgang hat dich gelehrt, vorsichtig zu sein. Hätte David Wort gehalten, wärst du zu der Erkenntnis gekommen, dass zwar manche Beziehungen scheitern, andere aber erfolgreich sein können. Leider hat sein Verrat dich nur noch in dem bestärkt, was du schon gelernt hattest. Nach allem, was ich so sehe, ist Stephen einer von den Guten. Vielleicht verdient er eine Chance.«

Entsetzt sah Nora ihre Mutter an. »Das kann doch nicht dein Ernst sein. Du willst mir doch nicht sagen, ich soll ihn heiraten.«

»Ich sage nur, du solltest es in Erwägung ziehen.«

Darauf wusste Nora keine Antwort. Stephen heiraten? Um sich für den Rest ihres Lebens an seiner verstorbenen Frau messen lassen zu müssen und dabei immer schlechter wegzukommen? Wie sollte sie es mit einem in jeder Hinsicht perfekten Geist aufnehmen? Courtney war Ärztin gewesen – Hirnchirurgin – und hatte im Sterben liegende Kinder geheilt. Sie dagegen war *Friseurin*. Aber sie brachte es nicht über sich, ihrer Mutter von Stephens Vergangenheit zu erzählen. Es war einfach zu peinlich.

»Als Nächstes kommst du mir damit, dass das Gerede der Leute ein Problem wird.«

»Das wird es auch«, bestätigte Hattie ruhig. »Lone Star Canyon ist eine Kleinstadt. Die Leute reden. Diese Lektion hast du gelernt, Nora. Du weißt, was geschehen ist, als dein Vater uns verlassen hat. Und wenn ein Mädchen auf der Highschool schwanger geworden ist? War die Gesellschaft da nachsichtig mit ihr?«

Langsam schüttelte Nora den Kopf. Sie hatte das Getuschel gehört, manchmal auch die Schmährufe. Ihr Schönheitssalon war ein Mikrokosmos des Lebens da draußen, und es war eine unumstößliche Tatsache, dass Klatsch und Tratsch die Räder einer jeden Gesellschaft schmierten.

»Es gibt noch einen Grund, eine Heirat mit Stephen in Erwägung zu ziehen«, fuhr ihre Mutter fort. »Und das ist möglicherweise der wichtigste von allen.«

Nora widerstand dem Drang, die Augen zu verdrehen. »Ich versuche gar nicht erst, zu erraten, womit du mir jetzt noch kommst.«

»Nur damit, dass du bereits in ihn verliebt bist. Und dass du es, wenn du diese Chance, etwas daraus zu machen, verstreichen lässt, dein Leben lang bereuen wirst.«

Sie hatte nicht damit gerechnet, dass irgendetwas sie mehr schocken könnte als die Gewissheit, schwanger zu sein, doch damit hatte sie falschgelegen. In Stephen verliebt? »Das kann gar nicht sein. Ich weiß ja noch nicht mal, ob ich ihn mag.«

Dazu sagte Hattie nichts, doch das musste sie auch nicht. Ihre weisen braunen Augen sprachen Bände zum Thema »übertriebener Protest«.

Verliebt? In ihn? Das war nur Sex gewesen, nichts weiter. Nur Leidenschaft und hier und da ein paar Wortwechsel. Ja, gut, ab und an war er halbwegs amüsant, und er ging ihr nicht so sehr auf die Nerven wie andere Männer. Es mochte sie auch seltsam runtergezogen haben, als sie von Courtney erfahren hatte, aber das lag nur daran, dass sie Vorbehalte dagegen hatte, etwas mit einem Mann anzufangen, der eine andere liebte. Mit ihrem eigenen Herzen hatten ihre Sorgen nichts zu tun gehabt. Vielmehr hatte sie gefürchtet, möglicherweise ihren Moralkodex zu verletzen – mit verheirateten Männern ließ sie sich nicht ein. Das war alles. Eifersucht war da definitiv nicht im Spiel.

»Ich bin nicht in ihn verliebt«, erklärte sie noch einmal nachdrücklich. »Ich glaube nicht, dass ich überhaupt fähig bin, einen Mann zu lieben. Das hab ich schon vor langer Zeit aufgegeben.«

»Du redest daher, als würdest du glauben, wir könnten Liebesdinge beeinflussen. Aber das können wir nicht. Das Herz hat seinen eigenen Kopf.«

»Nicht mein Herz. Das hält sich schön sauber an die Regeln.«

Doch ein mulmiges Gefühl begleitete diese Worte, und mit wachsendem Entsetzen schwante ihr, dass ihre Mutter womöglich den Nagel auf den Kopf getroffen hatte.

Am Mittwochabend ließ Stephen sich auf der obersten Stufe von Noras Veranda nieder. Seit vier Tagen hatte er sie jetzt schon nicht mehr gesehen. Er hatte ihr Nachrichten hinterlassen, sowohl bei der Arbeit als auch auf der Mailbox. Hatte versucht, sie abzupassen, wenn sie den Salon betrat und wenn sie ihn wieder verließ. Heute war er sogar um zwei Uhr nachmittags hineingestürmt, in der Erwartung, sie bei der Arbeit vorzufinden, wie sie eine ihrer Kundinnen verzauberte. Doch ihr Platz war leer gewesen, und schon hatte er den Laden rückwärts wieder verlassen, ohne sich die Mühe zu machen, sein Auftauchen zu erklären.

Die zukünftige Mutter seines Kindes leistete verdammt gute Arbeit bei dem Versuch, ihm aus dem Weg zu gehen, aber das würde er ihr nicht länger durchgehen lassen. Deshalb hatte er beschlossen, vor ihrem Haus auf sie zu warten, solange es eben sein musste. Irgendwann würde sie schließlich heimkommen.

Während er da so in der Dämmerung des Frühlingsabends saß, fragte er sich, ob die Schwangerschaft sie nervös machte. Es war für sie beide unerwartet gekommen, aber während es für ihn noch neun Monate dauern würde, bis er eine aktive Rolle einnehmen konnte, musste sie sich schon jetzt der neuen Realität stellen. Schon bevor man von außen etwas sah, würde es körperliche Veränderungen geben, die nur sie wahrnehmen konnte.

An seinen guten Tagen erlaubte er sich unbändige Vorfreude auf die bevorstehende Vaterschaft. Diesen Traum hatte er schon einmal geträumt und dann auf einen Schlag alles verloren. Eine Zeit lang hatte er damit auch sich selbst verloren. Doch er arbeitete hart daran, um sich davon zu überzeugen, dass diese Schwangerschaft anders war und deshalb auch das Ergebnis anders ausfallen würde. Schon jetzt wusste er, dass die Mutter ein völlig anderer Mensch war. Nora war vieles, aber ganz sicher kein Ersatz für Courtney.

Beide waren kluge Frauen, das Baby würde also voraussichtlich mit Intelligenz gesegnet sein, aber da endeten die Ähnlichkeiten auch schon. Courtney war absolut erfolgsorientiert gewesen und hatte beinah nichts anderem in ihrem Leben Bedeutung beigemessen. Noras Leben war vielschichtiger. Sie hatte Menschen um sich, die ihr wichtig waren. Trotz des stachligen Äußeren war sie im Kern weichherzig und großzügig.

Auch körperlich unterschieden sich die beiden Frauen sehr. Bei der Vorstellung eines kleinen Mädchens mit Noras blitzenden braunen Augen und ihrer Furchtlosigkeit musste er lächeln. Vor seinem inneren Auge stieg ein Bild auf – wie Nora ihr Baby fest in den Armen hielt.

Sie würde eine gute Mutter sein. Pragmatisch, aufopfernd und doch konsequent würde sie ihrem Kind das Selbstvertrauen schenken, nach den Sternen zu greifen. In ihrem Haus würden Lachen und Liebe den Ton angeben. Dann fragte er sich, welche Rolle er in diesem Leben einnehmen würde. Ihre Ehe würde auf reinem Pragmatismus fußen.

Aber war das falsch? Stephen wusste es nicht, nur, dass er sie nicht ziehen lassen konnte. Er musste diesem Kind ein Vater sein – er wollte Teil seines Lebens sein. Da war diese Sehnsucht in ihm, die niemals nachlassen würde, genauso wenig wie sie ihm erlauben würde, die Verantwortung abzugeben. Was allerdings immer noch nicht die Frage beantwortete, ob sie wirklich heiraten sollten. Er wusste nur, dass, wenn er Nora zur Frau nahm, er sich wenigstens die Illusion von Kontrolle bewahren konnte.

Auch wenn ihm klar war, dass es nur eine Illusion war. Mit Courtney war er auch verheiratet gewesen und hatte sie trotzdem nicht retten können. Er wusste noch genau, wie es sich angefühlt hatte, als er in dem Krankenhaus angekommen war, in das man sie nach ihrem Zusammenbruch gebracht hatte. Er war zu spät gewesen – zu spät, um zu helfen, zu spät, um bei ihr zu sein, als sie ihren letzten Atemzug tat. Zu spät, um ihr sagen zu können, dass es ihm leidtat. Stattdessen hatte er nur neben ihr stehen und ihre kühle Hand halten können. Er hatte ihr gesagt, dass er sie liebte, auch wenn sie die Worte nicht mehr hatte hören können. Er hatte ihr schwören wollen, dass, wenn er geahnt hätte, wohin das alles führen würde, er niemals auf der Schwangerschaft bestanden hätte.

Doch jetzt war sie tot, und für seine Sünden gab es keine Absolution. Man hatte ihn in das Zimmer gebracht, in dem sein winziger tot geborener Sohn lag. So perfekt, so nah am Leben und doch fort. Stephen hatte die zarten kleinen Finger und Zehen berührt und sich die Seele aus dem Leib geweint. Weil er es nicht über sich brachte, zu bereuen, dass er sich ein Kind gewünscht hatte.

Das war seine größte Sünde. Dass er womöglich trotzdem darauf bestanden hätte. Also hatte er Courtney stattdessen versprochen, dass er sie auf ewig lieben würde. Nur sie und keine andere – komme, was da wolle.

Grelles Scheinwerferlicht riss ihn aus seinen Gedanken. Als er aufblickte, sah er Nora in die Auffahrt einbiegen. Sie stellte den Motor und das Licht ab, dann stieg sie aus. Sofort erhob er sich.

Überrascht wirkte sie nicht, als sie ihn anschaute, sie musste ihn also bereits gesehen haben. Besonders glücklich wirkte sie auch nicht.

»Was willst du?«, verlangte sie zu wissen.

»Wir müssen reden.«

Sie kam in seine Richtung und ging an ihm vorbei zur Haustür. Nachdem sie aufgeschlossen hatte, drehte sie sich zu ihm um. »Ich dachte, Männer hassen solche Gespräche mit Frauen. Ihr tut doch immer alles, was in eurer Macht steht, um jede auch nur annähernd intime Unterhaltung zu meiden. Und doch bist du hier und willst reden. Wie kommt das?«

»Du bist eben ein Glückspilz.«

Sie zog die Augenbrauen in die Höhe. »Mir fallen ja viele Beschreibungen für meine Lage ein, aber ›Glückspilz‹ gehört nicht dazu.« Mit einem Nicken deutete sie ins Innere des Hauses. »Du kannst reinkommen, wenn du willst.«

Freundlich war die Einladung nicht gerade, aber etwas Besseres würde er wohl von ihr nicht kriegen. Also überquerte er die Veranda und trat in ihr warmes freundliches Haus.

Nora hatte bereits ihre Handtasche abgelegt und die Schuhe abgestreift. Sie stand in der Mitte des Wohnzimmers, die Hände in die Hüften gestemmt. »Lass mich raten«, begann sie. »Du willst übers Heiraten reden. Ist das dein neuer Plan? Ständig überall aufzutauchen, bis ich mürbe werde?«

Er konnte sich ein Lachen nicht verkneifen. Typisch Nora,

gleich zur Sache zu kommen. Was auch immer ihn im Zusammenhang mit ihrem gemeinsamen Leben für Sorgen bewegten, Langeweile gehörte mit Sicherheit nicht dazu.

»Ich werde tun, was ich tun muss«, erklärte er. »Was auch immer notwendig ist, damit du Ja sagst. Wir wissen beide, dass es der richtige Schritt ist zu heiraten.«

Du magst das ja wissen, dachte Nora und funkelte ihn wütend an, aber ich bin da noch zu keinem Entschluss gekommen. Sie hasste ihn dafür, wie gut er aussah, obwohl er einfach nur dastand. Ihre Einrichtung hatte sie in der festen Annahme zusammengestellt, dass sie ihr Leben allein verbringen würde. Feminine Farben, Rüschen, Kissen und weiche Linien prägten so gut wie jedes Zimmer. Stephen hätte neben dem englischen Blumenmuster auf ihrem Sofa und dem dazugehörigen Sessel völlig fehl am Platz wirken sollen, doch das tat er nicht. Stattdessen sah er einfach nur groß, attraktiv und männlich aus.

Dafür verabscheute sie ihn regelrecht, wenn auch nicht ganz so sehr, wie sie ihr eigenes Herz für dieses Flattern verabscheute, das sie gespürt hatte, als sie Stephen wartend auf ihrer Veranda entdeckt hatte. Sie war ihm bewusst aus dem Weg gegangen, weil sie ihren Gefühlen auf den Grund gehen und zugleich herausfinden musste, was sie tun sollte. Bei beidem war sie noch nicht weitergekommen, aber sie hegte den Verdacht, dass er ihr dafür nicht noch mehr Zeit einräumen würde.

Heiraten. Er wollte sie heiraten. Nora dachte an das Gespräch mit ihrer Mutter vor ein paar Tagen. Dass es für das Baby vielleicht das Beste wäre. Dass Nora womöglich dabei war, sich in ihn zu verlieben. Mit Ersterem konnte sie leben, aber Letzteres war ihr absolut zuwider. Sie wollte in niemanden verliebt sein. Nie wieder. Liebe war eine Einbahnstraße ins Land der gebrochenen Herzen, und da wollte sie nicht noch einmal landen.

Es muss doch tausend andere Möglichkeiten geben, wie diese Situation funktionieren kann, sagte sie sich, als sie seinem Blick begegnete. *Es muss einfach so sein.* Leider hatte sie das ungute Gefühl, dass ihre Mutter recht behalten würde. Was erklärte, wieso ihr die Brust eng wurde, wann immer sie Stephen sah, und warum er sie so verrückt machte – wenn auch auf gute Weise. Aber eine Heirat? Das war so extrem, so endgültig. Und gefährlich.

»Ich werde niemals so sein wie Courtney«, sagte sie und presste sofort die Lippen aufeinander, weil sie ihre Worte im selben Moment bereute.

Stephen trat einen Schritt auf sie zu. Offensichtlich war er direkt aus der Praxis hergekommen, denn er trug noch ein weißes Hemd, eine dunkle Stoffhose und eine Krawatte. Er gefiel ihr in seiner Arbeitskleidung, genauso wie in Jeans. Aber ihr aktuelles Lieblingsoutfit war, wenn er splitterfasernackt vor ihr stand.

»Ich habe auch nicht von dir erwartet, irgendjemand anders als du selbst zu sein«, antwortete er. »Hier geht es ganz allein um uns. Dich, mich und unser Baby.«

Sie wollte ihm ja glauben, doch sie hatte ihre Zweifel. Zum Beispiel hegte sie den Verdacht, dass einer der Gründe für sein Beharren auf einer so engen Verbindung zu ihr und dem Baby der Verlust seiner ersten Familie war. Er wollte sicherstellen, dass so etwas nicht noch einmal geschah. Daraus konnte sie ihm nicht unbedingt einen Vorwurf machen, aber der Vergleich ging ihr gehörig gegen den Strich.

Stephen zog die Augenbrauen zusammen. »Was willst du damit eigentlich sagen? Es geht hier doch wohl nicht um deine Intelligenz, oder? Dir muss doch klar sein, dass du einer der klügsten Menschen bist, die mir je begegnet sind. Das hat nichts mit deiner Ausbildung zu tun – es ist dein Inneres, was dich ausmacht.«

»Das weiß ich selbst.« Das stimmte, trotzdem war sie froh, dass es auch ihm klar war.

Sie ließ die Hände sinken und ging zum Sofa, wo sie sich ganz vorn auf der Kante niederließ. »Ich habe sehr exakte Vorstellungen von einer Ehe. Vor allem was Männer betrifft.«

Er gesellte sich zu ihr auf die Couch, lehnte sich allerdings bequem zurück, als würden sie eine ganz normale Unterhaltung führen und als könne er kein Wässerchen trüben.

»Mir ist durchaus bewusst, dass du von so ziemlich allem deine Vorstellungen hast«, entgegnete er in leichtem neckendem Ton. »Und ich will sie alle kennenlernen. Also, erzähl mir von deinen Ansprüchen an eine Ehe.«

»Ich will nur einmal heiraten. Ein Kind ist eine lebenslange Verpflichtung. Wenn du vorhast, das ein paar Jahre mitzumachen und dann das Weite zu suchen – kein Interesse. Wenn das hier funktionieren soll, dann erwarte ich, dass du es durchziehst. Die Tatsache, dass du mich nicht liebst, sollte darauf keinen Einfluss haben.«

»Einverstanden«, antwortete er ruhig. »Mir schwebt auch eine dauerhafte Verbindung vor. Ich habe nicht vor, irgendwann zu verschwinden.«

Sie schluckte. Gott sei Dank war ihm ihr Ausrutscher nicht aufgefallen. »Dass du mich nicht liebst« war eine weit spezifischere Aussage als »dass wir uns nicht lieben«. Aber er hatte es nicht bemerkt. Von jetzt an würde sie deutlich vorsichtiger sein müssen. Auf keinen Fall sollte er ihr Geheimnis herausfinden.

Er rückte näher und legte ihr eine Hand an die Wange, brachte sie sanft, aber beharrlich dazu, ihn anzusehen. »Ich weiß, dass dir das alles Angst macht, Nora. Schließlich hast du die Erfahrung gemacht, dass alle Männer dich sitzen lassen. Du sollst wissen, dass ich nicht so bin wie die. Ich habe keine Ahnung, wieso dein Vater das Weite gesucht hat, aber es hatte garantiert nichts mit dir zu tun. Und was David Fitzgerald angeht – der Mann ist ein Idiot. Du bist ein Hauptgewinn, und das hätte ihm klar sein müssen.«

Sachte strich er mit dem Daumen über ihre Unterlippe. »Diesen Antrag habe ich dir nicht mal eben so gemacht, auch wenn es vielleicht so gewirkt haben mag. Für mich wirst du eine ständige Herausforderung darstellen. Du bist schön und sexy und witzig und fürsorglich. Ich wünsche mir eine glückliche Ehe auf der Grundlage von Zuneigung und Respekt. Und ich glaube, das kriegen wir hin – und du?«

Statt einer Antwort nickte sie nur, denn sie konnte nicht sprechen, nicht klar denken. Nicht wenn er sie so berührte und sein Streicheln sie am ganzen Körper erschauern ließ. Sie musste sich bewusst machen, was er sagte, und sich eine Antwort darauf überlegen.

»Eins hast du bei alldem vergessen«, brachte sie schließlich heraus und wich ein Stück zurück, sodass er die Hand in den Schoß sinken ließ. »Neben Zuneigung und Respekt wird uns auch Sex verbinden.«

Er lächelte breit. »Von dem Teil unserer Ehe erwarte ich mir tatsächlich Großes.«

Seine Worte hätten ihr schmeicheln sollen, doch das taten sie nicht, denn sie wollte mehr. Sie wollte alles.

Nora schloss die Augen und versuchte nachzudenken. Dies war ihre neue Realität. Sie war schwanger von diesem Mann, der nicht lockerlassen würde, bis sie nachgab. Was bedeutete, dass sie höchstwahrscheinlich heiraten würden. Hätte sie alles stehen und liegen lassen können und sich für ein paar Jahre irgendwo verkriechen, dann hätte sie vielleicht eine Chance gehabt, ihn zu vergessen. Doch das war keine Option. Also würde sie lernen müssen, Frieden mit ihrer Entscheidung zu machen und sich und ihre Gefühle zu schützen.

»Sag Ja«, drang er erneut in sie.

Sie schaute ihn an. »Wenn du mich sitzen lässt wie Russell meine Mutter, dann bringe ich dich zur Strecke wie den räudigen Köter, der du bist.«

»Etwas anderes würde ich auch nicht erwarten. Sag Ja.«

Ein letztes Mal zögerte sie. Er würde ihr das Herz brechen. Es in tausend Scherben zermalmen und in alle Winde verstreuen. Und es gab nichts, was sie dagegen tun konnte.

»Bis nach der Hochzeit von Jack und Katie nächste Woche wahrst du absolutes Stillschweigen. Ich will nicht, dass dieser besondere Tag für die beiden in irgendeiner Weise überschattet wird.«

»Ist das ein Ja?«

Langsam nickte sie. »Ja, Stephen, ich werde dich heiraten.«

Er schlang die Arme um sie und zog sie an sich. Unverhofft lag sie an seiner vertrauten starken Brust und genoss seine Nähe. Er fühlte sich wundervoll an, warm und wie die Erfüllung all ihrer Wünsche.

Sein Mund senkte sich auf ihren. Augenblicklich schmolz sie dahin, in ihrem Inneren begann ein Feuer zu lodern, und ihre Entschlossenheit löste sich in Luft auf. Mit dem letzten bisschen Kraft, das sie noch besaß, drückte sie gegen seine Schultern.

»Damit ist es bis nach der Hochzeit vorbei«, verkündete sie streng.

Er sah aus, als wolle er protestieren, doch dann nickte er. »Wenn du darauf bestehst.«

»Ich halte es für das Beste.« Hauptsächlich weil sie Zeit brauchte, um sich zu sammeln.

Sanft nahm er ihre Hand in seine und streichelte ihre Finger. »Was für eine Hochzeit wünschst du dir? Eine schicke Feier? Ein bisschen Zeit haben wir noch, bevor die Leute sich die Wahrheit zusammenreimen.«

Ihre Hochzeit. Über die Details hatte sie sich noch überhaupt keine Gedanken gemacht. »Nichts Großes«, sagte sie. Einem rauschenden Fest wäre sie nicht gewachsen. Nicht in dem Bewusstsein, dass sie nicht aus den üblichen Gründen heirateten. »Lass uns einfach nach der Hochzeit von Jack und Katie nach Las Vegas fliegen. Das ist das Einfachste. Und wenn wir wieder da sind, erzählen wir den anderen nur von unserer Spontanhochzeit.«

»Klingt nach einem Plan.«

Er sah zufrieden aus – vermutlich weil er genau das bekommen würde, was er wollte. Und was war mit ihr? Was wollte sie?

»Gilt für diese Ehe dasselbe wie bisher?«, fragte sie. »Freundschaft und Sex, nur dass wir diesmal verheiratet sind und demnächst Eltern werden? Entspricht das deinen Erwartungen?«

»Was denn sonst? Meinst du nicht, alles darüber hinaus würde die Situation verkomplizieren?«

»Hast recht, klar«, antwortete sie und schenkte ihm ihr überzeugendstes Lächeln.

Doch für sie sah ihre Zukunft öd und leer aus. Der Gedanke, mit einem Mann zusammenzuleben und ihn zu lieben, wenn er diese Liebe niemals erwidern würde, frustrierte sie. Insbesondere weil ihr klar war, dass sie immer nur seine zweitbeste Ehefrau sein würde.

13. Kapitel

Das Wohnzimmer der Darbys war erfüllt von leiser Musik und Gelächter. Nora zwang sich weiterzulächeln und tröstete sich damit, dass die Veranstaltung nicht ewig dauern würde … auch wenn es sich sehr danach anfühlte.

Wenigstens war die Hochzeit reibungslos verlaufen. Am frühen Morgen war ein Unwetter über Lone Star Canyon hinweggezogen und hatte die im Freien geplante Zeremonie ins Wasser fallen lassen. Doch auf diese Möglichkeit war Hattie vorbereitet gewesen. Die Salonmöbel waren kurzerhand in die Garage ausgelagert worden, sodass der große Raum genug Platz für die Trauung bot. Um die hohen Fenster rankten sich duftende Blumengirlanden, und ein langes weißes Tischtuch hatte als symbolischer Mittelgang gedient.

Nora lächelte, als sie sich an das glückliche Strahlen ihres Bruders erinnerte, während er Katie zur Frau genommen hatte. Auch Katies Sohn Shane hatte bis über beide Ohren gegrinst, offensichtlich froh, dass er jetzt endlich einen Dad hatte.

Nach den Glückwünschen und Fotos waren sie ins Wohnzimmer umgezogen, wo mehrere runde Tische zum Dinner eingedeckt waren und ein Buffet neben dem Kamin wartete. Auf einem Tisch in der Ecke stand eine traumhafte vierstöckige Hochzeitstorte, verziert mit ganzen Kaskaden von zarten Veilchen.

»Was denkst du gerade?«, fragte Stephen und legte ihr von hinten eine Hand an die Taille.

»Dass meine Mutter fantastische Arbeit geleistet hat, das alles in so kurzer Zeit auf die Beine zu stellen.«

Sie erlaubte sich, sich an ihn zu lehnen, dankbar für seine physische und emotionale Unterstützung.

»Ich bin beeindruckt«, bemerkte Stephen dicht an ihrem Ohr. »Als ich aufgewacht bin und den Regen gesehen hab, dachte ich, es ist alles ruiniert. Stattdessen wurde alles so arrangiert, dass ich fast glauben könnte, es wäre von Anfang an so geplant gewesen, wenn ich es nicht besser wüsste.«

Nora nickte zustimmend, dann drehte sie sich um und beobachtete, wie ihre Mutter sich durch den Raum bewegte. Gelöst und freundlich sprach sie mit ihren Gästen und stellte sicher, dass die Feier ohne Zwischenfälle weiterlief. Bei ihrer frischgebackenen Schwiegertochter blieb Hattie einen Moment stehen, und die beiden lachten miteinander.

Was für gegensätzliche Frauen, dachte Nora. Ihre Mutter mit dem langen, dichten dunklen Haar und den blitzenden braunen Augen und auf der anderen Seite Katie wie eine zierliche, blauäugige blonde Porzellanpuppe. Die Braut trug eine schmal geschnittene cremefarbene Robe, die bis zum Boden fiel. Kleine aufgestickte Perlen verliehen der Seide Textur und Eleganz. Auf Katies Schlüsselbein ruhte eine wunderschöne Perlenkette mit Diamanten, ein Geschenk von ihrem neuen Ehemann. Jack beobachtete seine Frau vom anderen Ende des Raums aus, und aus seinem Blick sprach pure Liebe.

Nora bemühte sich redlich, diese Freude zu teilen. Doch sosehr sie ihrem Bruder auch sein Glück wünschte, hatte ihr doch vor dieser Trauung und dem darauf folgenden Empfang gegraut. Ein Haufen Darbys und Fitzgeralds am selben Ort würde aber auch jeden nervös machen.

Aaron Fitzgerald hatte an seinem Entschluss festgehalten –

er würde seiner Tochter nie verzeihen, dass sie einen Darby geheiratet hatte. Auf die Einladung hatte er gar nicht erst geantwortet. Aber seine Frau Suzanne war gekommen, gemeinsam mit ihren Kindern Blair und Brent. Die Teenager sahen alles andere als begeistert aus, auf der Hochzeit ihrer Halbschwester zu sein, aber immerhin waren sie zu allen höflich.

Plötzlich umfasste Stephen ihre Taille fester. »Ich bin dem Feind begegnet«, raunte er.

Sie wusste nicht, ob sie ihm einen Rippenstoß verpassen oder lachen sollte. »Du meinst David?«

»Wen denn sonst? Wenn man den Ex seiner Verlobten trifft, weckt das einen ganz schönen Beschützerinstinkt.«

Er neckte sie, um sie auf andere Gedanken zu bringen, und das wusste sie sehr zu schätzen. Zugleich lösten seine Worte ein leises Ziehen in ihrem Herzen aus. Hauptsächlich weil sie wünschte, seine Worte entsprächen der Wahrheit. Wenn Stephen tatsächlich eifersüchtig auf David Fitzgerald wäre, würde das bedeuten, dass sie mehr für ihn wäre als bloß eine Bettgespielin und die Mutter seines Kindes. Unwahrscheinlich, ermahnte sie sich.

»Keine Sorge«, beruhigte sie ihn. »David ist ein bisschen zu beschäftigt mit seinem eigenen Leben, als dass er auch nur mitkriegen würde, dass ich hier bin.«

»Oh, das glaube ich nicht. Ich würde sogar behaupten, er ist sich deiner Anwesenheit äußerst bewusst – und meiner Nähe. Gut. Der soll richtig grün vor Neid werden. Er hatte seine Chance und hat's vergeigt.«

Als sie seinem Blick folgte, sah sie den Erwähnten mit seiner Frau reden. Fern war im siebten oder achten Monat schwanger. Drei Töchter hatte David bereits – diesmal hoffte er zweifellos auf einen Jungen.

Während sie David musterte, analysierte sie ihre Gefühle. Empfand sie noch etwas für ihn? Sie spürte einen Hauch des Bedauerns, dass seine Heirat mit einer anderen sie verletzt hatte, doch den Verlust des Mannes bedauerte sie nicht. Mit einigen Jahren Abstand fragte sie sich, ob sie einander überhaupt glücklich gemacht hätten. Zwar war sie auf einer Ranch aufgewachsen und wusste, was nötig war, um sie am Laufen zu halten, doch ihr Leben in der Stadt zog sie bei Weitem vor. Der Schönheitssalon erfüllte sie mit einem Gefühl von Stolz. Was auch in ihrer Welt geschehen mochte, sie würde niemals auf irgendwen anders angewiesen sein.

»Fern sieht müde aus«, bemerkte Stephen.

»Ich möchte dich mal sehen, wenn du drei Kinder zu Hause hast und das vierte unterwegs ist.«

Er überraschte sie mit einem Grinsen. »Du kannst dich nie einfach nur so unterhalten, oder? Bei dir ist es immer ein Schlagabtausch. Wahrscheinlich wirst du mir regelmäßig mit dem Tod drohen, aber immerhin werde ich lauthals lachend sterben.«

Bevor Nora etwas erwidern konnte, klatschte Hattie in die Hände, um die allgemeine Aufmerksamkeit auf sich zu lenken.

»Ich habe eine Überraschung für euch«, verkündete sie und trat zum Fernseher an der gegenüberliegenden Wand. »Jemand ganz Besonderes möchte dem glücklichen Paar seine Glückwünsche ausrichten.«

»Wer denn?«, fragte Katie.

»Das wirst du gleich sehen«, erwiderte Jack lächelnd.

Sie standen dicht beieinander, die Arme umeinandergeschlungen. Langsam ließ Nora den Blick durch das Zimmer schweifen. Monica, Tom und Wyatt waren extra zur Hochzeit ihres großen Bruders angereist. Nur Ivy und Keith hatten nicht kommen können. Ivys Sohn hatte eine Mittelohrentzündung, weshalb sie nicht fliegen durften – und für einen Wochenendbesuch war die Fahrt von Florida zu weit. Keith war beruflich außer Landes.

Unvermittelt fragte Nora sich, wann sie sich als Familie zuletzt alle zusammen gesehen hatten. Seit ihrer Kindheit hatte sich so vieles verändert. Keith war ihr Zwillingsbruder, doch sie bekam ihn kaum noch zu Gesicht. Vor neun Jahren war er ans College verschwunden und seitdem kaum ein halbes Dutzend Mal hergekommen, wenn überhaupt. Dasselbe galt für Ivy.

Hattie schaltete den Fernseher ein und startete das Video. Nach kurzem Wackeln stellte sich die Kamera scharf, und Nora schnappte nach Luft, als sie zwei vertraute Gestalten erkannte. Sie saßen auf einem Krankenhausbett neben einer dick bandagierten Person.

»Hey, Katie und Jack, wir sind's – alles Gute zur Hoch zeit«, rief Dallas Fitzgerald und winkte. Sie war eine hübsche junge Frau Mitte zwanzig. Auch Katies kleiner Bruder A.J. hob grüßend die Hand.

»Willkommen in der ›besseren‹ Familie, Jack«, scherzte er fröhlich. »Nimmst du jetzt den Namen Fitzgerald an?«

Doch Nora bemerkte die beiden kaum. Stattdessen war sie gebannt von der bandagierten Gestalt in der Mitte. Ein Verband verdeckte das Gesicht der Frau, und am linken Bein trug sie einen Gips. Nora zog sich die Brust zusammen, als sie die im Hintergrund piepsenden Geräte und das sterile Krankenhauszimmer registrierte.

»Hi, Katie, hi, Jack«, sagte die Frau jetzt. »Ich bin's, Josie. Ich weiß, das kann man gerade nicht so gut erkennen, weil ich ›Die Mumie lebt‹ spiele, aber ich bin's wirklich. Ich hoffe, ihr werdet sehr glücklich miteinander. Ich hab euch beide furchtbar lieb – und dich auch, Shane. Die Ärztin hat gemeint, wahrscheinlich erkennt ihr mich nicht wieder, wenn sie erst mit den Operationen fertig ist, aber sie hat versprochen, dass ich umwerfend aussehen werde – wenigstens etwas.«

Jetzt umarmten Dallas und A.J. ihre Schwester in dem Video. Es folgten ein paar weitere Grüße und Glückwünsche, doch Nora war zu geschockt vom Zustand ihrer Freundin, um zuzuhören.

Als würde er ihren inneren Aufruhr spüren, legte Stephen ihr eine Hand auf die Schulter. »Ich weiß, das sieht schlimm aus, aber sie wird wieder.«

»Das hoffe ich.«

Nora hatte Mühe, die verletzte Frau auf dem Bildschirm mit ihrer einstigen besten Freundin in Einklang zu bringen. Nachdenklich betrachtete sie die lachenden Geschwister im Video. »Sind wir Idioten, dass wir diese Fehde immer noch fortführen?«, fragte sie leise.

»Definitiv«, antwortete Stephen. »Aber das wusstest du auch vorher schon.«

Darauf erwiderte sie nichts. Stattdessen wagte sie einen Blick zu David – dem Mann, der ihr das Herz gebrochen und sie vor der gesamten Stadt bloßgestellt hatte. Er war hochgewachsen, blond und noch immer sehr gut aussehend. Ein starker und gütiger Mann – Eigenschaften, die sie bewunderte. Als sie ihn im Umgang mit seiner Frau beobachtete, erkannte sie, dass es Spannungen zwischen den beiden gab, und wusste, dass sie nicht glücklich miteinander waren. Früher einmal hätte es ihr vielleicht Genugtuung verschafft, dass diese Ehe nicht funktionierte, doch jetzt nicht mehr. Ihre Lebenswege hatten sich getrennt. Irgendwann würde sie vielleicht noch herausfinden, warum er eine andere geheiratet hatte, aber es spielte einfach keine große Rolle mehr für sie. Sie war damit zufrieden, ihn – und ihre gemeinsame Vergangenheit – hinter sich zu lassen.

»Da hast du wohl recht«, sagte sie langsam. »Es gibt keinen Grund für unsere Familien, sich noch weiterzustreiten. Nicht nach so langer Zeit. Aber versuch das mal Katies Vater zu erklären. Manchmal glaube ich, diese Fehde ist der Mittelpunkt seines Lebens.«

Stephen schaute zu Shane hinüber, Katies Sohn und Aarons Enkel. »Dann braucht er ein anderes Leben. Ihm entgeht so vieles, indem er sich hier fernhält. Richtig traurig.«

Das sah sie genauso. Doch manche Dinge ließen sich nicht ändern, und dazu gehörte auch Aaron Fitzgerald.

»Zeit fürs Mittagessen«, erklärte Hattie, als das Video zu Ende war. »Sucht euch bitte eure Plätze.«

Zusammen mit Stephen ging Nora zu den runden Tafeln und las im Gehen die Platzkärtchen. Dabei sah sie, dass David und seine Frau am anderen Ende des Raums untergebracht waren. Noch etwas, wofür sie ihrer Mutter zu danken hatte. Ihm vergeben zu haben war eine Sache – ihm und seiner Angetrauten beim Essen gegenübersitzen zu müssen wäre eine ganz andere.

Als Stephen ihr den Stuhl herauszog, brach ein Sonnenstrahl durch die Wolkendecke und flutete das Zimmer. »Ein Omen«, behauptete Stephen und ließ sich neben ihr nieder. »Aber ist es für die beiden oder für uns?«

»Vielleicht beides«, entgegnete Nora und versuchte, das nervöse Flattern in ihrem Bauch zu ignorieren. Nach dem

Empfang würden Stephen und sie nach Dallas fahren und von dort aus nach Las Vegas fliegen. Ihre eigene Trauung würde später am selben Abend stattfinden. Die Nacht würden sie dort verbringen, um morgen Abend wieder herzukommen.

»Bist du dir sicher, dass du niemandem von unseren Plänen erzählen willst?«, vergewisserte er sich.

»Ich will Jack und Katie nicht den Tag verderben.«

Auch wenn sie ein wenig unsicher war, wie ihre Mutter reagieren würde, galt ihre größere Sorge dem, was sie da taten. Konnte sie diesen Mann wirklich heiraten – in dem Wissen, dass sie in ihn verliebt war und er ihre Gefühle nicht erwiderte?

»Tun wir das Richtige?«, fragte sie ihn.

»Auf jeden Fall. Wag es ja nicht, jetzt noch zu kneifen«, warnte er sie.

»Werde ich nicht.« Sie wusste, sie würde nicht kneifen, hoffte aber auch, dass er recht hatte und sie diese überstürzte Hochzeit nicht irgendwann bereuen würden.

»Nimmst du diesen Mann zu deinem rechtmäßig angetrauten Ehemann?«

Nora schluckte gegen den Kloß in ihrem Hals an. Tief schaute sie in Stephens braungrüne Augen, auf der Suche nach Zweifeln oder Unsicherheit, doch in seinem Blick lag nur ruhige Zufriedenheit. Er wirkte so sicher. War sie wirklich bereit, jetzt als Einzige einen Rückzieher zu machen?

»Ja, ich will«, flüsterte sie.

»Haben Sie Ringe?«, fragte der Friedensrichter.

Gerade als sie antworten wollte, dass sie daran nicht gedacht hätten, nickte Stephen und zog zwei Ringschatullen aus der Jacketttasche. Überrascht blinzelte sie.

»Wann hast du die denn gekauft?«, fragte sie mit gedämpfter Stimme.

Er grinste. »Die Zeit hab ich mir genommen.«

Aus der ersten Schachtel holte er einen schlichten Goldring hervor, in der zweiten kam ein Band feuriger Diamanten zum Vorschein. Ihr stockte der Atem, als sie das atemberaubende Schmuckstück bewunderte – so elegant, so unerwartet.

»Der ist wunderschön. Ich weiß gar nicht, was ich sagen soll«, hauchte sie.

»Bleib nur immer schön bei: ›Ja, ich will.‹«

Der Rest der Trauung zog wie im Nebel an ihr vorbei. Vage entsann sie sich im Anschluss, weitere Worte nachgesprochen zu haben, bevor sie ihrem frischgebackenen Ehemann einen kurzen Kuss gegeben hatte. Fünfzehn Minuten später trug sie ihren neuen Ring, der sich seltsam unvertraut anfühlte. Der Papierkram war erledigt, und sie befanden sich auf dem Weg hinauf in ihre Suite.

»Habe ich schon erwähnt, wie schön du bist?«, fragte er, als die Aufzugtür hinter ihm zuglitt und die Kabine sich in Bewegung setzte.

Sie schaute hinunter auf ihr weißes Kleid, das sie im Schlussverkauf in einem Laden in Dallas entdeckt hatte. Es war ärmellos und hatte einen U-Ausschnitt. Das aus Satinbändern geflochtene Mieder schmiegte sich um ihren Oberkörper, bevor es an der Hüfte in einen eleganten bodenlangen Rock überging. »Ich war mir nicht sicher, ob es dich stört, wenn ich etwas so Traditionelles trage, aber ich hab noch nie geheiratet, und da dachte ich …« Sie räusperte sich. »Ich wollte eben nicht in einem Nullachtfünfzehn-Kleid heiraten.«

»Das war ernst gemeint, Nora. Du siehst traumhaft aus.«

Sie errötete – das passierte ihr sonst nie. Statt ihn anzusehen, musterte sie lieber ihren Ehering. »Mit so was hab ich überhaupt nicht gerechnet. Ein schlichter Goldring hätte vollauf gereicht.«

»Aber der hier gefällt dir besser.«

Sie wagte einen kurzen Blick zu ihm. »Natürlich. Wem würde das nicht so gehen?«

»Gut. Das habe ich nämlich damit bezweckt. Dich glücklich zu machen.«

Der Aufzug hielt auf ihrem Stockwerk. Am liebsten hätte sie gefragt, ob er das wirklich ernst meinte, doch ihr wollte keine Möglichkeit einfallen, das zu tun, ohne sich auf dünnes Eis zu begeben. Wie konnte er sie glücklich machen wollen, ohne sie zugleich zu lieben? Aber wenn sie damit anfing, könnte er sie genauso gut fragen, wie sie ihn hatte heiraten können, ohne *ihn* zu lieben. Bloß dass sie ihn eben doch liebte, was alles so frustrierend kompliziert machte.

Er legte ihr eine Hand auf den Rücken und dirigierte sie zu ihrer Suite. Vor der Tür angekommen, benutzte er die Schlüsselkarte, um sie in ihr geräumiges Reich einzulassen.

Die Vorhänge vor den bodentiefen Fenstern waren zurückgezogen und gaben den Blick auf ein funkelndes Lichtermeer frei.

»Möchtest du was trinken?«, fragte Stephen.

Er ging zu einem Champagnerkühler hinüber und zog eine Flasche daraus hervor. Behutsam legte sie ihren Brautstrauß aus weißen Rosen und Stargazer-Lilien auf dem Beistelltisch neben dem Sofa ab und nickte.

Sie hatten sich eine reizende Suite im Venetian Hotel gebucht. Von einem weitläufigen Entree mit Marmorboden gelangte man in ein Schlafzimmer mit extragroßem Himmelbett. Das Bad – ausgestattet mit zwei Waschbecken, einer riesigen verglasten Duschkabine und einer Wanne, in der eine Armada Platz gefunden hätte – war etwas größer als ihre Küche zu Hause. Außer dem Schlafzimmer gab es noch ein Wohnzimmer mit einem Sofa und zwei Sesseln, und vor der Fensterwand stand ein runder Esstisch mit vier Stühlen.

»Ich würde dir ja Champagner anbieten, aber unter den gegebenen Umständen …« Lächelnd reichte Stephen ihr eine Champagnerflöte mit Apfelschorle.

Sie nahm das Glas entgegen und hoffte, er würde nicht bemerken, wie ihre Finger zitterten. *Verheiratet.* Sie waren wirklich und wahrhaftig verheiratet.

»Auf uns«, erklärte er und prostete ihr zu. »Auf ein langes und glückliches Leben.«

»Auf uns«, wiederholte sie und trank einen Schluck.

Kribbelnd perlte die süße Apfelschorle über ihre Zunge. Sie zwang sich, den Kloß in ihrem Hals mit hinunterzuschlucken, dann stellte sie das Glas auf dem Couchtisch ab. Vom Augenblick ihrer Landung in Las Vegas an war alles an diesem Abend magisch und surreal gewesen. Stephen hatte eine Limousine gemietet, die bereits auf sie gewartet und sie die kurze Strecke bis zum Hotel chauffiert hatte. Beim Betreten des Hotels hatte sie sich gefühlt, als wäre sie wahrhaftig nach Italien versetzt worden. Marmorböden, vergoldete Säulen und unglaublich kunstvolle Fresken an Wänden und Decken fügten sich zu einem wundervollen Ambiente zusammen. Der Page hatte ihr erzählt, dass auf der Shopping-Etage des Hotels sogar Gondelfahrten angeboten wurden.

Jetzt befanden sie sich allein in ihrer Luxussuite, und sie realisierte, dass sie panische Angst vor ihrem frischgebackenen Ehemann hatte. *Ehemann.* Selbst in ihren Gedanken fühlte sich das Wort fremd und unbehaglich an. Sie hätte nie geglaubt, dass sie einmal heiraten würde, geschweige denn unter derartigen Umständen.

»Was geht in dir vor?«, fragte er, trat hinter sie und legte die Hände auf ihre nackten Schultern.

Seine Haut war warm, doch bei seinen Worten überlief sie ein Schauer. Sie konnte ihm nicht sagen, was sie beschäftigte. Er würde es niemals verstehen, und erklären würde sie es ihm ganz bestimmt nicht.

»Ich bin nervös«, gab sie zu, denn das kam der Wahrheit wohl nah genug, um ihn zufriedenzustellen.

Nervös und voller Angst, dass ich gerade den größten Fehler meines Lebens begangen habe. Schlimmer noch – sie hatte Stephen gesagt, bis nach der Trauung würde es keine Intimität zwischen ihnen geben. Dieser Zeitpunkt war gekommen, und sie hatte das ungute Gefühl, dass er ihr Versprechen jeden Moment einlösen wollte. Sie wusste nicht, ob sie dazu in der Lage wäre. Nicht ohne mit ihren Gefühlen herauszuplatzen – etwas, das sie sich geschworen hatte, niemals zu tun.

»Ich bin auch nervös«, flüsterte er und drückte sanfte Küsse auf ihren Hals.

»Lügner.«

»Ich lüge nicht.«

Sie hatte sich das Haar zu einer Kaskade weich fallender Locken hochgesteckt. Sachte schob er die Strähnen beiseite und knabberte zärtlich an ihrem Nacken. Ungeachtet ihrer Vorbehalte erfüllte sie eine wachsende Erregung. Das Liebesspiel mit ihm war göttlich gewesen. Es gab keinen Grund zu der Annahme, dass es das nicht wieder sein würde. Was die Herzensgeständnisse anging – sie würde eben lernen müssen, diesen Teil von sich zu verbergen. Die Wahrheit durfte Stephen niemals erfahren.

»Du riechst wundervoll«, murmelte er und drehte sie zu sich um. Sie ließ es zu und legte ihm die Hände auf die breiten Schultern, die noch in dem dunkelblauen Anzug steckten, den er zur Hochzeit von Jack und Katie angezogen hatte. Leidenschaft verdunkelte seine Augen, und seine Miene spiegelte deutlich sein Verlangen wider. Lieben mochte er sie zwar nicht, aber er wollte sie. Für den Moment würde das reichen müssen.

Sie griff nach seiner Krawatte, doch bevor sie sich daranmachen konnte, sie zu lösen, ertastete er den Reißverschluss an ihrem Rücken und zog ihn hinunter. Einen Moment zögerte Nora, dann streifte sie sich das Kleid ab. Bei der Unterwäsche für ihren Hochzeitstag hatte sie keine Kosten und Mühen gescheut. Sie fragte sich, ob ihr frischgebackener Ehemann den Aufwand zu schätzen wusste.

Anmutig ließ sie das Kleid zu Boden fallen und trat aus dem schimmernden Berg von Satin heraus. Stephen starrte sie mit offenem Mund an, und seine Augen wurden glasig. Lächelnd hob sie den Kopf. *Sieh an.* Dann waren die sündhaft teuren Fetzen aus Seide und Spitze es also wert gewesen.

Sie trug einen tief geschnittenen weißen Spitzen-BH mit dünnen Trägern. Ein dazu passender dreieckiger Seidenfetzen diente als Höschen. Um ihre Hüften lag ein schlanker Strumpfgürtel und hielt weiße Strümpfe mit einer Naht auf der Rückseite. Vervollkommnet wurde das Ensemble durch weiße Satinpumps.

Mühsam sammelte Stephen sich weit genug, um den Mund zuzuklappen und einen Fluch auszustoßen. »Wo bitte kauft man denn so was?«

»Gefällt's dir?«

»Oh ja.«

Langsam drehte sie sich einmal um die eigene Achse und demonstrierte ihm, dass die Rückseite des Höschens kaum mehr als ein dünnes Elastikband war. »Das Set gibt's auch noch in anderen Farben.«

Er schluckte sichtlich. »Sehr gut.«

Dann fasste er sich an den Hals und fummelte an seiner Krawatte herum. Als sie zum Bett hinüberschlenderte, folgte er ihr und entledigte sich dabei seiner Kleidung. Endlich gewann sie ein wenig Selbstvertrauen zurück. Immerhin wusste sie jetzt, dass sie seine volle Aufmerksamkeit hatte.

An der Bettkante blieb sie stehen und wartete, bis er bei ihr war. Mittlerweile hatte er Jackett, Hemd und Krawatte abgelegt und zog sich gerade hektisch Schuhe und Socken aus. Unter dem leichten Wollstoff seiner Anzughose war seine Erregung nicht zu übersehen. Doch statt sich weiter zu entblättern, richtete er sich auf und sah sie an.

»Du bist wunderschön«, sagte er schlicht.

»Danke.«

»Ich will dich.«

Sie schenkte ihm ein Lächeln. »So etwas in der Art hatte ich mir schon gedacht.«

»Sag mir, dass du mich auch willst.«

Für den Bruchteil einer Sekunde blitzte Verletzlichkeit in seinen Augen auf. Was auch immer sie noch für Vorbehalte gehabt haben mochte, in diesem Moment lösten sie sich in Luft auf. Sie trat zu ihm und schlang die Arme um ihn.

»Mehr, als ich sollte«, hauchte sie und hob ihm ihren Mund entgegen.

Ihr erster Kuss war heiß und leidenschaftlich. Für forschende Sanftheit blieb keine Zeit – nicht bei dem Feuer, das so heiß in ihnen loderte. Sobald ihre Münder einander berührten, öffnete sie die Lippen, und sofort drang er mit der Zunge in sie ein. Er schmeckte süß – nach Apfelschorle und zugleich so sehr nach ihm. Sie erinnerte sich noch gut an seinen Geschmack, wie sie darin geschwelgt hatte, genau wie in seinem Geruch und selbst in der Art, wie er sich in ihr bewegte.

Langsam ließ er die Hände an ihren Armen hinaufgleiten, dann über ihr Schlüsselbein wieder hinunter, bis er ihre Brüste umfasste. Instinktiv drängte sie sich ihm entgegen, verzehrte sich nach mehr Hautkontakt. Seine Daumen ertasteten ihre bereits aufgerichteten Brustspitzen. Spielerisch neckte er die empfindsamen Knospen, strich wieder und wieder darüber, bis sie kaum noch atmen konnte.

»Nicht …«, hauchte sie.

»Nicht was?«

»Nicht aufhören.«

Das letzte Wort ging in ein Keuchen über, als er den Kopf senkte und durch die Spitze ihres BHs an ihrem prallen Fleisch knabberte. Ein ums andere Mal erschauerte sie, und ihr Herz schlug schneller. Ihr wurde überall heiß. Jeder Zentimeter ihrer Haut war auf seine Berührungen ausgerichtet. *Magie.* Er war magisch, und sie wollte, dass es niemals aufhörte.

Langsam ließ er sich auf die Knie hinunter und zog dabei eine Spur aus Küssen über ihren Bauch. Als er das Seidendreieck erreichte, unter dem sich ihre Weiblichkeit verbarg, zog er es genüsslich an ihren Beinen hinab und stützte sie dann, als sie hinaustrat.

»Setz dich hin«, bat er, und sie tat wie geheißen.

Sie wusste, was jetzt kommen würde. In freudiger Erregung hielt sie den Atem an und streckte sich auf dem Bett aus, die Beine über die Kante gelegt.

Zärtlich streichelte er sie von den Knöcheln bis zu den

Oberschenkeln. Der dünne Stoff der Strümpfe trug noch zur Erotik seiner Berührung bei. Auf und ab, auf und ab, doch nie näherte er sich dem Zentrum ihrer Lust, ließ sie jedes Mal hungrig und rastlos zurück.

»Berühr mich«, hauchte sie. »So wie letztes Mal.«

Nur allzu gern erfüllte er ihren Wunsch. Während er weiter ihre Beine streichelte, küsste er ihren sensibelsten Punkt. Seine Zunge suchte und fand jenes winzige Bündel purer Lust und umfuhr es, kreiste langsam und genüsslich darum. Auf lange träge Zungenstriche folgten flinke spielerische Bewegungen. Berührung, keine Berührung, Küsse, Knabbern, leichtes Blasen, dann schob er zwei Finger in sie hinein.

Während er sie küsste und nach allen Regeln der Kunst mit den Fingern verwöhnte, galt seine gesamte Aufmerksamkeit allein ihrem Genuss. Anfangs langsam, dann steigerte er sein Tempo, bis sie völlig außer Kontrolle war und nach Atem rang.

Ihr Höhepunkt kam unerwartet. In der einen Sekunde hatte sie sich noch danach gesehnt, in der nächsten wurde sie bereits hinwegkatapultiert, und jede Zelle ihres Körpers gab sich diesem einen Moment schierer Perfektion hin. Emotionen drängten an die Oberfläche, doch mit übermächtiger Willenskraft hielt sie sie im Zaum. So viele Worte lagen ihr auf der Zunge, doch bevor sie sie aussprechen konnte, zog sie ihn zu sich herauf und küsste ihn stattdessen.

Und dann lagen sie auf der Matratze und berührten einander. Ihre Hände waren überall. Sie brauchte seine Nähe, *musste* ihm ebensolche Lust bereiten wie er ihr. Rasch streifte er sich Hose und Boxershorts ab und enthüllte seine pulsierende Männlichkeit. Sie konnte nicht anders, sie musste mit der Hand darüberfahren.

Ihm entglitt ein Stöhnen, als sie ihn zu massieren begann.

»Du bringst mich noch um«, murmelte er, drehte sich auf den Rücken und zog sie rittlings auf sich.

Noch immer trug sie den Strumpfgürtel und die Seidenstrümpfe. Als sie sich langsam auf ihn sinken ließ, fand er den Verschluss ihres BHs und öffnete ihn. Seine Hände umschlossen ihre Brüste, gerade als sie ihn vollends in sich aufnahm.

Ihr erster Instinkt verlangte, sich zu bewegen, doch sie wollte auch das Gefühl dieser intimen Verbindung mit ihm auskosten. Unverwandt blickten sie einander in die Augen, dann senkte sie den Kopf, und er reckte sich ihr zum Kuss entgegen.

Ungeduldig umfasste er ihre Hüften – eine wortlose Aufforderung, sich zu bewegen. Sie folgte seinem Wunsch, hob und senkte das Becken und entlockte ihnen beiden ein Stöhnen. Ihr vorheriger Höhepunkt hatte sie sehr empfindsam gemacht, und Stephen jetzt in sich zu spüren war so unglaublich intensiv, dass sie bereits den nächsten Orgasmus heranrollen spürte.

Als würde er ihre Gedanken lesen … oder vielleicht ihren Körper … vertiefte er den Kuss und griff zugleich nach ihren Brüsten, um sie zu kneten. Jetzt hielt sie es keine Sekunde länger aus. In völliger Ekstase warf sie den Kopf in den Nacken und schrie laut auf, als sie von unbändiger Lust mitgerissen wurde.

Instinktiv steigerte sie das Tempo. Während sie sich immer hungriger küssten und er weiter ihre Brüste liebkoste, spürte sie, wie die Spannung zwischen ihren Beinen ins Unermessliche wuchs. Mit jedem Stoß steigerte er ihre Lust, bis sie jede Kontrolle über ihren Körper verloren zu haben glaubte und ein unglaublicher Höhepunkt sie bis ins Mark erschütterte.

Das alles brachte *er* zustande, und sie wünschte, er würde niemals damit aufhören.

Sekundenbruchteile später drang er ein letztes Mal in sie ein und kam ebenfalls. Erschauernd klammerte sie sich an ihn und genoss diesen Augenblick perfekter Vereinigung.

Später, als sie wieder zu Atem gekommen waren und er sie ganz ausgezogen hatte, zog Stephen seine Braut unter die Decke und machte es sich neben ihr bequem. Zärtlich hielt er sie in den Armen und genoss das Gefühl ihrer Nähe. Ihr Liebesspiel war überwältigend gewesen – genau wie bei den ersten Malen. Doch diesmal hatte noch etwas anderes mitgeschwungen. Lag es daran, dass sie jetzt verheiratet waren?

Spielt doch keine Rolle. Er hatte Nora nicht aus Liebe geheiratet, sondern weil es das Richtige für ihr ungeborenes Kind war. Damit hatte er sein Versprechen, das er Courtney gegeben hatte, nicht gebrochen – seinen Schwur an ihrem Totenbett, niemals eine andere zu lieben.

Die altbekannten Schuldgefühle stiegen in ihm auf und riefen ihm in Erinnerung, dass kein Versprechen der Welt Courtney zurückbringen würde. Sie war gestorben, weil er darauf bestanden hatte, dass sie das Baby austrug. Andererseits: Hätte er nicht darauf bestanden, hätte sie das Baby abgetrieben – dann hätte *dieses* Blut an seinen Fingern geklebt. So oder so hätte er sich schuldig gemacht. Einen Ausweg aus diesem Dilemma gab es nicht.

Du musst die Vergangenheit ruhen lassen. Er hatte jetzt ein neues Leben. Ein Teil seines Herzens würde immer Courtney und seinem Sohn gehören, aber jetzt gab es auch andere Seelen, an die er denken musste.

Nora lag zusammengerollt neben ihm, den Kopf auf seiner

Schulter, das Knie auf seinem Oberschenkel. Er streichelte ihren Arm, der auf seiner Brust ruhte.

»Hast du dir schon überlegt, wo wir wohnen wollen?«, fragte er.

Sie hob den Kopf und schaute ihn verwirrt an. »Nein. Aber das ist etwas, worüber wir uns Gedanken machen müssen. Mir war noch gar nicht klar, dass es Veränderungen geben wird, aber ich schätze, so ist das, wenn man heiratet.«

»Normalerweise schon.« Er drückte ihr einen Kuss auf den Scheitel. »Meine Wohnung ist zu klein, erst recht mit einem Baby. Dein Haus wäre bis zur Geburt gar nicht verkehrt. Ich hab mir überlegt, dass wir vielleicht zusammen ein Haus kaufen sollten.«

Ein Lächeln umspielte ihre Mundwinkel. »Ich schätze, getrennte Wohnungen kommen nicht infrage.«

»Auf gar keinen Fall. Du bist meine Frau, und ich habe vor, dich peinlichst unter Kontrolle zu behalten.«

Wohlgeformte Augenbrauen wurden fast bis zum Haaransatz hochgezogen. »Das ist ja wohl nicht dein Ernst.«

»Ach was! Aber ich möchte wirklich, dass wir zusammen wohnen.«

Sie ließ den Kopf wieder auf seine Schulter sinken und seufzte. »Also gut. Wenn du es ein paar Wochen zwischen Blümchen und Rüschen aushältst, zieh doch fürs Erste bei mir ein. In der Zwischenzeit machen wir uns dann auf die Suche nach einem Haus, das uns beiden gefällt.«

Sie sagte genau, was er hatte hören wollen, und doch spürte er, wie sie sich dabei verspannte.

Er drehte sich auf die Seite und rollte sie auf den Rücken. Mit einer Hand bedeckte er ihren noch flachen Bauch, als könnte er das winzige Leben erspüren, das darin heranwuchs.

»Ich weiß, so hast du dir das alles nicht vorgestellt«, erklärte er. »Aber solange wir dieselben Ziele und Erwartungen haben, kann das eine erfolgreiche Ehe werden.«

»Willst du einen Fünfjahresplan aufstellen?«

»Vielleicht. Erst mal will ich aber alles tun, was ich tun muss, um dich glücklich zu machen.«

Sie wandte den Blick ab. »Vorsicht mit solchen Äußerungen. Nachher steigt mir das noch zu Kopf.«

Ihre Stimme klang irgendwie merkwürdig, aber er begriff nicht, woran das lag. »Nora, ich hoffe, du weißt, dass du mir viel bedeutest. Du bist eine ganz besondere Frau, und ich bin glücklich, dich in meinem Leben zu haben. Ganz sicher werden wir viele schöne Jahre miteinander genießen.«

Sie musste schlucken, dann schenkte sie ihm ein Lächeln. »Na, du weißt aber, wie man eine Frau bezirzt.«

Irgendetwas arbeitete in ihr, aber er wusste nicht, was. Hatte er etwas gesagt, was er lieber nicht hätte sagen sollen? Wollte sie …?

Doch bevor er ergründen konnte, was sie von ihm wollte oder nicht wollte, zog sie seine Hand von ihrem Bauch an ihre Brust. »Küss mich«, flüsterte sie.

Das Gefühl ihrer weichen Haut und die Verlockung ihres Mundes waren zu viel. Er senkte den Kopf, und jegliche Gedanken an eine Unterhaltung waren wie weggeblasen.

14. Kapitel

»Bist du mir böse?«, fragte Nora ihre Mutter am folgenden Montagmorgen.

Am Vorabend nach ihrer Rückkehr aus Las Vegas hatte sie Hattie angerufen, die prompt gleich in der Frühe vor der Tür des Schönheitssalons auf sie gewartet hatte.

Jetzt saß Hattie auf einem der Stühle im Wartebereich. Wie üblich trug sie Jeans und T-Shirt und sah damit weit jünger aus als über fünfzig. Sie schaute ihre Tochter an. »Überhaupt nicht.«

Nora glaubte ihr, trotzdem hatte sie das Bedürfnis, die Las-Vegas-Aktion zu erklären. »Wir wussten, wegen des Babys müssen wir schnell handeln, aber ich wollte mit meinen Angelegenheiten nicht von Jacks und Katies großem Tag ablenken.«

»Natürlich nicht.« Ihre Mutter schenkte ihr einen warmen Blick. »Ungeachtet deines Rufs als Kratzbürste bist du ein sehr großherziger Mensch. Ich freue mich, dass ihr euch entschieden habt zu heiraten. Ich glaube, ihr habt richtig gehandelt. Allerdings wünschte ich, du wärst dir sicher, dass das auch *deinen* Wünschen entspricht.«

Nachdenklich drehte Nora den Diamantring an ihrer linken Hand. Er fühlte sich noch immer ungewohnt an, aber dasselbe galt ja auch für ihre Ehe. Ihr gingen ungefähr fünfzehn Ansätze durch den Kopf, um den heißen Brei herumzureden, doch dann gestand sie sich ein, dass es ohnehin keinen Zweck hatte.

»Das bin ich tatsächlich nicht«, gab sie zu. »Über nichts bei alledem. Das Einzige, was ich mit absoluter Sicherheit weiß, ist, dass ich dieses Kind will.«

»Und das bekommst du, von daher kannst du glücklich sein.«

Nora lächelte ihre Mutter an. »Ja, aber da hängt noch ein ausgewachsener Mann mit dran, der unbedingt mitspielen will. Der ist das Problem, mit dem ich nichts anzufangen weiß. Ich hab ihm nicht gesagt, was ich für ihn empfinde – er will es ohnehin nicht hören.«

Hattie nahm die linke Hand ihrer Tochter und betrachtete den Diamantring. Nora wusste, dass ihr Vater Hattie einen schlichten Goldring geschenkt hatte, den sie bis vor wenigen Jahren auch noch getragen hatte.

Nora musste an jenen Tag denken, als sie als kleines Mädchen erfahren hatte, dass ihr Vater seine Familie im Stich gelassen hatte. Alle waren am Boden zerstört gewesen, doch ihre Mutter hatte sie zusammengehalten, den Fokus auf ihre Zukunft und ihre Liebe zueinander gerichtet. Sie hatte nicht zugelassen, dass die Familie auseinanderfiel. Nicht einmal als das Geld knapp geworden und die Preise auf dem Viehmarkt rapide gesunken waren.

»Liebe ist kompliziert«, sagte Hattie jetzt und drückte ihre Hand, bevor sie sie losließ. »Dem Herzen kann man nicht immer mit Vernunft beikommen, aber der Kopf muss darauf hören. Manchmal führt das zu Konflikten. Tu, was für das Baby das Beste ist, Nora – aber auch für dich. Du trägst die Verantwortung für dich selbst.«

»Ich weiß.« Einen Moment lang dachte sie über die Worte ihrer Mutter nach. »Fürs Erste probiere ich es wohl am besten damit, eine Ehe mit Stephen zu führen.«

»Das sehe ich auch so. Also gib ihm die Chance, sich als guter Ehemann zu erweisen. Ich weiß ein bisschen was über seine Vergangenheit – dass er schon einmal verheiratet war.«

Nora war überrascht. »Das hat er dir erzählt?«

»Ja. Als er mich wegen des Reitunfalls behandelt hat.« Ihre Mutter zuckte mit den Schultern. »Ich hab mich regelrecht in Selbstmitleid gesuhlt. Vermutlich hat er mir von seiner Geschichte erzählt, um mir den Kopf zurechtzurücken. Und hey, es hat funktioniert.« Sie berührte Nora am Arm. »Worauf ich hinauswill, ist Folgendes: Er war schon mal verheiratet, und es wird ihm sicher nicht leichtfallen, zu entscheiden, was in eurer Beziehung erlaubt ist und was nicht. Er wird eine Weile brauchen, um sich daran zu gewöhnen, wieder Teil eines Paars zu sein. Gib ihm diese Zeit. Er hat dir und dem Baby eine Menge zu bieten. Ich fürchte, wenn du ihn vorzeitig aufgibst, wirst du das dein Leben lang bereuen.«

Nora wusste den Rat ihrer Mutter zu schätzen, hatte aber keine Ahnung, wie lange sie es aushalten würde, nur Stephens zweite Wahl zu sein. Schlimmer noch, im direkten Vergleich mit Courtney würde sie niemals gewinnen. Wie sollte sie es auch mit einer brillanten Chirurgin aufnehmen, die dazu noch zierlich und hübsch und lauter andere tolle Dinge gewesen war? Wäre Courtney nicht gestorben, wäre Stephen bis heute glücklich mit ihr verheiratet.

»Er wird eurem Kind ein guter Vater sein«, versicherte ihr Hattie.

»Ich weiß. Das ist einer der Gründe, warum ich mich auf die Heirat eingelassen habe. Ich weiß, dass er ein guter Mensch ist. Allerdings hab ich keinen blassen Schimmer, ob er auch bereit ist, der Richtige für mich zu sein.«

Ihre Mutter öffnete den Mund, doch noch bevor sie etwas sagen konnte, flog die Eingangstür auf, und ein halbes Dutzend Frauen stürmten in den Empfangsbereich. Vorneweg kamen Jill und Kathy, dicht gefolgt von mehreren Kundinnen. Mrs. Arnold, Mrs. Gelson und sogar Myrna Nelson blieben strahlend vor ihr stehen.

»Wir haben alle davon gehört«, verkündete Jill und trat vor, um Nora zu umarmen. »Herzlichen Glückwunsch.«

Nora fragte sich, wer den Klatsch in die Welt gesetzt hatte. »Neuigkeiten sprechen sich hier aber schnell rum.«

»Vor allem gute Neuigkeiten«, bemerkte Myrna und schob sich an Jill vorbei, um sie ebenfalls zu drücken. »Ich wusste doch, dass da was ist zwischen Ihnen beiden, als Sie bei mir zu Besuch waren. Da sind die Funken ja nur so geflogen in meiner kleinen Küche.« Lächelnd hob sie die fein nachgezogenen Augenbrauen. »Ich freue mich für Sie, Liebes. Sie sind ein reizendes Persönchen und haben wirklich etwas Glück verdient.«

Bei diesen warmen Worten stiegen Nora Tränen in die Augen, doch rasch blinzelte sie sie weg. Höflich nahm sie von allen Frauen Glückwünsche entgegen, bevor sie Jill und Kathy bedeutete, sich an ihre Arbeitsplätze zu begeben und loszulegen. Hattie erhob sich und wandte sich zum Gehen.

»Viel Glück mit dem Gerede«, wünschte ihre Mutter ihr. »Das mit Vegas verzeihe ich dir noch mal, wenn du mir versprichst, morgen Abend mit deinem Mann zum Essen zu kommen.«

»Versprochen.«

Nora winkte ihrer Mutter und schaute ihr nach. Dann drehte sie sich um und hatte das ungute Gefühl, beobachtet zu werden. Im Salon wurde es still. Kapitulierend hob Nora die Hände. »Na los, raus mit den Fragen. Je eher wir anfangen, desto eher hab ich's hinter mir.«

Doch heute würde sie es nicht annähernd hinter sich bringen, realisierte sie irgendwann am Nachmittag. Es kam ihr vor, als würde jeder, den sie kannte, hereinschauen, um ihr zu gratulieren und ein paar Details in Erfahrung zu bringen. Unzählige Male hatte sie bereits von ihrem Kleid, der Trauzeremonie, dem schönen Hotel und ihrem Brautstrauß berichtet. Dutzende Frauen hatten ihren beeindruckenden Ring bestaunt und gefragt, wie es denn mit der Familienplanung aussähe.

»Ich glaube, ich sollte erst mal lernen, Ehefrau zu sein, bevor ich mir Sorgen übers Muttersein mache«, erklärte sie, als sie Mrs. McDirmitys blauweiße Locken mit einem letzten Sprühstoß Haarspray fixierte.

»Das ist alles so romantisch«, schwärmte die alte Dame und lehnte sich auf die Armstützen ihres Rollstuhls. »Ich weiß noch, wie dieser Tornado hier durchgezogen ist. Schon damals dachte ich, irgendwas ist da zwischen Ihnen beiden.«

Nora war sich nicht sicher, was genau das gewesen sein könnte. Sie war bloß dankbar, dass das Gespräch sich nicht mehr um ihre Familienplanung drehte. Natürlich wusste sie, es war nur eine Frage der Zeit, bis ihr Zustand unübersehbar wäre, aber mit ein wenig Glück lag dieser Tag noch in ferner Zukunft.

»Da haben Sie einen richtig guten Fang gemacht«, befand Mrs. McDirmity. »Stephen ist bis über beide Ohren in Sie verliebt. Das ist mehr als offensichtlich.«

Nora lächelte, sagte jedoch nichts. Schließlich kannte sie die Wahrheit.

Vorsichtig trug Stephen seinen Kaffee ins Wohnzimmer und suchte sich den Sessel mit den wenigsten Zierkissen darin aus. Mittlerweile wohnte er seit fast zwei Wochen bei Nora und hatte sich noch immer nicht an all die Rüschen, Spitzendeckchen und Duftkerzen gewöhnt, mit denen die kleinen Zimmer vollgestopft waren. Noras Haus war eine Ode an die Weiblichkeit. Er hätte sich völlig fehl am Platz fühlen müssen. Stattdessen stellte er fest, dass ihm der Kontrast zwischen Noras Zuhause und seinem kahlen Junggesellen-Apartment sogar gefiel. Selbst in seinem Haus mit Courtney hatte es außer Möbeln und Lampen keine weitere Dekoration gegeben. Sie hatten nie die Zeit gehabt, es zu einem echten Heim zu machen.

Er stellte seinen Kaffee auf dem Beistelltisch ab, dann schlug er die Mappe auf, die er mitgebracht hatte. »Wir müssen uns über Häuser unterhalten«, begann er.

Nora schaute kaum von dem dicken Katalog mit Babybedarf auf, in dem sie blätterte. Beim Frühstück hatte er selbst einen Blick hineingeworfen und darin alles von Bettchen bis zu Schnullern entdeckt. »Wir haben noch gar keine Namen ausgesucht.«

»Ich glaube, ein Haus ist die dringendere Angelegenheit«, bemerkte er. »Das Baby kommt erst in über sieben Monaten. Aber wenn wir ein Haus bauen wollen, dann sollten wir schleunigst damit anfangen.«

Sie schaute zu ihm empor und lächelte. »Wie, du willst hier raus? Ich dachte, du findest mein Blümchendekor zauberhaft.«

Dich finde ich zauberhaft, dachte er, während er den Kopf schüttelte. Sie war die tollste Frau, die er je kennengelernt hatte. Klug und teuflisch sexy – selbst wenn sie es gar nicht darauf anlegte.

Mit den zarten Fetzen aus Seide und Spitze, mit denen sie

ihn so gern verführte, konnte Nora sein Blut zum Kochen bringen, doch allein ihre Gegenwart machte ihn schon mehr an, als sie je ahnen würde. Heute trug sie Jeans und ein abgeschnittenes T-Shirt. Der weite Ausschnitt rutschte ihr immer wieder über die Schulter und ließ ihren BH-Träger hervorblitzen. Als sie sich streckte, erhaschte er einen Blick auf ihren nackten Bauch. Es kostete ihn all seine Willenskraft, in seinem Sessel sitzen zu bleiben, während er einfach nur die Arme um sie schlingen und sie an sich ziehen wollte.

Er wusste, dass die sexuelle Anziehung am Anfang einer Partnerschaft am größten war. Mit der Zeit würde der Drang, ständig übereinander herzufallen, etwas abebben. Gleichzeitig spürte er jedoch, dass das Bedürfnis, mit ihr zusammen zu sein, niemals verschwinden würde. Da war eine Verbindung zwischen ihnen, wie er sie noch nie erlebt hatte – mit keinem anderen Menschen.

Energisch versuchte er, cool zu bleiben und zu ignorieren, dass ihn schon der bloße Gedanke daran, mit Nora zu schlafen, hatte hart werden lassen. »Wir müssen uns wirklich um ein Haus kümmern. Auch wenn die Blümchen und Rüschen hier durchaus Charme haben – das Haus ist zu klein.« Er hielt zwei Faltblätter in die Höhe, auf denen jeweils ein Haus abgebildet war, das ihnen gefiel. »Such dir eins aus.«

Sie wandte sich wieder ihrem Katalog zu. »Die sind beide gut.« Als sie umblätterte, hörte er, wie ihr der Atem stockte.

»Ich will nicht, dass du in einem Haus wohnst, das bloß ›gut‹ ist. Ich möchte, dass du es liebst. Gab es noch eins, das dir besser gefallen hat? Oder …«

Er erstarrte, dann fielen ihm die Unterlagen aus der Hand. Nora schniefte, und eine einzelne Träne lief ihr über die Wange.

»Schatz, was ist denn?«, fragte er besorgt, als er zu ihr ging und sie in den Arm nahm.

»N…nichts. Bloß das hier.«

Erklärend hielt sie ihm den Katalog hin. Auf der aufgeschlagenen Seite war ein rosa und weiß eingerichtetes Kinderzimmer mit einem flauschigen Teddybären-Mobile über dem Bettchen zu sehen.

Jetzt verstand er gar nichts mehr. »Warum weinst du denn deswegen?«

»Es ist so n…niedlich.«

Mittlerweile kullerten ihre Tränen ungebremst. Er drückte sie an sich, als ihm aufging, dass sie bereits Opfer ihrer Hormone war.

»Ist schon gut«, murmelte er. »Bald geht's dir wieder besser. Die Hormone machen dich emotional instabil, aber das geht vorüber.«

Sie riss sich von ihm los und funkelte ihn wütend an. »Emotional instabil?«

Im letzten Moment erkannte er seinen Fehltritt, doch es war zu spät, um sich vor dem Sturz in den finsteren Abgrund zu retten. »Das war vielleicht etwas unglücklich ausgedrückt«, ruderte er so schnell wie möglich zurück. »Im ersten Trimester macht dein Körper große Veränderungen durch, was sich auf ganz unterschiedliche Weise zeigen kann.«

Drohend verengte sie die Augen. »Glaub ja nicht, du könntest dich mit deinem Medizinerlatein rausreden. Du hast mich emotional instabil genannt, und dafür wirst du bestraft.«

Da er sich nicht anders zu helfen wusste, murmelte er nur kleinlaut: »Ja, Schatz«, bevor er sie erneut an sich zog.

Nur widerstrebend ließ sie es zu, doch nach und nach entspannte sie sich.

»Komm ja nicht auf die Idee, ich würde auf dein Getue reinfallen«, warnte sie ihn und lehnte den Kopf an seine Schulter. »Du versuchst, es mir in allem recht zu machen, aber in Wahrheit bist du nicht so.«

»Und ich kann dir nichts vormachen, wenn ich um dich herum wie auf Eiern gehe?«

»Nicht eine Sekunde lang.«

Er streichelte ihr über das lange Haar. »Also, warum sträubst du dich dagegen, ein Angebot für ein Haus abzugeben? Liegt es vielleicht daran, dass ein Auszug den Beginn eines neuen Lebens einläuten würde und du dich dafür noch nicht bereit fühlst?«

Sie seufzte. »Diese Einfühlsamkeit gefällt mir auch nicht gerade.«

Schmunzelnd drückte er ihr einen Kuss auf die Schläfe. »Ist gut, dann versuche ich das in Zukunft zu vermeiden. Mit dem Haus können wir auch noch warten, bis du dich wohler fühlst mit der Vorstellung.«

Er atmete den süßen Duft ihres Körpers ein und wusste, er wollte sie schon wieder. Doch so dicht, wie sie momentan am Wasser gebaut war, konnte er nicht einschätzen, wie sie reagieren würde, wenn er jetzt vorschlug, miteinander zu schlafen.

Als sie erneut schniefte, ging ihm auf, dass sie schon wieder weinte. »Was ist los?«, fragte er.

»Nichts.« Sie hob den Kopf und schaute ihn an. In ihren Augen schimmerten Tränen. »Du bist bloß so unheimlich lieb. Ich hasse das. Mir gefällt das Haus mit dem Elternschlafzimmer im Erdgeschoss. Aber dann will ich, dass das Baby für die ersten paar Wochen in der Sitzecke unterkommt.«

»Schon gut.«

»Nein, ist es nicht. Ich hasse es zu weinen. Ich hasse es, in Tränen auszubrechen, bloß weil ich mir einen Katalog ansehe. Ich hasse es, wie du durchschaut hast, dass der Abschied aus diesem Haus schwer für mich sein wird.«

»Na, wenigstens hasst du mich nicht.«

Finster starrte sie ihn an. »Leg es nicht drauf an.«

Er konnte nicht anders, er musste lachen. »Wie schon gesagt, Nora: Mit dir wird es nie langweilig werden. Das mit den Hormonen regelt sich schon noch, dann bist du nicht mehr so emotional. Mach dir keinen Kopf.«

Empört stieß sie ihn weg. »Du hast leicht reden von deinem hohen Ross aus. Ist ja nicht dein Körper, stimmt's? Und was für interessante Regeln das sind! Emotionen sind also durchaus erlaubt, solange ich sie nur wegen des Babys habe.«

Erneut spürte er Gefahr lauern und ermahnte sich, äußerste Vorsicht walten zu lassen. Das Problem war, dass er den Abgrund nicht sehen konnte und es womöglich auch erst dann tun würde, wenn er längst hineingefallen war.

»Wovon redest du?«, fragte er so ruhig und vernünftig wie nur irgend möglich.

Sie sprang auf und stemmte die Hände in die Hüften. »Keine Sorge, ich verliebe mich schon nicht in dich. Ich bin vielleicht keine Ärztin wie Courtney, aber ganz bescheuert bin ich auch nicht.«

Es war, als hätte sie ihn geohrfeigt. Bis zu diesem Moment hatte er keinen Augenblick lang an Liebe gedacht. Doch sobald Nora es ausgesprochen hatte, wusste er, dass er sich genau das wünschte. Verzweifelt sehnte er sich nach ihrer Liebe. Nora würde ihr Herz genauso verschenken, wie sie ihr Leben lebte – selbstlos und mit Leib und Seele. Sie würde lieb und zärtlich sein, mit dem Beschützerinstinkt einer Tigermutter.

»Ist es das, was ich deiner Meinung nach will?«, entgegnete er und erhob sich. »Eine Ehe ohne Liebe?«

»Deine Einstellung dazu hast du von Anfang an mehr als deutlich gemacht.« Sie marschierte quer durchs Zimmer, stellte sich hinter einen Stuhl und wandte sich ihm wieder zu. Die physische Barriere zwischen ihnen verriet ihm ihre Sehnsucht nach Schutz und Geborgenheit. Es zerriss ihn beinahe, so dringend wollte er zu ihr gehen.

»Liebe ist kompliziert«, gestand er ein.

»Wegen deiner verstorbenen Frau.«

Er nickte. »In der Angelegenheit mit Courtney habe ich einiges noch nicht verarbeitet. Ich habe sie geliebt, und sie ist gestorben.«

Ihr Blick richtete sich auf sein Gesicht. »Und was soll das bedeuten? Dass du nie wieder eine andere lieben darfst?«

»So was in der Art.« Kurz dachte er daran, ihr zu erzählen, was bei Courtneys Tod geschehen war, aber er bezweifelte, dass sie es verstehen würde. »Das bedeutet aber nicht, dass wir keine Zuneigung zueinander empfinden dürfen.«

»Oh, Zuneigung. Wow. Da fühle ich mich ja richtig besonders.«

Er machte es nur noch schlimmer, hatte jedoch keine Ahnung, wie er das alles wieder in Ordnung bringen sollte. »Was willst du von mir hören?«

»Gar nichts will ich von dir hören. Bloß die Wahrheit, und die hast du mir gerade geliefert. Dafür bin ich dir wirklich dankbar. Ich freu mich ja so wahnsinnig, mit einem Mann verheiratet zu sein, der nicht von mir erwartet, ihn zu lieben.«

»Aber du darfst, wenn du willst«, versicherte er ihr und kam sich sofort lächerlich vor. »Für dich gelten diese Einschränkungen doch nicht.«

Ihre Augen weiteten sich. Klatschend ließ sie die Hände auf die Stuhllehne niederfahren und funkelte ihn böse an. »Damit ich das richtig verstehe: Du wirst mich wegen deiner verstorbenen Frau nie lieben, aber hey, wäre es nicht klasse, wenn ich mich in dich verlieben würde? Natürlich. Was für eine hervorragende Idee – typisch widerlicher männlicher Abschaum. Wie kannst du es wagen?«

Er trat einen Schritt auf sie zu. »Nora, so war das nicht gemeint.«

»Doch, war es. Und ich kann dir nicht mal einen Vorwurf draus machen. Wer will schließlich nicht von den Massen geliebt werden? Es reicht dir nicht, dass deine Patienten dich vergöttern. Nein, du willst auch noch mein Herz auf dem Silbertablett serviert bekommen. Nicht dass du mir im Gegenzug auch ein Stück von dir schenken würdest. Schließlich musst du dich für die ewig unfehlbare Courtney aufsparen. Ich bin bloß so eine Tussi, die du geheiratet hast, weil sie von dir schwanger ist. Niemand Besonderes.«

Er hatte sie verletzt. Deutlich sah er den Schmerz in ihren Augen und hörte den Zorn in ihrer Stimme. »Es tut mir leid«, sagte er, auch wenn er sich nicht sicher war, woher dieser Schmerz überhaupt rührte. In seiner Liebe zu Courtney hatte er schlicht und ergreifend keine andere Wahl. Begriff Nora das denn nicht?

»Es tut dir leid? Das hilft mir auch nicht weiter. Wenn es nach dir geht, verbringe ich den Rest meines Lebens als zweite Wahl. Tja, das kannst du vergessen. Ich werde hier nicht rumsitzen und darauf warten, dass du erkennst, was für eine Wahnsinnsfrau ich bin und was für ein Glückspilz du bist, mich in deinem Leben zu haben.«

»Du bist doch nicht zweite Wahl. Wie kommst du darauf?«

Ungläubig starrte sie ihn an. »Weil du das jedes Mal gesagt hast, wenn du mir erklärt hast, dass du kein Interesse an meiner Liebe hast.«

Damit wandte sie sich um und marschierte in Richtung Schlafzimmer, blieb jedoch an der Tür noch einmal stehen. »Komm mir nicht hinterher, und versuch nicht, mich anzusprechen. Meine emotional instabilen Hormone und ich wollen gerade nichts mit dir zu tun haben.«

»Aber wir müssen reden.«

»Nein, müssen wir nicht.«

Damit knallte sie die Schlafzimmertür hinter sich zu und ließ ihn ratlos und allein im Wohnzimmer zurück.

15. Kapitel

Hätte es irgendeinen Weg gegeben, die Zeit zurückzudrehen – am nächsten Morgen hätte Nora ihre Seele dafür verkauft. Noch immer war ihr nicht ganz klar, was da gestern Abend eigentlich passiert war. Im einen Moment war sie ein normaler, wortgewandter Mensch gewesen, im nächsten hatte sie mit den Tränen gekämpft und Stephen mit dem Verhältnis zu seiner verstorbenen Frau konfrontiert.

Wenn sie daran dachte, was sie ihm da an den Kopf geworfen hatte, fühlte sie sich furchtbar – vor allem weil es viel über *sie* verriet. Eigentlich hatte sie nie vorgehabt, ihm zu sagen, dass sie nicht ihr Leben lang die Nummer zwei hinter Courtney sein wollte, und ganz sicher hatte sie ihm nicht offenbaren wollen, dass sie sich Liebe von ihm wünschte.

Hätte sie dieser blöde Katalog nur nicht zum Weinen gebracht! Und hätte Stephen nur nicht durchschaut, dass sie der Vorstellung, ihr kleines Häuschen zu verlassen und mit ihm in ein größeres zu ziehen, mit gemischten Gefühlen gegenüberstand. Hätte er nur nicht so verständnisvoll darauf reagiert – wäre er doch bloß wütend geworden, statt ihr so viel Zeit einzuräumen, wie sie eben brauchen würde.

Sie ging in die Küche und schaltete das Licht ein. Es war noch früh, erst kurz nach sechs, und Stephen lag noch schlafend im Bett. Nach ihrer Flucht ins Schlafzimmer war er erst weit nach Mitternacht dazugekommen. Sie hatte so getan, als würde sie schlafen, und er hatte sie gelassen. Stumm hatten sie einander den Rücken zugewandt und zu ignorieren versucht, dass zwischen ihnen kein halber Meter Matratze lag.

Jetzt schaltete sie die Kaffeemaschine für ihn ein und setzte sich selbst Wasser für einen Kräutertee auf. In letzter Zeit war ihr Leben zunehmend verwirrend. Zu gern hätte sie alles darauf geschoben, dass ihre Hormone verrücktspielten, doch sie wusste, dass mehr dahintersteckte. Sie hatte einen Mann geheiratet, den sie liebte – im Wissen, dass er diese Liebe nicht erwiderte. Hatte sich sogar eingeredet, ihr wäre klar, dass er sie womöglich *niemals* lieben würde. Sie hatte geglaubt, mit dieser Tatsache zurechtzukommen. Doch jetzt war sie sich da nicht mehr so sicher. Die Vorstellung, ihn für den Rest ihres Lebens zu lieben, während sein Herz noch immer Courtney gehörte, machte sie traurig. Außerdem gab es ihr das Gefühl, die Hochzeit sei ein Fehler gewesen.

Es war ihre erste Ehe – der Höhepunkt ihrer Mädchenträume. Aber für ihn war es anders. In seiner Realität existierte nur Courtney. Was bedeutete das für sie, Nora?

»Guten Morgen.«

Sie drehte sich um und sah Stephen in der Küchentür stehen. Er musste gerade erst aufgewacht sein, seine Haare waren noch ganz zerzaust. Zwar hatte er sich in einen dunkelblauen Frotteebademantel gehüllt, aber seine Füße waren nackt.

»Hi«, sagte sie leise und nickte dann in Richtung Kaffeemaschine. »Der dürfte so in zwei Minuten durchgelaufen sein.«

»Gut. Besonders viel Schlaf hab ich letzte Nacht nicht bekommen, da werde ich Koffein brauchen, um mein Gehirn auf Betriebstemperatur zu bringen.«

Er ging hinüber und lehnte sich an die Arbeitsfläche. Streng ermahnte sie sich, ihr Herz gegen diesen Mann zu wappnen, doch sie brachte einfach nicht die Kraft dazu auf. Dazu sah er so früh am Morgen einfach zu sexy aus.

Sie selbst hatte bereits geduscht und sich angezogen. Jetzt schob sie die Hände in die Taschen ihrer Jeans und wünschte, das Wasser würde endlich kochen, damit sie etwas zu tun hätte. Leider blieb der Kessel stumm.

Langsam ließ sie den Blick erst zum Gürtel seines Bademantels, dann zu Boden gleiten und erkannte, dass sie mal wieder wischen musste.

»Nora, das mit gestern Abend tut mir leid.«

Okay, er wollte also darüber reden. Sie hatte sich schon gefragt, ob ja oder nein. Manche Männer sprachen nur ungern über Probleme, sondern schwiegen sie lieber tot, in der Hoffnung, dass sie sich von allein erledigten. Es war mal wieder typisch, dass sie mit Stephen genau die andere Sorte erwischt hatte.

»Schon gut. Es gibt nichts, wofür du dich entschuldigen müsstest«, antwortete sie und begegnete seinem Blick. »Du hast nur ausgesprochen, was du denkst. Das ist nicht verboten.«

»Aber ich habe dich damit verletzt und mich wie ein gefühlloser Klotz benommen.«

»Du hast bloß die Regeln klargestellt. Weniger hätte ich auch nicht von dir erwartet.«

Die Tatsache, dass ihr diese Regeln zuwider waren, war ihr Problem, nicht seins. Würde sie ihn doch nur nicht lieben – dann wäre alles so viel einfacher. Sie könnten genau die Beziehung führen, die er vorgeschlagen hatte: als warmherzige, fürsorgliche Freunde mit gewissen Vorzügen, die gemeinsam Eltern waren. Doch jetzt, da sie sich erst einmal in ihn verliebt hatte, glaubte sie nicht, dass es noch ein Zurück gab.

Er trat einen Schritt auf sie zu. »Was verschweigst du mir? Ich hab ständig das Gefühl, als würde ich nach einem völlig anderen Drehbuch spielen als du. Als würden wir aneinander vorbeireden.«

»Keine Ahnung, was du meinst.«

Das war dreist gelogen, was ihr unangenehm war, aber sie fühlte sich einfach nicht in der Lage, ihm jetzt Kontra zu geben – und ganz sicher würde sie ihm nicht ihre Gefühle gestehen. Stephen hatte ohnehin schon viel zu viel Macht über sie.

Als der Kessel zu pfeifen begann, ergriff sie dankbar die Gelegenheit, sich abzuwenden. Während sie sich mit dem Einschenken und dem Teebeutel beschäftigte, holte Stephen sich eine Tasse aus dem Schrank und goss sich Kaffee ein. Als sie beide fertig waren, wandte sie ihm widerstrebend wieder ihre Aufmerksamkeit zu.

»Wenn wir nicht miteinander reden, sind wir verloren«, stellte er fest. »So viel habe ich aus meiner ersten Ehe gelernt.«

Bei der Anspielung auf Courtney rollten sich ihr die Fußnägel hoch. »Weil Miss Perfect immer alles richtig gemacht hat?«

Bei diesem zickigen Kommentar kam sie sich sofort kleinlich vor und presste die Lippen aufeinander. »Tut mir leid, Stephen. Das ist mir nur so rausgerutscht. Ich wollte nicht so abfällig klingen.«

Mit einem Schulterzucken tat er ihre Entschuldigung ab. »Ich weiß, dass es für uns beide kompliziert ist, es mit meiner schwierigen Vergangenheit aufzunehmen. Aber um auf deine Bemerkung einzugehen: Weder Courtney noch ich waren besonders gut darin, Probleme anzusprechen. Durch unseren

Beruf konnten wir uns immer hinter langen Arbeitszeiten verstecken. Ich möchte nicht, dass du und ich dasselbe tun. Wenn wir nicht miteinander reden, wird diese Ehe nie funktionieren.«

Nora hatte auch so schon ihre Zweifel, ob sie das je tun würde, aber das behielt sie lieber für sich.

Stephen durchquerte die Küche und legte ihr die Hände auf die Schultern. »Du bist mir wichtig, Nora. Wird das reichen?«

Sie schaute in seine braungrünen Augen. Bevor sie ihn getroffen hatte, hatte sie immer geglaubt, David Fitzgeralds Hochzeit mit einer anderen sei der absolute Tiefpunkt ihres Lebens gewesen. Jetzt war sie sich da nicht mehr so sicher.

»Ich weiß es nicht«, antwortete sie ehrlich. »Da werde ich noch mal drüber nachdenken müssen.«

Stephen warf einen Blick auf seinen Terminplan und sah, dass bis nach der Mittagspause niemand mehr eingetragen war. Geschäftsmäßig sortierte er den Stapel Post auf seinem Schreibtisch, dann warf er einen Blick aus dem Fenster. Auch wenn es nicht zur Straße hinausging, hoffte er immer darauf, vielleicht einen Blick auf Nora zu erhaschen, wenn sie ihren Salon verließ, um Besorgungen zu machen. Seine Hoffnung erfüllte sich nie.

Frustriert warf er die ungeöffneten Umschläge auf den Schreibtisch, ließ sich auf seinem Ledersessel zurücksinken und schloss die Augen. Was sollte er nur mit seiner Frau machen? Mittlerweile war es eine Woche her, dass sie sich so furchtbar über seinen Spruch gestritten hatten, sie dürfe ihn lieben, auch wenn er das umgekehrt nicht vorhatte. Auf einer Skala von eins bis zehn erreichte diese dämliche Aussage definitiv eine Elf. Vielleicht sogar eine Zwölf. Was er da von sich gegeben hatte, klang großmäulig, herablassend und unfassbar unsensibel. Nichts davon hatte er beabsichtigt, aber seine Absichten spielten in dieser Hinsicht für Nora wohl kaum eine Rolle. Für sie zählten seine Taten.

Sie brachte ihn völlig durcheinander. Er mochte sie. Teufel, manchmal vergötterte er sie regelrecht! Sie hatte alles, was er sich von einer Ehefrau nur wünschen konnte. Bloß dass sie Dinge brauchte, die er ihr nicht geben konnte.

Der logisch denkende Teil seines Gehirns sagte ihm, dass ihr Wunsch nach mehr als nur Zuneigung absolut nachvollziehbar war. Die meisten Ehen gründeten auf gegenseitiger Liebe. Das wurde geradezu erwartet von dieser Institution. Doch das kam für ihn nicht infrage. Liebe war nicht erlaubt. Wenn Courtney nicht gestorben wäre, wenn ihre Ehe ihren natürlichen Lauf genommen hätte, dann wäre sie vielleicht irgendwann von allein zu Ende gegangen. Wäre er nur in der Lage gewesen …

Sein Gehirn machte eine Vollbremsung, bevor er den letzten Gedanken noch einmal abspulte: das Eingeständnis, dass zwischen Courtney und ihm *nicht* alles perfekt gewesen war. Er öffnete die Augen und starrte ins Leere. Wäre Courtney nicht gestorben, hätten sie sich dann irgendwann scheiden lassen? Glaubte er das wirklich?

Vor seinem inneren Auge stiegen Bilder aus der Vergangenheit auf. Courtney und er hatten sich kaum je gestritten, weil sie nicht besonders viel Zeit miteinander verbracht hatten. Wie auch, während er Marathonschichten in der Notaufnahme schob und sie darauf fokussiert war, ihre Facharztausbildung zu ergattern? Er wusste noch, wie sie gefeiert hatten, als sie schließlich die Nachricht erhalten hatte, dass man sich für sie entschieden hatte. Es war ein wundervoller Abend im

Restaurant gewesen, inklusive Champagner und guten Wünschen für die Zukunft. Drei Tage später hatte sie von ihrer Schwangerschaft erfahren.

Stephen wollte nicht an jenen Tag zurückdenken, doch die Erinnerung an ihre wütende Aussage, sie wolle dieses Kind nicht, ließ sich nicht verdrängen. Es sei kein guter Zeitpunkt – sie sei noch nicht so weit. Er war entsetzt gewesen, dass sie die Schwangerschaft abbrechen wollte, nur weil sie ihr nicht in den Plan passte. Ihm war unbegreiflich gewesen, wie sie sich von einem Leben abwenden konnte, das sie gemeinsam gezeugt hatten.

Er wusste noch, wie er sie angesehen und sich gefragt hatte, ob er sie überhaupt je gekannt hatte. Dann hatte er ihr gesagt, wenn sie das Baby nicht bekäme, würde er sie verlassen.

Stephen krallte die Finger in die Armlehnen seines Sessels. Er hatte erst mit Scheidung drohen müssen, um Courtney zu zwingen, das Baby auszutragen. Rückblickend fragte er sich, was wohl geschehen wäre, hätte er sie nicht so gedrängt. Sie hätte abgetrieben – und er …

Er hätte sie verlassen. Niemals hätte er unter diesen Umständen mit ihr zusammenbleiben können. Wäre sie noch jung und mittellos gewesen, ein Vergewaltigungsopfer oder durch die Schwangerschaft in Lebensgefahr, dann hätte er ihren Wunsch nachvollziehen können. Aber Bequemlichkeit war keine Ausrede. Nicht für zwei gesunde, gut verdienende Erwachsene, die mehr als fähig gewesen wären, ein Kind zu ernähren.

Aber nichts davon hat mit Nora zu tun, rief er sich ins Gedächtnis. Warum vergeudete er also seine Zeit mit diesen Gedanken?

Er schüttelte die Erinnerungen ab und griff wieder nach der Post. Als ihm beim Blättern die Adresse seines ehemaligen Chefs in Boston ins Auge fiel, runzelte er die Stirn.

Neugierig zog er einen zweiseitigen Brief aus dem Umschlag und überflog den Inhalt. Neil Edwards war zum Personalleiter ernannt worden und bot Stephen die Stelle als Leiter seiner Notaufnahme an. Die Bezahlung war exorbitant, inklusive Bonusplan und jeder Menge Zusatzleistungen.

So langsam musst du doch die Nase voll haben von der Wildnis da draußen, schrieb sein Freund. *Komm wieder zurück ins echte Leben, wo du hingehörst.*

Wieder nach Boston ziehen? Neil hatte nie verstanden, warum Stephen unbedingt Landarzt werden wollte. Das war vielen Leuten so gegangen, einschließlich Courtney. In ihren Augen war sein kurzer Versuch, sich auf den Fachbereich Allgemeinmedizin zu spezialisieren, eine rebellische Phase gewesen. Etwas, aus dem er herausgewachsen war.

Als er nun den Brief ein zweites Mal las, wusste er, dass er nicht zurück nach Boston wollte. Weder jetzt noch sonst irgendwann. Sein Platz war hier in Lone Star Canyon. Er kannte die meisten seiner Patienten beim Namen und hatte ein sehr abwechslungsreiches Arbeitsfeld. Hier gab es ein Zusammengehörigkeitsgefühl, an dem er teilhaben wollte. Außerdem hatte er jetzt eine Frau, die hier lebte und wohl kaum bereit wäre, an die Ostküste umzuziehen.

Er lächelte, als er sich vorstellte, wie sie auf das Angebot reagieren würde. Nicht erfreut, um es milde auszudrücken – und sie würde nicht mit ihrer Meinung hinter dem Berg halten. Wahrscheinlich würde sie ihm erklären, sie habe keine Lust, ihr Kind an einem Ort aufwachsen zu lassen, wo die Menschen sich drängten wie in einer Sardinenbüchse, und wenn sie ihr Leben in einer Großstadt verschwenden wolle, würde sie das längst tun. Sie bräuchte keinen Mann, der die Welt für sie neu ordnete, vielen Dank auch.

Er faltete den Brief zusammen und ließ ihn in seine offene Aktentasche fallen. Nora war ein Teufelsweib. Auch wenn er sie noch nicht lange kannte – er konnte sich ein Leben ohne sie nicht mehr vorstellen. Er wusste, welch ein Idiot er gewesen war, ihr zu sagen, es würde ihm nichts ausmachen, wenn sie sich in ihn verliebte. So viel zum Thema »Selbstbezogenheit«.

Doch auch wenn er wusste, dass es falsch war – ein Teil von ihm wünschte, sie würde sich wirklich so viel aus ihm machen. Eine verliebte Nora wäre unwiderstehlich. Er war selbstsüchtig genug, wenigstens einen Teil ihrer beachtlichen Aufmerksamkeit für sich zu beanspruchen. Doch dazu würde es wohl kaum kommen. Auch wenn sie die letzten Tage friedlich verbracht hatten, war es immer noch ein Waffenstillstand. Noch waren sie weit entfernt von dem entspannten Lachen und der Leidenschaft der ersten Tage ihrer Ehe.

Ein Klopfen an der Tür seines Sprechzimmers riss ihn aus seinen Gedanken. Als er aufblickte, erkannte er Myrna Nelson. Sie trug ein weißes Kleid mit rosa Blumendruck, hatte sich geschminkt und Ohrringe angelegt. Ihr Haar war frisch frisiert. Sie tätschelte sich die weißen Löckchen und schenkte ihm ein verschmitztes Lächeln.

»Ich wollte Ihnen nur Bescheid geben, dass ich mich eventuell etwas verspäte zu unserem Termin heute Nachmittag«, erklärte sie. »Ich bin verabredet.«

»Freut mich, dass Sie wieder unter Leute gehen, Myrna. Mir gefallen Frauen, die ihre Versprechen halten. Aber ich dachte, mit Ihren Freundinnen hätten Sie sich schon zum Lunch getroffen?«

Kokett blinzelte sie ihm zu. »Das habe ich auch. Letzte Woche schon. Heute gehe ich mit einem Herrn essen.« Sie hob die Augenbrauen. »Er hat mich eingeladen.«

»Ich bin beeindruckt. Sollen wir den Termin lieber verschieben?«

Sie schmunzelte. »Ach was, es ist erst unser erstes Date. So schnell lasse ich ihn nicht ran.«

Stephen grinste. »Da wird er sicher sehr enttäuscht sein.«

»Das hoffe ich doch.« Lächelnd zog sie sich ein Paar weiße Handschuhe über. »Ich hab gerade Ihre schöne Frau gesehen. Sie war diejenige, die mir die Haare gemacht hat. Sie können sich ganz schön glücklich schätzen, dass Sie so einen Fang gemacht haben.«

»Da stimme ich Ihnen zu. Nora ist etwas ganz Besonderes.«

»Behalten Sie das nur ja im Gedächtnis. Ihr ist schon zu oft das Herz gebrochen worden, als dass sie das noch einmal aushalten würde. Nora verdient jemanden, der sie auf ewig liebt und beschützt.« Ihre blauen Augen funkelten wissend. »Und ich glaube, dieser Jemand könnten Sie sein.«

»Das hoffe ich«, antwortete er ernst, denn Nora verdiente nur das Beste, und er würde sie sicher nicht ziehen lassen, damit sie sich das woanders holte.

»Wahrscheinlich wissen Sie es ohnehin, aber vorsichtshalber sage ich es Ihnen trotzdem«, setzte Myrna an und schaute sich um, wie um sicherzugehen, dass niemand lauschte. »Nora gibt sich gern tough, aber sie hat ein sehr weiches Herz.«

»Ich weiß. Genießen Sie Ihr Date, Myrna. Und ich erwarte Details, wenn wir uns heute Nachmittag sehen.«

Erneut lächelte sie kokett. »Aber Herr Doktor, über so was redet eine Dame doch nicht.« Dann winkte sie ihm und war verschwunden.

Stephen starrte ihr nach, doch was ihn beschäftigte, waren nicht Myrna und ihr Verehrer. Stattdessen dachte er an seine weichherzige Frau und all die Männer, die ihr wehgetan hatten. Würde er bloß eine weitere in einer langen Reihe von Enttäuschungen sein? War es ein Fehler gewesen, darauf zu bestehen, dass sie ihn heiratete? In mancherlei Hinsicht war er genauso schlimm wie David Fitzgerald. Auch er liebte sie nicht. Aber wenigstens hatte er ihr von Anfang an ehrlich gesagt, dass er dazu nicht imstande war.

Aber was sich noch vor einem Monat weise und vernünftig angefühlt hatte, ergab heute keinen Sinn mehr. Mit seinem Versprechen an Courtneys Totenbett hatte er versucht, begangenes Unrecht zu sühnen. Allerdings mehr aus Schuldgefühlen heraus als aus echtem inneren Antrieb. Bedeutete das, er könnte sich davon lösen? War es ihm möglich, eine andere zu lieben, und wenn ja, wollte er Nora lieben?

Er dachte an das Zusammensein mit ihr, wie er jede Minute ihrer gemeinsamen Zeit genoss. Was, wenn er sich in sie verliebte und sie dann auch verlor? Was wäre mit ihrem Baby? Den Tod eines weiteren Kindes würde er nicht überleben.

Dann stellte eine leise Stimme in seinem Kopf eine unbequeme Frage. Hielt er seine Gefühle um Courtneys willen zurück oder etwa nur zu seinem eigenen Schutz?

Auf diese Frage würde er allein keine Antwort finden. Also griff er nach dem Telefon und wählte die Nummer des Snip ’n Clip, doch Jill teilte ihm mit, dass Nora zum Mittagessen nach Hause gegangen war. Stephen dankte ihr und legte auf, dann erhob er sich und griff sich seinen Schlüsselbund. Es war an der Zeit, dass seine Frau und er die Angelegenheit ein für alle Mal klärten.

Zehn Minuten später betrat er das kleine Haus. Nora war weder im Wohnzimmer noch in der Küche. Er rief ihren Namen, dann hörte er ein dumpfes Poltern aus Richtung Schlafzimmer.

»Nora?«

Verwirrt ging er den kurzen Flur hinunter in den feminin eingerichteten Raum, wo Nora mit dem Rücken zu ihm stand. Auf dem Bett lag sein geöffneter Koffer, in den sie hektisch haufenweise Kleider warf. *Seine Kleider.*

Sprachlos sah er ihr zu. Sie setzte ihn vor die Tür? Einfach so? Kein Gespräch, keine Fragen? In seiner Brust zog sich etwas zusammen, und sein Magen verkrampfte sich, als hätte ihm jemand unvermittelt einen harten Schlag verpasst.

»Was machst du da?«

Sie schnappte nach Luft und fuhr zu ihm herum. An diesem Morgen hatte sie ihr langes dunkles Haar zu einem Bauernzopf geflochten, sodass er einen ungehinderten Blick auf ihr Gesicht hatte. Ihre Wangen waren tränennass, ihre Augen geschwollen vom Weinen.

Schniefend drehte sie sich weg und griff nach einem Stapel Pullover. *Seine* Pullover. »Wonach sieht's denn aus? Ich helfe dir beim Packen. Wenn du unbedingt zurück nach Boston willst, musst du bald mal los.« Sie marschierte zu seiner Kommode und holte einen Armvoll Socken heraus. Statt sie zurück zum Bett zu tragen, warf sie sie einfach nur in die ungefähre Richtung des Koffers. Zwei oder drei Paare trafen ins Ziel, der Rest verteilte sich auf dem Boden. Nora schien das überhaupt nicht aufzufallen.

»Boston?« Hatte sie Boston gesagt? »Woher weißt du davon?«

Finster funkelte sie ihn an, während ihr neue Tränen über die Wangen liefen. »Ich wusste es«, murmelte sie niedergeschlagen und stützte sich an der Kommode ab. »Du hast es vor mir geheim gehalten. Wann wolltest du es mir sagen? Vor deinem Aufbruch oder erst, wenn du schon weg bist? Wenn du hier ohnehin verschwinden wolltest, warum hast du dann erst diesen Aufwand betrieben und mich geheiratet?« Ihre Miene war feindselig. »Glaub ja nicht, dass du das Sorgerecht für dieses Baby kriegst. Ich werde tun, was immer ich tun muss, um mein Kind hier in Lone Star Canyon zu behalten.«

Er trat einen Schritt auf sie zu. »Nora, bitte beruhige dich. Ich gehe nirgendwohin. Das Einzige, was ich über Boston weiß, ist, dass ich heute einen Brief von einem ehemaligen Arbeitskollegen bekommen habe. Der Mann hat mir eine Stelle als leitender Arzt in seiner Notaufnahme angeboten. Weder habe ich bisher mit ihm gesprochen noch ihm zurückgeschrieben. Aber ich hatte von Anfang an vor, ihm zu sagen, dass ich kein Interesse habe. Ich will hier nicht weg. Mein Leben ist hier bei dir.«

»Du denkst doch wohl nicht, dass ich dir diesen Mist abkaufe. Wenn du wirklich so denken würdest, hättest du mir von diesem Brief erzählt.«

»Ich hab ihn doch heute erst bekommen. Woher weißt du überhaupt von der ganzen Sache?«

Ihre verengten Augen machten deutlich, dass er sich aus der Geschichte nicht so einfach würde rauswinden können. »Da hat jemand auf den Anrufbeantworter gesprochen. Irgendein Neil. Er hat gesagt, er sei zu dem Schluss gekommen, ein Brief sei nicht gut genug, und deshalb würde er anrufen. Er wollte wissen, was er tun muss, um dich wieder dorthin zurückzuholen, wo du hingehörst.«

Trotzig wischte sie sich die Tränen von den Wangen, ließ aber die Schultern sinken, als würde ihr Feuer langsam erlöschen. »Im Grunde hat er ja recht. Du gehörst wirklich nach Boston. Hier kannst du unmöglich glücklich sein. Die Stadt ist doch viel zu klein für dich, hier gibt es kaum etwas zu tun.« Dann sah sie ihn geradeheraus an. »Geh wieder nach Hause, Stephen.«

»Ich hab's dir doch gesagt – ich gehe hier nicht weg. Da gab es überhaupt keine Entscheidung zu treffen. Ich war nicht das kleinste bisschen in Versuchung, als ich Neils Brief gelesen habe.«

»Aber irgendwann wird die Versuchung kommen. Das ist nur eine Frage der Zeit.«

»Woher willst du das wissen?«

»Ich weiß es einfach.«

»Nein. Da liegst du falsch. Hier habe ich alles, was ich mir immer gewünscht habe. Die Notfallmedizin war nichts für mich. Eine Weile war ich vom Weg abgekommen, aber jetzt bin ich genau da, wo ich hingehöre.«

Sie straffte die Schultern. »Das klingt ja alles schön und gut, aber ich glaube dir kein Wort. Wenn Courtney noch am Leben wäre, würdest du immer noch in Boston wohnen.«

»Aber nur deshalb, weil sie an keinem anderen Ort hätte leben wollen.«

»Und immer wieder landen wir bei ihr.« In ihren Augen stand nackte Pein. »Ich kann das nicht, Stephen. Vermutlich sollte ich länger durchhalten, aber ich sehe einfach keinen Sinn darin. Zwischen uns wird sich nichts ändern. Du wirst immer sie lieben, und ich kann nicht mein Leben lang die zweite Geige spielen. Ich will nicht jeden Morgen aufwachen und mich fragen, ob dies der Tag ist, an dem du mich verlässt, so wie jeder andere Mann vor dir.«

»So ist es doch überhaupt nicht.«

Er ging auf sie zu und streckte die Hand nach ihrem Arm aus. Hastig wich sie ihm aus.

»Ich bin nicht wie die«, beharrte er mit wachsendem Frust. Wie konnte er nur zu ihr durchdringen? »Ich gehe nirgendwohin.«

»Warum sollte ich dir das abkaufen? Mein Vater und David haben sogar behauptet, sie würden mich lieben, und sind trotzdem gegangen. Du hast nicht mal solche Gefühle für mich, warum solltest du also bleiben? Was hält dich schon hier? Das Baby? Für wie lange?«

»Verdammt, warum kommst du immer wieder mit Liebe? Was willst du eigentlich von mir?«

Sie schüttelte den Kopf. »Die eine Sache, die ich nicht haben kann. Mir ist schon klar, dass ich mir das voll und ganz selbst zuzuschreiben habe. Du hast mich oft genug gewarnt, aber bevor ich überhaupt wusste, wie mir geschah, hatte ich mich schon in dich verliebt. Ich hatte mir geschworen, dass mir das nie wieder passieren würde, und hier stehe ich nun. Aber statt klug zu sein und mir jemanden auszusuchen, der wenigstens versucht, meine Liebe zu erwidern, musste ich ausgerechnet an dich geraten. Einen Mann, der eine andere liebt.«

Er wusste nicht, was er darauf erwidern sollte. In seinem Kopf war nur Platz für das, was sie gerade gesagt hatte. In ihn verliebt? Nora? Seit wann? Wie?

»Es könnte sicher schlimmer sein«, fuhr sie fort, »auch wenn ich nicht wirklich weiß, wie. Denn du bist nicht in irgendeine Frau verliebt, nein. Du liebst deine Frau, die im Kindbett gestorben ist. In deiner Erinnerung wird Courtney immer jung und perfekt sein. Mit einem Geist kann ich es nicht aufnehmen, und das will ich auch gar nicht.«

Wieder wischte sie sich die Tränen fort. »Ich erkenne an, dass ich eine absolute Idiotin bin. Dein Herz wird niemals mir gehören. Ich hab mich auf ein Leben im Unglück eingelassen, und ich bereue es, dich geheiratet zu haben. Wir müssen einen anderen Weg finden, das mit dem Baby zu regeln.«

»Was willst du damit sagen?«

»Es ist mir egal, ob du nach Boston oder sonst wohin gehst. So oder so, ich will die Scheidung.«

16. Kapitel

Stephen konnte nicht fassen, dass dieses Gespräch tatsächlich stattfand. Er wusste nicht, was der größere Schock war – dass Nora die Scheidung wollte oder ihr Geständnis, dass sie ihn liebte. Gern hätte er den Moment eingefroren, um Zeit zum Nachdenken zu gewinnen. Er wollte von vorn beginnen, ganz am Anfang, bei ihrer ersten Begegnung, und alles anders machen … besser. Aber am allermeisten wollte er sie in den Arm nehmen und festhalten, während sie ihm noch einmal sagte, dass sie ihn liebte.

Nora – die schönste, witzigste, ehrlichste Frau, die ihm je begegnet war. Wie, um alles auf der Welt, hatte er sie für sich gewonnen? Und wie konnte sie ihm in einem Atemzug sagen, dass sie ihn liebte, und mit dem nächsten die Scheidung verlangen?

»Jetzt guck nicht so glücklich«, fuhr sie ihn an und rauschte an ihm vorbei in den Flur.

»Du liebst mich«, sagte er und blieb ihr auf den Fersen. »Warum sollte ich da nicht glücklich sein?«

»Auch wieder wahr. Typisch Mann. Ist das alles, was bei dir angekommen ist? Es gab da noch ein paar wichtigere Sachen in dieser Unterhaltung.«

In der Küche holte er sie ein und berührte sie am Arm, sodass sie sich zu ihm umdrehte.

»Es ist alles bei mir angekommen, was du gesagt hast«, versicherte er ihr. »Aber ich will mich nicht scheiden lassen.

Ich will mit dir zusammen sein, denn ich gehe nicht weg aus Lone Star Canyon.«

In ihren braunen Augen flackerte Zorn. »Ich sehe nicht, inwiefern das einen Unterschied machen soll. Was hat es für einen Sinn zusammenzubleiben? Du liebst immer noch Courtney.«

»Wir bekommen ein Kind. Für mich hat sich nichts geändert. Ich will am Leben meines Babys teilhaben.«

»Und ich will einen Sechser im Lotto, aber auch das ist eher unwahrscheinlich. Jeder will irgendwas, aber das heißt nicht, dass er es kriegt.«

»Es bleibt dabei: Ich gehe hier nicht weg«, wiederholte er. »Und ich werde ein Teil vom Leben dieses Kindes sein.«

»Dann sei das von mir aus – die Scheidung will ich trotzdem.«

Wie ein Messerstich trafen ihn ihre Worte mitten ins Herz. Er war gern mit Nora verheiratet, mochte es, wie keck sie schon beim Aufwachen war und wie sorgfältig sie die bunte von der weißen Wäsche trennte. Er mochte den Klang ihres Lachens und ihre schiefen Gesangseinlagen unter der Dusche. Er mochte es, wie sie sich neben ihm im Bett anfühlte, kurz vor dem Einschlafen. Ihm gefiel die Gewissheit, dass sie dort sein würde, wenn er nach Hause käme.

»Kann ich irgendetwas sagen, um dich umzustimmen?«, fragte er.

Über ihr Gesicht huschte ein Ausdruck purer Qual. Zum ersten Mal begriff er wirklich, wie sehr er ihr wehtat. Dann blinzelte sie, und ihre Emotionen waren verborgen hinter einer undurchschaubaren Maske.

»Ich will kein halbes Leben«, erklärte sie. »Wenn ich schon dumm genug bin, einem Mann mein Herz zu schenken, dann soll dieser Mann meine Liebe wenigstens erwidern. Da du das aber nicht tun wirst, will ich die Freiheit, einen anderen zu finden, der dazu bereit ist.«

»Du würdest einen anderen heiraten?« In seinen Worten schwang nackte Wut mit.

Sie sah ihn an, als könnte sie nicht fassen, wie dumm er war. »Natürlich. Was denkst du denn? Dass ich mir den Rest meines Lebens wegen Typen wie dir die Augen ausweinen will? Ich mag ja schwach sein, aber komplett verblödet bin ich sicher nicht. Warum sollte ich einen Mann lieben wollen, der entschlossen ist, meine Gefühle nicht zu erwidern?«

Darauf hatte er keine Antwort, aber er wusste, dass er sie nicht gehen lassen wollte – erst recht nicht zu einem anderen Mann.

»Ich willige nicht in die Scheidung ein«, verkündete er.

»Das überrascht mich nicht. Zum Glück leben wir nicht im Mittelalter, oh großer Meister. Ich brauche keine Erlaubnis von dir.«

Damit marschierte sie davon. An der Küchentür blieb sie noch einmal stehen und drehte sich zu ihm um. »Es ist nur so, Stephen: Du begehst einen Fehler, mich nicht zu lieben. Nicht bloß, weil ich ein verdammt guter Fang bin, denn das bin ich, sondern weil du dich damit selbst um etwas Außergewöhnliches bringst. Herzen sind nicht dazu gedacht, nur einen einzigen Menschen zu lieben. Sie wachsen, um immer neue Menschen aufzunehmen. Aber an so was glaubst du ja nicht.«

»So einfach ist das nicht.« Das klang selbst in seinen eigenen Ohren hohl, aber wie sollte er ihr das alles mit Courtney und seinen überwältigenden Schuldgefühlen erklären?

»Sollte es aber sein. Als ich eben gesagt habe, ich würde nicht mit dir nach Boston gehen, war das gelogen. Würdest du meine Liebe erwidern, ich würde dir überallhin folgen.« Sie lehnte sich an den Türrahmen, und ihr Blick drang bis auf den Grund seiner Seele. »Wirst du dieses Baby lieben?«

»Natürlich. Wie kannst du das fragen?«

»Das fällt dir ja überraschend leicht. Und wenn ich Zwillinge bekomme? Kannst du dann beide Kinder gleich lieben?«

Ihre Frage ergab keinen Sinn. »Natürlich.«

»Wieso? Zwei Frauen willst du nicht lieben, aber bei zwei Kindern ist das kein Problem. Wo liegt der Unterschied?«

Er starrte sie an, fand jedoch keine Antwort.

»Genau das meine ich«, sagte sie, und jetzt klang ihre Stimme weich. »Und du wolltest es einfach nicht begreifen. Für dich gibt es nur schwarz oder weiß, entweder – oder. Aber so ist es nicht. Ja, ich wünsche mir, dass du mich liebst, aber das hat doch nichts mit deinen Gefühlen für Courtney zu tun. Ich bin der Ansicht, in deinem Herzen ist genug Platz für uns beide. Du allerdings siehst das anders. Ich werde mein Leben nicht bei dem Versuch vergeuden, dich zu überzeugen.«

Sie ging in Richtung Haustür. Hastig lief er ihr hinterher. »Du kannst doch nicht einfach mittendrin abhauen.«

»Ich hab dir nichts mehr zu sagen. Außerdem warten meine Kundinnen. Wenn ich nachher nach Hause komme, möchte ich, dass du weg bist.«

Und damit war sie verschwunden.

Stephen trat ans Fenster und sah ihrem Wagen nach. Ihm war schon immer klar gewesen, dass Nora wusste, was sie wollte, aber von ihrer wahren inneren Stärke hatte er keinen Schimmer gehabt. Sie würde schlicht und ergreifend nicht zulassen, dass er sie schlecht behandelte, ganz egal, wie sehr sie ihn liebte. Nora würde sich niemals in die Opferrolle begeben.

Er konnte sich gut vorstellen, wie stark dann erst ihr Kind werden würde. Was für wundervolle Lektionen er oder sie lernen würde. Nora war kein Mensch, der einfach so die Flinte ins Korn warf, aber sie war auch nicht dumm. Sie beurteilte die Situation, wägte die Möglichkeiten gegeneinander ab und tat, was getan werden musste. Selbst wenn das bedeutete, sich dem Skandal einer Scheidung so kurz nach der Blitzhochzeit zu stellen.

Wie betäubt ging er ins Schlafzimmer und starrte auf seinen halb gefüllten Koffer. Überall auf dem Bett lagen Kleider verstreut, die Socken wild auf dem Boden verteilt. Ihr Temperamentsausbruch war nicht zu übersehen. Nicht dass er ihr einen Vorwurf daraus machen konnte. Aus heiterem Himmel so eine Nachricht über ein Angebot in Boston zu hören musste sie ja aufwühlen. Dazu noch ihre verborgenen Gefühle und sein Beharren darauf, Courtney müsse immer an erster Stelle stehen – ein vernichtender Schlag.

Denn er wusste, was Nora bewegte. Ihr Leben lang hatte sie neben den reichen Fitzgeralds immer die zweite Geige gespielt. In ihrer Kindheit waren die Darbys arm gewesen. Russell hatte sie nicht genug geliebt, um ihr ein Vater zu sein; David hatte sie nicht genug geliebt, um ihr treu zu bleiben. Nora hatte die Männer aufgegeben, weil sie ihrer Erfahrung nach ihres perfekten, großzügigen Herzens nicht würdig waren. Und dann war er aufgetaucht – mit seiner tollen Idee von einer Affäre statt der wahren Liebe. Vielleicht hätte es funktioniert, vielleicht auch nicht, doch ihre Schwangerschaft hatte alles verändert.

Er ging in das kleine Nebenzimmer. In der Ecke waren mehrere Kartons von ihm aufgestapelt. Auch in seiner alten Wohnung hatte er sie noch nicht ausgepackt, und hier hatte er sie nur unterstellen wollen, bis sie sich in etwas Größerem einrichteten. Er las die Etiketten und fand das Gesuchte im zweiten Karton von unten. Beharrlich schichtete er die Kisten um, bis er die gewünschte öffnen konnte. Im Inneren warteten Erinnerungsstücke und Fotoalben aus seiner Vergangenheit.

Er nahm das Hochzeitsalbum zur Hand und betrachtete die Bilder darin. Courtney und er sahen sehr jung aus. An diesem Tag war er so verliebt in sie gewesen. Er wusste noch, wie glücklich er gewesen war. Damals hatte er beschlossen, seinen Traum vom Dasein als Landarzt aufzugeben und zur Notfallmedizin zu wechseln. Er …

Mitten beim Blättern erstarrte Stephen. Er war ganz und gar nicht glücklich gewesen über diese Veränderung. In Wahrheit hatte er Zorn und Groll empfunden. Courtney hatte nichts von ihm verlangt, ihn zu nichts gedrängt, doch sie hatte ihre Ansichten deutlich gemacht. Wenn er unbedingt irgendwo im Nirgendwo versauern wollte, sollte ihr das recht sein, aber sie würde da nicht mitmachen. Als er sich dann auf die Notfallmedizin eingelassen hatte, war sie es gewesen, die ihn zu renommierteren Krankenhäusern mit prominenteren Ausbildern gedrängt hatte. Immer wieder hatte sie davon geschwärmt, wie es erst wäre, wenn sie beide nicht nur praktizierten, sondern auch ausbildeten. Die Karriere hatte für sie immer an erster Stelle gestanden.

Er dachte an all die Gelegenheiten zurück, bei denen sie zugunsten einer Cocktailparty oder eines Seminars auf gemeinsame Zeit mit ihm verzichtet hatte. Sie hatte hart gearbeitet für ihre Facharztstelle, doch dabei hatte sie ignoriert, welchen Tribut das von ihrer Beziehung fordern würde. Es war nicht so, als hätte er von ihr verlangt, ihre Träume aufzugeben oder weniger zu arbeiten – er wünschte nur, sie hätte erkannt, dass es mehr im Leben gab als ihrer beider Karrieren. Immerhin hatten sie eine Ehe zu pflegen.

Stephen klappte das Fotoalbum zu und begriff, dass er schon lange vor ihrem Tod eine Riesenwut auf Courtney gehabt hatte. Mit jedem Tag war seine Liebe ein weiteres Stück erloschen, und der letzte Funke war erstickt, als sie von einem Schwangerschaftsabbruch gesprochen hatte. Er hatte sie nicht mehr geliebt, als sie gestorben war.

Er hatte sie nicht geliebt, warum also hatte er ihr dieses Versprechen gegeben? Warum hatte er ihr geschworen, nie eine andere zu lieben?

Dröhnend schallte die Wahrheit durch seinen Kopf. Eine hässliche Wahrheit, die ihn mit Scham erfüllte. Er hatte geschworen, nie eine andere zu lieben, weil er sich schuldig fühlte, dass er Courtney gezwungen hatte, das Baby auszutragen. Als die Schwangerschaft ihren Tod verursacht hatte, war das Gefühl dieser Verantwortung erdrückend gewesen. Doch es war mehr als das. Er hatte diesen unangebrachten Eid geschworen, weil er sich gefürchtet hatte. Wenn er nie wieder eine Frau liebte, konnte ihm auch nie wieder das Herz gebrochen werden. Keine Gefühle – sich auf niemanden zu sehr einzulassen – bedeuteten auch, keinen Schmerz zu erleiden. Denn er hatte nicht nur den Tod seiner Frau und Ehe zu betrauern, sondern auch den Verlust seines Sohnes.

Er schloss die Augen, doch das Bild des winzigen tot geborenen Körpers wollte nicht weichen. So perfekt und zugleich so kalt. Ein Teil von ihm war mit seinem Sohn gestorben. Als Vater war er nicht gut genug gewesen, um ihn zu retten – obwohl er Arzt war, Vorreiter der modernsten Medizin. Es gab Dinge, die ein Sterblicher einfach nicht richten konnte.

In seiner Brust wüteten Schmerz und Verlust. Er sehnte sich nach einer zweiten Chance mit seinem Sohn. Wollte dieses kleine Wesen in den Armen halten und irgendwie ein Wunder heraufbeschwören, das ihm erlaubte, diesen zarten Lungen Leben einzuhauchen.

Doch es würde keine zweite Chance geben. Nur Gott konnte Wunder wirken. Und vielleicht hatte er das auch. Ein neues Leben … eine neue Chance … ein neues Baby.

Stephen hatte seine Gefühle im Zaum gehalten, weil er sich davor fürchtete, wieder eine Verbindung aufzubauen und erneut einen solchen Verlust zu erleiden. Aber was, wenn es diesmal anders war? Was, wenn dieses Baby leben würde? Nora hatte ihn gefragt, ob er sein Kind lieben würde, und er hatte Ja gesagt, aber stimmte das? Würde er sein Herz einem weiteren Menschen öffnen, obwohl er wusste, dass nichts sicher war?

Der Schmerz wurde überwältigend. Schmerz und Hoffnungslosigkeit. Er hatte alles falsch gemacht. Zuerst hatte er Courtney und seinen Sohn verloren und jetzt auch noch Nora. Sie würde ihn verlassen und einen anderen heiraten. Einen Mann, der sie liebte.

»*Ich* liebe sie«, sagte er und warf das Fotoalbum zurück in den Karton. »Ich liebe sie, und ich werde sie nicht einfach so gehen lassen.«

Diese Erkenntnis war ein Schock für ihn. In Gedanken wägte er sie ab, überprüfte, ob sie tatsächlich stimmte. Die Antwort lag auf der Hand: Seine Gefühle sprachen für sich. Wenn er sich ein gemeinsames Leben mit Nora ausmalte, wie sie ihre Kinder großzogen und zusammen alt wurden, durchflutete ihn Wärme. Sie war alles, was er sich je gewünscht hatte.

Er wusste, er durfte sie nicht verlieren. Was immer auch nötig war, um sie zum Bleiben zu bewegen, er würde es tun. Denn endlich hatte er begriffen, wo er hingehörte – an die Seite seiner Herzensfrau.

Mechanisch arbeitete Nora vor sich hin, dankbar für die jahrelange Erfahrung, die es ihr ermöglichte, weiter Haare zu schneiden und zu legen, während ihr Herz in ihrer Brust Stück für Stück zu Asche zerfiel. Sie hatte gehofft, die schlimmste Qual bereits hinter sich zu haben, doch mit jedem Atemzug schwoll der Schmerz weiter an, bis sie nicht mehr wusste, wie sie ohne Stephen weiterleben sollte. Wie hatte sie ihm nur sagen können, sie wolle die Scheidung?

Aber wie hätte sie bei ihm bleiben sollen in dem Wissen, dass er sie nicht liebte?

Letztlich landete sie immer wieder bei dieser Tatsache. Dass er nicht bereit war, sie beide zu lieben. Was sie ihm gesagt hatte, war ernst gemeint – sie erhob keinen Anspruch darauf, die Einzige in seinem Herzen zu sein. Sie verstand sein Bedürfnis, Courtney weiterzulieben. Die beiden hatten geheiratet, zusammengelebt und waren gemeinsam gewachsen. Außerdem hatten sie ein Baby miteinander erwartet. Würde er doch nur auch ihr, Nora, einen Platz in seinem Herzen einräumen. Doch das wollte er nicht, also musste sie sich schützen. Wenn sie bei ihm bliebe – in ihn verliebt und zugleich in der Gewissheit, dass er ihre Liebe nicht erwiderte –, würde sie innerlich zu sterben beginnen. Stück für Stück, bis irgendwann nichts mehr von ihrer Seele übrig war.

Das konnte sie weder sich noch ihrem Kind antun. Sie musste leben, musste gewappnet sein, die Verantwortung des Mutterdaseins zu tragen. Sosehr sie Stephen auch liebte, es würde nur noch schlimmer werden. Da war es weit klüger, ihn aus ihrem Leben zu verbannen, solange sie es noch konnte.

Aber er würde ihr furchtbar fehlen. Sie hatte das Eheleben mit ihm geliebt. Selbst wenn er sie in den Wahnsinn trieb, wollte sie mit keinem anderen Menschen lieber zusammen sein. Kein Mann hatte sich je zuvor die Zeit genommen, hinter ihre stachlige Fassade zu schauen. Kein anderer hätte verstanden, warum es ihr so schwerfiel, ihr Haus aufzugeben. Er hingegen hatte es nicht nur verstanden, sondern ihr auch noch alle Zeit der Welt eingeräumt, sich an den Gedanken zu gewöhnen.

Sie nebelte Debbie Watsons neue Frisur mit Haarspray ein, dann lächelte sie ihr im Spiegel zu. »So, fertig.«

»Danke, Nora. Sie haben wirklich eine Gabe.« Doch die Mittdreißigerin, Mutter von vier Kindern, machte keine Anstalten, von ihrem Stuhl aufzustehen. »Was ist los?«

Nora legte eine Hand an ihre Brust. »Mit mir? Gar nichts.«

Besonders überzeugt wirkte Debbie nicht. »Ich könnte schwören, dass ich da gerade Tränen in Ihren Augen gesehen habe. Ist alles in Ordnung?«

»Alles bestens«, log Nora.

Sie wusste, lange würde sie die Scheidung von Stephen nicht geheim halten können, aber sie wollte es wenigstens versuchen. Schließlich war sie schon oft genug das Ziel von Klatsch und Tratsch gewesen, um zu wissen, wie unangenehm es sein würde. Ihre kurzlebige Ehe und die vorgeblich daraus resultierende Schwangerschaft würden nur noch Öl ins Feuer der Nora-Darby-Saga gießen. Sobald Stephen sie verließ, würde man sie ein für alle Mal als Männerhasserin abstempeln.

Vom Eingang her ertönte ein helles Bimmeln, als das Glas gegen das über der Tür befestigte Glöckchen stieß. Automatisch hob sie den Blick und erstarrte, als sie Stephen dastehen sah.

Ihr war gar nicht in den Sinn gekommen, dass er ihr folgen könnte, um jenes furchtbare Gespräch fortzusetzen. War ihm denn nicht klar, dass es nichts weiter zu sagen gab? Gerade als sie den Mund öffnete, um ihm mitzuteilen, sie hätte zu tun, ließ etwas an seinem Gesichtsausdruck sie aufmerken. Er sah tief erschüttert aus, aber auch entschlossen. Und in seinen Augen lag ein Leuchten, das sie dort noch nie gesehen hatte und bei dem sich ihre Nackenhaare aufrichteten und ihr Herz schneller schlug.

Er schaute sich um, entdeckte sie und steuerte geradewegs auf ihren Arbeitsplatz zu.

»Bleib, wo du bist«, warnte sie ihn und schimpfte sich innerlich eine Idiotin, dass sie so froh war, ihn zu sehen. Hastig griff sie sich eine Schere und hielt sie wie eine Waffe vor sich gestreckt. »Ich weiß mich zu wehren.«

Zu ihrem Erstaunen lächelte er. »Schon klar. Du fürchtest dich vor gar nichts, oder? Ich bin derjenige von uns, der schreckliche Angst hat, auch wenn ich das eben erst kapiert habe.«

Bei Debbies Stuhl blieb er stehen, auch wenn er sich weder der Frau noch der anderen interessierten Zuschauerinnen im Salon bewusst zu sein schien.

»Ich hab eine Menge nicht kapiert«, fuhr er fort. »Das war furchtbar dumm von mir, und es tut mir leid.«

»Mein Lieber, Sie sind ein Mann. Sie können nichts dafür«, meldete sich Mrs. Gelson von ihrem Platz unter der Trockenhaube zu Wort. Sie hatte extra die Haube weggedrückt, um nur ja kein Wort zu verpassen.

Stephen ignorierte sie. »Ich muss mit dir reden«, sagte er zu

Nora, nahm ihre Hand und zog sie mit sich in den hinteren Teil des Salons.

Hätte sie hohe Schuhe angehabt, sie hätte die Absätze ins Linoleum gegraben. »Stephen, ich kann jetzt nicht. Ich hab Kundschaft.«

»Die kann warten. Das hier nicht.«

Er zog sie zu den Haarwaschbecken. Kurz überlegte sie, ihn darauf hinzuweisen, dass ihr Büro für ein Gespräch vielleicht der bessere Ort war, aber sie war nicht in der Stimmung, ihm irgendetwas leichter zu machen. Außerdem lag gerade keine Kundin mit dem Kopf im Becken, was ihnen wenigstens ein bisschen Privatsphäre verschaffte. Nicht dass er irgendwas von sich geben würde, was sie würde hören wollen. Sie knallte die Schere auf die Arbeitsfläche und verschränkte die Arme vor der Brust.

»Was willst du?«

Statt zu antworten, zog er sie an sich und küsste sie. Hätte sie gewusst, was er vorhatte, hätte sie vielleicht die Kraft gefunden, sich zu wehren. So schmolz sie regelrecht in seinen Armen dahin und schwelgte im Geruch und Geschmack des Mannes, den sie für den Rest ihres Lebens lieben würde. In ihrem Herzen herrschte ein einziges brennendes Chaos aus Leidenschaft, Liebe und Schmerz. Sie hatte es ernst gemeint, als sie die Scheidung von Stephen verlangt hatte, doch ihre Behauptung, sie würde sich jemand anders suchen, war eine Lüge gewesen. Sie wusste, sie würde ihr ganzes Leben brauchen, um sich davon zu erholen, wenn sie ihn verlor.

»Nicht«, flüsterte sie und drückte ihn weg.

»Du willst nicht, dass ich aufhöre«, widersprach er. »Du willst, dass ich weiter bei dir bleibe und dich für den Rest unseres Lebens liebe.«

Ihr stockte der Atem. Sprachlos starrte sie ihn an, sah erneut dieses Leuchten in seinen Augen. Er lächelte.

»Ich liebe dich«, sagte er schlicht. »Und zwar schon lange. Ich habe nur die Symptome nicht erkannt, weil ich mich nicht mit meiner Vergangenheit auseinandersetzen wollte. Es war einfacher, mir einzureden, es wäre nur Freundschaft und Verlangen, nicht Liebe. Aber damit lag ich falsch.«

Er legte ihr die Hände auf die Schultern. »Ich will nicht zurück nach Boston. Ganz egal, was da für ein Job auf mich wartet, und selbst wenn du mitkommen würdest – ohne dich würde ich ohnehin nicht hingehen. Aber darum geht es nicht. Mein Leben ist *hier*. In Lone Star Canyon. Mit dir, Nora. Nur mit dir. Hier möchte ich mit dir unsere Familie gründen. Hier will ich alt werden. Selbst unsere Enkel sollen noch vom alten Doc Remington reden und sich fragen, wann ich wohl endlich in den Ruhestand gehe.«

Sie sehnte sich so verzweifelt danach, ihm zu glauben. Innerlich war sie völlig zerrissen – brauchte die Gewissheit, dass er sie liebte, und fragte sich, wie das sein konnte. Forschend schaute sie ihm ins Gesicht, dann folgten ihre Hände ihrem Blick, und behutsam berührte sie seine Wangen, seine Nase, seinen Mund.

»Was ist mit Courtney?«, zwang sie sich zu fragen.

Ein trauriger Ausdruck trat in seine Augen. »Courtney wollte nicht schwanger werden. Jedenfalls nicht zu dem Zeitpunkt. Sie hatte gerade eine Facharztstelle ergattert und wahnsinnig viel Arbeit. Sie wollte abtreiben, aber ich habe sie davon abgebracht. Als ich dann sowohl sie als auch das Baby verloren habe, war es, als würde ich für meine Selbstsucht bestraft. Ich hatte Angst, das noch mal durchzumachen.« Er schluckte. »Auch wenn ich damit das Risiko eingehe, dir eine dunklere Seite von mir zu zeigen: Meine Ehe mit Courtney hat schon lange vor dieser Schwangerschaft in Schwierigkeiten gesteckt. Dass sie unser gemeinsames Kind nicht wollte, hat auch dem letzten Rest meiner Gefühle den Todesstoß gegeben. Auch wenn sie überlebt hätte, lange wären wir nicht mehr zusammengeblieben.«

Seine Worte waren Balsam auf ihre Wunden. Die Einzelheiten würde sie später in Erfahrung bringen, doch für den Augenblick reichte die Erkenntnis, dass sie sich nicht an Perfektion würde messen lassen müssen.

»Ich habe mich verantwortlich gefühlt für alles, was da schiefgelaufen ist«, fuhr er fort. »Courtney und das Baby waren verloren. Die einzige Lösung, die mir in den Sinn kam, war, mich zu bestrafen – und zwar mit einem Schwur, nie wieder jemanden zu lieben. Ziemlich dämlich, was?«

Sie lächelte. »Wie Mrs. Gelson vorhin schon so weise angemerkt hat: Du bist ein Mann. Du kannst nichts dafür, dass du manchmal ein Brett vor dem Kopf hast.«

Das entlockte auch ihm ein Lächeln. Ein zärtliches Lächeln voller Liebe und Vertrauen in die Zukunft. »Bitte verzeih, wie ich mich dir gegenüber in den letzten Wochen verhalten habe, wie selbstbezogen und blind ich war. Du bist die wundervollste Frau, die mir je begegnet ist. Ohne dich wäre ich verloren. Ich kann mir nichts Schöneres vorstellen, als mit dir verheiratet zu sein und Kinder zu bekommen. Ich liebe dich von ganzem Herzen. Bitte gib mir noch eine Chance, ich würde alles für dich tun. So lange hab ich mir eingebildet, ich hätte dich nur geheiratet, um unserem Kind nah zu sein und dich zu beschützen. Mittlerweile habe ich begriffen, dass ich die Zukunft nicht kontrollieren kann. Ich habe das Richtige getan, aber aus den falschen Gründen. Das will ich jetzt ändern. Ich will mit dir verheiratet bleiben, weil wir uns lieben. Bitte sag mir, dass ich damit nicht zu spät komme.«

Ihr ging das Herz vor Freude über, doch noch widerstand sie der Versuchung, ihm die Arme um den Hals zu werfen und ihm ihre Welt zu Füßen zu legen. Stattdessen holte sie Luft und wappnete sich dafür, die gleiche Ehrlichkeit an den Tag zu legen wie er.

»Ich liebe dich«, erklärte sie. »Und zwar schon lange. Aber bevor wir einander irgendwelche Versprechungen machen, müssen wir sichergehen, dass wir uns richtig verstehen.« Sie zögerte. »Du musst nicht in Lone Star Canyon bleiben, wenn du das nicht möchtest. Ich will hier nicht weggehen, aber ich würde es tun, denn noch mehr will ich, dass du glücklich bist. Dir muss allerdings klar sein, dass ich bin, wer ich bin. Ich werde immer Friseurin bleiben. Ich gehe nicht aufs College und hole mir irgendeinen Angeber-Abschluss, nur damit du deinen Studienkollegen erzählen kannst, deine Frau wäre Anwältin oder Psychologin oder irgend so was.«

Da hob er sie auf die Arme und schwang sie in der kleinen Nische im Kreis herum. »Ich will nicht die geringste Veränderung von dir.« Vorsichtig setzte er sie ab und gab ihr einen Kuss. »Ich liebe *dich*. Weil du Friseurin bist und von ganzem Herzen großzügig. Weil du mehr Zierkissen in deinem Haus hast, als ich je zuvor an einem Ort gesehen habe. Weil du die klügste, frechste Frau bist, die mir je begegnet ist. Bleib bei mir. Liebe mich. Sei meine Frau.«

Und auf einmal lachte und weinte sie zugleich, hielt ihn in den Armen und wiederholte ein ums andere Mal das Wort »Ja«. Als sie schließlich verstummte, schauten sie einander tief in die Augen.

Erst in diesem Moment vernahm sie ein leises Schniefen. Sie drehte den Kopf zum Durchgang in ihre kleine Nische, wo ihr gesamtes Team und jede einzelne Kundin im Salon versammelt standen. Die meisten weinten und lächelten zugleich.

Mrs. Gelson winkte mit einem spitzenbesetzten Stofftaschentuch. »Ich hätte nie gedacht, dass ich das noch erlebe! Ein Mann besteigt den Mount Nora und überlebt, um selbst von seinen Abenteuern zu berichten.«

Epilog

Exakt neun Monate nach dem Vorfall mit dem gerissenen Kondom brachte Nora Darby-Remington ein kerngesundes kleines Mädchen zur Welt, glatte drei Kilo schwer und knapp fünfzig Zentimeter lang. Selbst die Hebamme musste zugeben, dass es ein außergewöhnlich hübsches Kind war.

An diesem Abend blickte Stephen Remington in den kalten klaren Januarhimmel hinauf und sah die Sterne funkeln. Ihn erfüllte eine Zufriedenheit, wie er sie nie zuvor empfunden hatte. Seine Frau und seine Tochter schlummerten friedlich. Morgen würden sie alle gemeinsam in ihr neues Haus fahren und ihr Leben als Familie beginnen.

Er wusste, wie glücklich er sich schätzen konnte, eine zweite Chance für die Liebe bekommen zu haben. Vor allem mit einer Frau wie Nora. Sie kannte ihn genauso gut, wie er sich selbst kannte … und manchmal sogar besser. In den vergangenen Monaten hatte er ihr von seinem Leben mit Courtney erzählt, hatte erklärt, was richtig gelaufen war und was falsch. Sie hatten einander geschworen, sich immer auszusprechen über Dinge, die sie störten, auch wenn es so viel einfacher erschien, wütend mit Geschirr um sich zu werfen. Als er den Tod seines kleinen Sohnes beweint hatte, hatte Nora ihn tröstend im Arm gehalten. Und sie hatte ihm geholfen, endlich über diesen Verlust hinwegzukommen.

In ihrem Garten stand ein Baum. Noch war er nicht sehr groß, doch irgendwann würde seine Krone bis in den Himmel reichen. Eine kleine Messingplakette widmete den Baum einem Kind, das nie den Himmel gesehen, nie die Wärme der Sonne gespürt hatte. Es war Noras Idee gewesen.

Schließlich kamen die besten Einfälle immer von ihr.

Lesen Sie auch:

Susan Mallery

Planst du noch oder liebst du schon?

9,99 € (D)

ISBN: 978-3-95649-818-3

1. Kapitel

»Verstehen Sie mich nicht falsch, aber ich muss Sie bitten, Ihr Hemd auszuziehen.«

Pallas Saunders zuckte innerlich zusammen, als sie die Worte aussprach. Normalerweise war das kein Satz, den sie in einem Vorstellungsgespräch sagte, aber außergewöhnliche Umstände, außergewöhnliche Maßnahmen und so weiter.

Nick Mitchell hob seine Augenbrauen. »Wie bitte?«

Das war eine durchaus vernünftige Frage. Und ganz sicher besser, als wenn er einfach zur Tür hinausgelaufen wäre, was er auch hätte tun können.

»Es ist ein Notfall.« Sie wedelte mit der Hand in einer Geste, von der sie hoffte, dass sie *Können wir bitte einfach weitermachen?* sagte.

»Ich brauche schon eine bessere Erklärung.«

»Na gut.« Sie atmete tief ein und fing dann an, schnell zu reden. Sehr schnell. »In weniger als einer Stunde habe ich eine Hochzeit, und mir fehlt ein römischer Legionär. J. T. ist nach Los Angeles gefahren, weil sein Agent ihn wegen eines Vorsprechens angerufen hat. Kleine Notiz an mich: Während der Casting-Saison *keine* Schauspieler engagieren. Sie haben ungefähr die gleiche Größe wie die anderen Männer und sind hier, weil Sie einen Job brauchen. Also bitte ziehen Sie das Hemd aus. Sie sehen einigermaßen gut aus. Ich werde Sie mit etwas Selbstbräuner eincremen, und dann werden Sie ein sehr dünnes Mädchen in einer Sänfte tragen.«

»In einer was?«

»Einer dieser überdachten Stuhldinger. Ich schwöre, das Mädchen wiegt keine fünfzig Kilo. Ich glaube, sie hat seit drei Monaten nichts mehr gegessen. Und Sie sehen stark aus. Sie werden das super machen. Bitte? Am Ende wartet auch ein Scheck auf Sie.«

Kein sonderlich großer, aber Geld war Geld. Und Nick Mitchell hatte auf ihre Anzeige für eine Teilzeitstelle als Zimmermann geantwortet. Daher war er vermutlich relativ dringend auf der Suche nach Geld. Das Gefühl kannte Pallas nur zu gut.

»Sie wollen, dass ich ein Mädchen in einer Sänfte zu seiner Hochzeit trage?«

Warum sind die Gutaussehenden immer so dumm? fragte sie sich seufzend. Denn Nick ging durchaus als gut aussehend durch. Er war groß, hatte dunkles Haar und dunkle Augen. Seine Schultern waren breit – und soweit sie es sehen konnte, war er gut in Form. Wo also war das Problem?

»Meine Firma heißt *Weddings in a Box – der perfekte Rahmen für jede Hochzeit*.« Sie deutete auf die Wände. »Das hier ist der Rahmen. Die Leute kommen her, um zu heiraten. Ich organisiere Themenhochzeiten. Das heutige Pärchen möchte eine römische Hochzeit. Sie wären überrascht, wie beliebt die sind. Und zur römischen Hochzeit gehört die Sänfte für die Braut. Also bitte, ich flehe Sie an. Ziehen Sie Ihr Hemd aus.«

»Sie sind seltsam«, murmelte Nick, während er sein Hemd auszog und es dann auf ihren Schreibtisch warf.

Hallelujah, dachte sie und ging einmal um ihn herum, um seinen Rücken zu betrachten. Wie gehofft sah er gut aus – breite Schultern und viele Muskeln. Keine großen Tattoos, keine hässlichen Narben. Nicht dass sie etwas gegen Tattoos hatte, aber nur wenige davon passten zu einer römischen Hochzeit. Und sie hatte wirklich keine Zeit, jetzt noch Tattoos mit Concealer abzudecken. Aber wie es der Zufall so wollte, würde Nick perfekt zu den anderen Männern passen.

»Sie sind engagiert, aber wir müssen uns beeilen.«

Sie packte seine Hand und zog ihn den Flur hinunter zur Umkleidekabine der männlichen Darsteller. Eine Themenhochzeit bedurfte einer großen Besetzung. Leider hatte sie nicht Tausende von Darstellern zur Verfügung. Aber drei oder vier sollten es mindestens sein. Römische Hochzeiten bestanden aus der Gruppe der Sänftenträger und einigen Kellnern in Togen. Die Kleidungsstücke waren keine Originale, aber die Kunden waren glücklich, und das war alles, was zählte.

Sie führte Nick in den großen schlichten Raum mit den Kleiderständern an der einen und einem langen Tisch mit beleuchteten Spiegeln auf der anderen Seite. Drei Männer in verschiedenen Stadien der Entkleidung hatten sich bereits eingefunden. Zwei zogen sich gerade ihre weiße Toga über, während der dritte sich selbst im Spiegel betrachtete.

Alan löste den Blick von seinem Spiegelbild und lächelte sie und Nick an. »Hallo, Fremder.«

»Nicht mehr lange«, murmelte Pallas. »Bitte hilf Nick, sich für die Hochzeit fertig zu machen. Nick, das ist Alan. Alan, das ist Nick.« Sie schaute auf die Uhr und stieß einen kleinen Schrei aus. »Wir haben weniger als eine Stunde, Leute.« Sie wandte sich an Nick. »Haben Sie schon einmal Bräunungscreme benutzt?«

»Sehe ich aus wie jemand, der Bräunungscreme benutzt?«

Bis gerade eben war dieser Mann für sie kaum mehr als eine starke Schulter gewesen, die ein Viertel der Braut tragen konnte. Jetzt sah Pallas ihn das erste Mal richtig an. Die dunklen Augen, die sie mit einer Mischung aus Ungläubigkeit und Skepsis musterten. Der feste Zug um seinen erstaunlich attraktiven Mund. Er hat große Hände, bemerkte sie abwesend und bemühte sich, nicht zu lachen.

Große Hände? Ernsthaft? Weil sie in ihrem Leben *dafür* ja auch Zeit hatte?

Sie trat an den Schminktisch und zog eine Schublade auf. Darin befanden sich eingeschweißte Handschuhe, die mit einem Selbstbräuner getränkt waren und die sie in großen Mengen zu einem sehr guten Preis kaufen konnte.

»Ich werde Ihre Welt erschüttern«, erklärte sie ihm fröhlich. »Legen wir los.«

Nick Mitchell fühlte sich, als hätte er ein Paralleluniversum betreten. Eines, in dem die Verrückten regierten.

Bevor er wusste, wie ihm geschah, rieb die Frau, mit der er eigentlich ein Bewerbungsgespräch wegen eines Zimmermannsjobs führen sollte, mit einem seltsamen Handschuhding seinen Rücken ein.

»Gleichmäßige Bewegungen«, sagte sie. »Die Farbe muss fünf Minuten trocknen, dann prüfen Sie, ob es irgendwo Streifen gibt. Machen Sie erst Ihre Arme und die Brust, dann die Beine, sowohl hinten als auch vorn.«

Sie zog die Handschuhe aus und reichte sie ihm. »Kriegen Sie das hin?«

Ihre Miene war zu zwei Dritteln ernst und zu einem frustriert – als hätte die Welt sich verschworen, um ihr den Tag schwer zu machen.

Im ersten Moment wollte er wiederholen, dass er nur wegen des Zimmermannsjobs hier war, dann erkannte er aber, dass ihr das klar sein musste. Also gut – dann sollte es wohl ein Legionär mit falschem Teint sein. Wenigstens wäre das eine gute Geschichte für seine Brüder.

Er zog die Handschuhe an und fing an, die Bräunungscreme aufzutragen. Es war weniger eklig, als er gedacht hatte. Pallas legte ihm sein Togakostüm bereit und bat die anderen Männer, ihm seinen Platz zu zeigen.

»Ich muss mich umziehen«, rief sie noch und eilte zur Tür. »Wenn Sie irgendetwas brauchen, fragen Sie Alan. Er weiß alles.«

Alan zwinkerte ihr zu. »Das stimmt.« Sobald die Tür ins Schloss gefallen war, wandte er sich Nick zu. »Und wie lautet deine Geschichte?«

Nick streifte die Handschuhe ab und wischte sich die Hände an einem auf dem Tisch liegenden Handtuch ab. Dann zog er seine Jeans aus. »Ich bin Zimmermann. Ich habe auf eine Anzeige geantwortet.« Nachdem er die Handschuhe wieder angezogen hatte, begann er, seine Beine einzuschmieren.

»Ich verstehe. Brauchst du dabei Hilfe?«

Nick schaute nicht auf. »Nein danke.«

»Tja, ich bin Alan, wie du ja gehört hast. Die beiden da sind Joseph und Jonathan. Ich nenne sie die Js. Sie gehen hier auf die örtliche Highschool und verdienen sich an Samstagen ein wenig Geld. Sie spielen Football.«

Einer der Teenager schaute auf. »Wir spielen Basketball, Alan. Das sagen wir dir immer wieder.«

»Egal. Es ist Sport – wen interessieren schon die Details. Das kommt doch alles aufs Gleiche raus.« Alan schaute wieder zu Nick. »Ich war am Broadway. So habe ich Gerald kennengelernt. Er war mein Mentor, bevor er in Rente gegangen und hierhergezogen ist. Ich bin im Winter des Wetters wegen hergekommen und geblieben. Nach Geralds Tod bin ich nach

L. A. gezogen, aber wenn ich gerade mal wieder zu Besuch hier bin, mache ich hier mit, weil es Spaß bringt.«

Während er sprach, sah Nick, dass der andere Mann wesentlich älter war, als er anfangs gedacht hatte. Er war mindestens Ende vierzig.

»Und die Leute lieben wirklich römische Hochzeiten?«, fragte er.

»Du hast ja keine Ahnung. Es gibt auch Cowboyhochzeiten, aber die mache ich nicht.« Alan schüttelte sich. »Pferde sind das Schlimmste! Und sie stinken. Eine schöne Prinzessinnenhochzeit dagegen gefällt mir sehr gut. Ich bin ein sehr attraktiver Höfling, wenn ich das so sagen darf. Aber heute sind wir Römer. Ave Caesar.«

Zehn Minuten später starrte Nick sich im Spiegel an. Er trug tatsächlich eine Toga. Oder zumindest ein Togakostüm. Der kurze weiße Rock reichte ihm bis zur Mitte der Oberschenkel. Das Oberteil war über einer Schulter verknotet, und Alan hatte ihm eine Krone aus Weinlaub gegeben, die er sich auf den Kopf setzen sollte. Während er seine Sandalen schnürte, dachte er, dass er seinen Brüdern hiervon vielleicht doch nichts erzählen würde. Sie würden ihn für den Rest seines Lebens damit aufziehen.

»Es ist ganz einfach«, erklärte Alan, nachdem er angezogen war. »Die Braut sitzt in der Sänfte. Wir heben sie hoch und tragen sie hinein. Dann steigt sie aus, und wir tragen die Sänfte wieder hinaus. Die Js und ich bedienen auch bei der Feier, aber ich bezweifle, dass Pallas das von dir erwartet. Also kannst du danach gehen.«

Nick verkniff es sich, darauf hinzuweisen, dass er sein Vorstellungsgespräch noch nicht gehabt hatte. Um ehrlich zu sein, bekam er langsam Zweifel, was diesen Job anging.

Er hatte etwas gesucht, das seine Tage ausfüllte, während er sich überlegte, was er bezüglich seiner großen Auftragsarbeit tun sollte. Auch wenn dieser Ort ausreichend Ablenkung bot, war er nicht genau das, was er suchte.

Pallas kehrte zurück. Die Jeans und das T-Shirt hatte sie gegen ein schlichtes dunkelgrünes Kleid getauscht, das ihre haselnussbraunen Augen betonte. Ihre langen braunen Haare waren immer noch zu dem ausgefeilten Zopf geflochten, und Nick glaubte nicht, dass sie geschminkt war. Sie war ja auch nicht die Braut – sie war nur hier, um den Traum der Braut wahr werden zu lassen.

Sie kam auf ihn zu und nickte anerkennend. »Sie sehen toll aus. Danke, dass Sie das machen. Ich hätte solche Probleme bekommen, wenn Sie nicht eingesprungen wären. Hat Alan Ihnen erzählt, wie es ablaufen wird?«

»Wir tragen die Braut hinein und verschwinden dann leise.«

»Richtig. Oh, wir müssen ja noch das Bewerbungsgespräch führen. Es gibt keine Entschuldigung dafür, dass ich es so nah an eine Hochzeit gelegt habe, außer dass ich wohl die Tage vertauscht habe. Es ist einfach so viel zu tun.«

In ihren Augen sah er Sorge, Panik und mehr als ein wenig Entschlossenheit. Eine interessante Kombination.

Sie straffte die Schultern. »Eine Krise nach der anderen, wie Gerald immer gesagt hat. Wir sind bereit für die Hochzeit. Gentlemen, wenn Sie bitte Ihre Positionen einnehmen.«

Sie führte sie nach unten. Nick war nicht sicher, was ihn erwartete, aber schneller als gedacht standen sie in einem Raum mit einer hypernervösen Braut, verschiedenen Brautjungfern in römisch inspirierten Kleidern und einer echte Sänfte.

Er trat näher an den überdachten Stuhl heran und betrachtete die Schnitzereien an den Seiten. Sie waren von Hand gemacht und dann an einem Rahmen aus Leichtmetall befestigt worden.

Pallas brachte alle auf Position. Die Braut setzte sich. Alan nahm den Platz vorn rechts ein, was Nick so deutete, dass er wohl das Sagen hatte.

»Auf drei, meine Herren. Wir heben sie langsam und gleichzeitig und aus den Knien hoch.« Alan lächelte die Braut an. »Nicht dass wir uns über dich Sorgen machen müssten, Darling. Du bist nicht breiter als ein Grashalm und siehst in deinem Kleid so bezaubernd aus. Das ist ein Designerteil, oder? Du Glückliche.«

Die Braut entspannte sich sichtlich. »Danke. Ich liebe mein Kleid.«

»Und es liebt dich auch. Sollen wir dann? Auf drei.«

Nick wartete auf den Countdown, dann hoben sie die Braut hoch. Der Tragebalken hatte eine gepolsterte Ausbuchtung für seine Schulter, sodass er seine Hände nur einsetzen musste, um das Gleichgewicht zu halten, aber nicht, um die Sänfte zu tragen. Wie Pallas versprochen hatte, war die Braut leicht und das Gewicht problemlos zu stemmen.

Mit den anderen zusammen ging er den Flur hinunter. Ein Fotograf machte Bilder. Eine große Flügeltür öffnete sich für sie, und sie betraten einen riesigen Raum mit einer mindestens sieben Meter hohen Decke.

Auf beiden Seiten des breiten Ganges hatten sich die Gäste versammelt, und der Bräutigam in der festlicheren Version einer Toga wartete am geschnitzten Altar. Obwohl es mitten am Nachmittag war, spendeten flackernde Fackeln Licht.

Sie erreichten das Ende des Gangs. Alan bedeutete ihnen, die Sänfte abzusetzen. Als die Braut bei ihrem römischen Bräutigam stand, trugen sie die Sänfte wieder hinaus. Alan führte sie in einen großen Innenhof, der schon für die Feier geschmückt war. Die Sänfte wurde in einer Ecke abgestellt.

»Die Leute lieben es, darauf herumzuturnen und Fotos zu machen«, erklärte Alan. »Okay, du kannst jetzt gehen.« Er zeigte auf eine Tür. »Wenn du da durchgehst, findest du eine Treppe, die dich in den ersten Stock bringt. Die Umkleide befindet sich am Ende auf der rechten Seite.«

»Danke.«

Nick folgte den Anweisungen und trat durch die Tür. Bevor er jedoch die Treppe hinaufgehen konnte, erblickte er eine andere, nur angelehnte Tür.

»Oh nein«, murmelte er, als er näher heranging.

Er stieß die Tür auf und einen unterdrückten Fluch aus, als er eintrat.

Verschiedene geschnitzte Holzpaneele hingen an Schienen, von wo aus sie an ihren Platz geschoben werden konnten. Nick trat zur Seite und folgte dem Verlauf der Schienen mit seinem Blick. Er schätzte, dass sie in den großen Ballsaal führten, in dem er gerade gewesen war.

Diese Paneele – locker drei Meter hoch und doppelt so breit – waren auserlesene Kunstwerke. Die Schnitzereien zeigten, wie er annahm, das frühe Palastleben. Es gab mehrere Szenen eines königlichen Hofstaats und auch ein paar Landschaftsbilder. Sicher, das Arrangement war kitschig, aber die Schnitzereien waren unglaublich. Jede Figur in dem ersten Relief wirkte so echt, als würde sie gleich anfangen, sich zu bewegen. Er fuhr die Linien nach, die mit wenigen eleganten Strichen Tiefe schafften, und spürte raue Kanten. Dann sah er genauer hin und erkannte, dass die Paneele schon ziemlich angeschlagen und trocken waren und dringend ein wenig Liebe und Zuneigung benötigten. War das der Job, für den Pallas einen Zimmermann suchte?

Nachdenklich ging er den Weg zurück, den er gekommen war, und umrundete den jetzt leeren Innenhof. Dann schlich Nick sich zurück in den Ballsaal und betrachtete die geschnitzten Paneele an den Wänden, die römische Szenen zeigten. Sie waren genauso brillant wie die anderen und schrien selbst aus der Entfernung danach, restauriert zu werden.

Und er hatte gedacht, Pallas suche jemanden, der Fenster reparierte oder Schränke baute. An etwas wie dem hier zu arbeiten … Hatte Atsuko von den Paneelen gewusst? Hatte sie deshalb vorgeschlagen, dass Nick sich auf den Job bewarb? Denn auch wenn er in einer Glasbläserfamilie aufgewachsen war, hatte er sich in den letzten zehn Jahren in die Arbeit mit Holz verliebt.

Glas war kalt und launenhaft, aber Holz lebte. Holz hatte eine Seele.

Er kehrte wieder in den Innenhof zurück und nahm die Treppe nach oben. Eigentlich hatte er vorgehabt, seine Bewerbung für den Job zurückzuziehen – diese ganze Nummer mit dem Selbstbräuner und dem Tragen der Braut war ziemlich abschreckend gewesen. Aber jetzt, da er die Paneele gesehen hatte, wusste er, dass er keine andere Wahl hatte. Er musste sie restaurieren und dafür sorgen, dass sie noch für zukünftige Generationen in perfekter Verfassung waren.

Wie dramatisch, dachte er, als er den Umkleideraum betrat. Nur waren die Paneele die Dramatik und die Verschrobenheit von Pallas' Hochzeitsservice wert. Sie hatten sein absolut Bestes verdient, und er war entschlossen, dass sie es bekommen würden. Sosehr er es auch leugnen wollte, er war durch und durch ein Künstler. Das Blut seines Vaters rann in seinen Adern und damit der Drang, etwas zu erschaffen. Oder, wie in diesem Fall, etwas wiederherzustellen.

Pallas nahm nur selten mehr als eine Hochzeit pro Wochenende an. Es war einfach zu schwierig, alles in kürzester Zeit auf- und wieder abzubauen. Die einzige Ausnahme bildeten Brautpaare, die ihre Hochzeit am Freitag feiern wollten – dann konnte sie für Sonntag noch eine zweite organisieren. Doch obwohl eine Sonntagshochzeit aufgrund der ungewöhnlichen Zeit preislich günstiger war, wollten die meisten Brautpaare die traditionelle Party am Samstagabend. Was bedeutete, dass Pallas sonntags meistens freihatte.

Am frühen Montagmorgen machte sie sich auf den Weg zu *Weddings in a Box* und ging einmal über das Gelände. Das Hauptgebäude war u-förmig mit einem Innenhof in der Mitte. Am westlichen Ende gab es eine kleine Lobby, deren Fassade italienisches Flair versprühte. Die Nordseite war gemauert und erinnerte an ein mittelalterliches Schloss. Die südliche Seite war mit Holz verkleidet, was ihr ein ranchähnliches rustikales Westernfeeling verlieh.

Ein Gebäude und drei Optionen, woraus sich leicht ein Dutzend verschiedene Hochzeitsthemen entwickeln ließen. Ein wenig skurril, sicher, aber Pallas liebte jeden falschen Backstein und jedes nicht funktionierende Fenster.

Sie hielt nach Schäden an Gebäude und Zaun Ausschau – denn einmal war ein Trauzeuge mit seinem Wagen in das Tor gefahren – und nach verlorenen oder liegen gelassenen Gegenständen. Die Feiern dauerten oft bis tief in die Nacht, der Alkohol floss in Strömen und schon mehr als ein Schuh, BH oder Slip hatte am nächsten Tag auf dem Rasen gelegen.

Was war das nur mit Hochzeiten und unverantwortlichem Sex? Klar, die Braut und der Bräutigam hatten mit Sicherheit welchen, aber das entsprach der Tradition. Alle anderen sollten warten, bis sie wieder zu Hause waren – nur taten sie es selten. Zum Glück fand Pallas heute nur einen Wimpel und ein paar Blütenblätter. Um die aufzuheben, brauchte sie keine Schutzhandschuhe.

Sie ging nach drinnen und machte sich auf den Weg in die Geschäftsräume im ersten Stock. Erst vor wenigen Wochen war sie in das Büro gezogen, das sie in Gedanken immer noch als Geralds Büro bezeichnete. Im ersten Monat nach seinem Tod – und nachdem sie erfahren hatte, dass sie die Alleinerbin des Geschäfts war – hatte sie unter Schock gestanden. In den folgenden zwei Monaten hatte sie es nicht über sich gebracht, irgendetwas zu verändern. Im letzten Monat hatte sie dann erkannt, dass es einfach dumm war, fünfzig Mal am Tag von ihrem Schreibtisch zu seinem zu rennen. Gerald hätte ihr *Weddings in a Box* nicht hinterlassen, wenn er nicht gewollt hätte, dass sie die Firma weiterentwickelte. Also war sie in sein Büro gezogen.

Sie hatte befürchtet, dass es sie traurig machen würde, an dem Ort zu sein, wo alles an ihn erinnerte. Doch sie hatte schnell festgestellt, dass sie sich ihm hier näher fühlte. Er war für sie wie ein zweiter Vater gewesen, und auch wenn sie ihn jeden Tag vermisste, wusste sie, dass er mit dem, was sie tat, glücklich wäre.

Sie warf einen Blick in ihren Kalender, wobei sie es sorgfältig vermied, auf den Stapel Rechnungen in ihrem Posteingang zu schauen. *Weddings in a Box* mochte ein fröhliches, interessantes Geschäft sein, aber es hing finanziell gesehen am seidenen Faden. Themenhochzeiten waren nicht billig, genauso wenig wie der Veranstaltungsort und die dazugehörigen Besonderheiten.

Morgen, versprach sie sich. Morgen würde sie mutig sein. Sie checkte ihre E-Mails und sah, dass zwei weitere Bräute die unterschriebenen Verträge zurückgeschickt hatten. Das waren gute Neuigkeiten. Sie würde sie noch einmal durchgehen, bevor sie …

»Guten Morgen.«

Als sie aufschaute, sah sie einen Mann im Türrahmen stehen. Und nicht nur irgendeinen Mann – sondern Nick Mitchell.

In ihr kollidierten verschiedenen Emotionen. Dankbarkeit dafür, dass er sie am Samstag gerettet hatte; leichte Verlegenheit darüber, wie sie ihn ausgezogen und ihm den dunkleren Teint verpasst hatte; sehr große Verlegenheit angesichts der Tatsache, dass sie inzwischen wusste, wer er war, und Enttäuschung darüber, dass sie immer noch nach einem Teilzeitzimmermann suchen musste. Oh, und Verwirrung darüber, warum er hier war.

Sie erhob sich und ignorierte, dass er der attraktivste Mann war, der jemals ihr Büro betreten hatte. Lächelnd sagte sie: »Hi. Wie kann ich Ihnen helfen?«

Er lehnte sich gegen den Türrahmen. »Ich dachte, wir könnten jetzt das Bewerbungsgespräch führen.«

Das letzte Gespräch hatte sie aus Versehen direkt vor einer Hochzeit eingeplant. Nur konnte er jetzt unmöglich noch für sie arbeiten wollen, oder? »Ich bin Ihnen wirklich sehr dankbar, dass Sie mir am Samstag ausgeholfen haben.«

»Gern geschehen. Man bekommt nicht jeden Tag die Gelegenheit, als Legionär aufzutreten.«

»Außer man arbeitet hier, dann passiert es viel zu häufig.« Sie zögerte. »Es tut mir leid, wie das alles gelaufen ist.«

»Mir nicht. Es war eine Erfahrung, von der ich noch sehr lange erzählen kann.«

»Ich bin erleichtert, dass Sie nicht sauer sind. Alan meinte,

Sie wären ein netter Typ. Und er verfügt über eine ziemlich gute Menschenkenntnis.«

»Das freut mich, zu hören.«

»Sie fühlen sich von Alan nicht bedroht?« So ging es nämlich vielen heterosexuellen Männern.

»Nicht einmal ansatzweise.« Er ließ ein Grinsen aufblitzen. »Ich arbeite mit einer Kettensäge. Es braucht schon einiges, damit ich mich bedroht fühle.«

»Das erklärt natürlich einiges.« Sie verlagerte ihr Gewicht von einem Fuß auf den anderen und beschloss dann, es einfach auszusprechen. »Ich will nicht unhöflich sein, Nick, aber es hat keinen Sinn, dass wir ein Bewerbungsgespräch führen. Als ich unseren Termin vereinbart habe, hatte ich mir einfach nur den Namen in meinen Kalender geschrieben. Nun habe ich aber gestern ein wenig über Sie recherchiert.«

Er hob eine Augenbraue. »Google oder Bing?«

Sie lächelte. »Beides. Und beides mit demselben Ergebnis.« Ihr Lächeln schwand, als sie sich an das erinnerte, was sie gelesen hatte. Nick Mitchell hatte so gar nichts mit einem arbeitslosen Zimmermann zu tun. Er war ein weltbekannter Künstler, der schon verschiedene Preise gewonnen hatte. Ja, er arbeitete mit Holz, aber auf einem komplett anderen Level. Ihn anzuheuern wäre, als würde man einen erfolgreichen Rennfahrer bitten, jemandem das Autofahren beizubringen.

»Ich weiß nicht, was meine Freundin Atsuko sich gedacht hat, als sie mir Ihren Namen gab. Sie sind ein berühmter Künstler und ich bin die Besitzerin einer kleinen Firma, in der ein paar Reparaturen nötig sind. Und zwar so billig wie möglich.« Sie versuchte, bei den letzten Worten nicht zusammenzuzucken, denn jemand wie Nick Mitchell würde nicht verstehen, wie es war, jeden Penny dreimal umzudrehen, um das Geschäft am Laufen zu halten. »Aber ich weiß es zu schätzen, dass Sie vorbeigekommen sind«, fügte sie an. »Und dass Sie das mit der Bräunungscreme so gelassen hingenommen haben.«

»Es war lustig. Ich hatte viel Spaß. Und der Selbstbräuner war … interessant.«

»Keine Erfahrung, die Sie wiederholen wollen?«

»Äh, nein.«

Sie stand neben ihrem Schreibtisch und wartete darauf, dass Nick Mitchell ging, doch er schien damit keine Eile zu haben.

»Welche Reparaturen benötigen Sie?«, fragte er.

Warum interessierte er sich dafür? »Nick, ich meine es ernst. Ich kann nur ein paar Dollar über dem Mindestlohn bezahlen. Mehr kann ich mir nicht leisten.«

»Geht es um die Holzpaneele?«

»Ja, aber …«

Er nickte in Richtung Flur. »Kommen Sie, sehen wir sie uns einmal an.«

Sie war mehr als nur ein wenig verwirrt, aber okay. Gemeinsam gingen sie die Treppe hinunter und durch den leeren Ballsaal zu den seitlichen Lagerräumen. Pallas zog die großen Türen auf und schaltete das Deckenlicht an. Dann wartete sie, während Nick sich die Paneele anschaute.

Die hölzernen Rechtecke waren riesig – hoch, breit und auf einer Seite komplett mit Schnitzereien versehen. Während sie ihn beobachtete, ging Nick zum ersten Paneel und legte seine Hände an das Holz. Er schloss die Augen halb und fuhr mit den Fingern die Schnitzereien entlang. Pallas hatte das seltsame Gefühl, Zeugin von etwas zutiefst Persönlichem zu sein, was ihr unangenehm war und mehr als nur ein wenig versponnen vorkam.

»Was wissen Sie hierüber?«, fragte er, während er die Paneele weiterstudierte.

»Nicht viel. Sie waren schon hier, bevor ich angefangen habe, für Gerald zu arbeiten. Um ehrlich zu sein, ich habe mir nie viele Gedanken über sie gemacht. Sie waren einfach ein hübscher Hintergrund. Als er starb und mir seine Firma überließ, habe ich eine Inventur durchgeführt. Das war das erste Mal, dass ich mir die Paneele richtig angesehen und erkannt habe, in welch schlechtem Zustand sie sind.«

»Ja. Sie sind alt, und die trockene Luft konserviert sie in gewisser Hinsicht, sorgt andererseits aber dafür, dass sie reißen. Man kann die Handwerkskunst in ihnen erkennen. Jemand hat sich sehr viel Zeit genommen, um sie zu erschaffen. Jemand mit viel Talent.«

»Ich wünschte, ich wüsste mehr darüber«, gab sie zu. Sie hätte Gerald danach fragen sollen, aber das Thema war nie aufgekommen. Sie hatte nie gewusst, was genau seine Pläne waren. Sie hatte sich immer als seine Angestellte gesehen und ihn als tollen Freund. Das Erbe – ein unerwartetes und unglaublich großzügiges Geschenk – hatte sie vollkommen überrascht.

»Meine Brüder arbeiten mit Glas«, sagte er, ohne sie anzusehen. »Sie sprechen immer von Schönheit und Klarheit. Von der Reinheit. Glas kann alles sein. Es existiert nicht, bis wir es zum Leben erwecken. Aber Holz lebt. Holz hat eine Seele – es sagt dem Künstler, was es sein soll. Man kann das zwar ignorieren, aber wenn man es tut, werden die Schnitzereien nie wahrhaftig werden.«

Er drehte sich zu ihr um. Sein dunkler Blick war intensiv. »Ich will an denen hier arbeiten.«

Sie starrte ihn an. »Wie bitte? Nein, das ist doch lächerlich. Sie waren schon im *People*-Magazin.«

Er lachte leise. »Wieso sollte das eine Rolle spielen?«

»Tut es eben.« Sie würde ignorieren, dass er in der »Sexiest Man Alive«-Ausgabe und das Foto sehr beeindruckend gewesen war. »Ich werde einen Zimmermann finden, der …«

»Nein. Kein Zimmermann. Diese Paneele sind unglaublich, Pallas. Sie haben es verdient, mit Ehrfurcht behandelt zu werden. Ich tue es für den Preis, den Sie dafür eingeplant hatten. Ich will den Job.«

»Warum?«

Er drehte sich wieder zu den Paneelen um und berührte sie mit den Händen. »Sie haben mir gesagt, dass sie mir vertrauen.« Er ließ seine Hände sinken und sah sie an. »Keine Sorge. Ich drehe nicht durch. Diese Art der Arbeit ist sehr selten. Ich werde es genießen. Ich befinde mich im Moment zwischen zwei Projekten, also habe ich die Zeit.«

Er hielt inne, als überlege er, wie viel er ihr erzählen solle. »Ich habe eine anstehende Auftragsarbeit in Dubai. In den nächsten Monaten werde ich erfahren, ob ich sie bekomme. Ich bezweifle, dass das wirklich infrage steht, aber bis ich die Bestätigung bekomme, will ich mich nicht für etwas Großes verpflichten.«

»Dubai?«

»Ein Hotel will mich engagieren, um ein Stück für die Lobby zu erschaffen. Ich wäre ungefähr zwei Jahre lang vor Ort.«

»Das ist ziemlich lang.«

»Ich weiß, aber es wäre eine interessante Erfahrung. Diese hier«, er zeigte lächelnd auf die Paneele, »werden mich bis dahin beschäftigt halten. Ich verspreche, mich gut um sie zu kümmern.«

»Ich zweifle Ihre Fähigkeiten nicht an«, erwiderte sie. »Oder Ihre Hingabe. Aber ich habe es ernst gemeint, als ich sagte, wie wenig ich bezahlen kann.«

»Es geht hier nicht ums Geld.«

Richtig. Weil ein Kerl wie Nick nicht notwendigerweise für Geld arbeitet, rief sie sich in Erinnerung. Wäre das nicht nett, wenn das bei ihr auch so wäre?

»Nutzen Sie mich aus«, drängte er. »Es wird Ihnen gefallen.«

Sie wusste genau, wie der Kommentar gemeint war. Aber für den Bruchteil einer Sekunde erlaubte sie sich das Gedankenspiel, dass Nick Mitchell ihr einen nicht ganz unschuldigen Vorschlag unterbreitet hatte. Als Mann. Es war eine Ewigkeit her, dass jemand sich die Mühe gemacht hatte.

Sie wusste, dass die Gründe dafür kompliziert waren. Sie sah total normal aus, hatte einen durchschnittlichen Körper und keine Angewohnheiten, die außerhalb der gesellschaftlichen Normen lagen. Theoretisch sollte sie in der Lage sein, einen netten Mann zum Ausgehen und fürs Bett zu finden. Aber auch wenn es den einen oder anderen Mann in ihrem Leben gegeben hatte, war keiner »dem Einen« auch nur nahegekommen. Oder auch nur »dem für den Moment.«

Zum Teil lag das an dem Ort, in dem sie wohnte. Happily Inc war eine relativ kleine Stadt, in der wenig alleinstehende Männer lebten. Diejenigen, die sie kannte, waren Verwandte von ihr, also igitt. Dann war da noch die Tatsache, dass sie dazu neigte, sich emotional zurückzuhalten. Sie wusste allzu gut, warum. Sie wusste nur nicht, wie sie es ändern konnte. Und deshalb war es selten und kostbar, dass sie angesprochen wurde. Nicht dass Nick das getan hatte. Er sprach lediglich über …

»Pallas?«

»Hm?« Oh, richtig. Er wollte eine Antwort. »Wenn Sie gewillt sind, meinen traurigen kleinen Stundenlohn zu akzeptieren, biete ich ihn nur zu gerne an«, erklärte sie.

»Dann ist das abgemacht.« Er streckte ihr seine Hand hin.

Sie schüttelte sie, ignorierte, wie *groß* sie war, und die kurze Hitzewelle, die sie überkam. Nick war so weit außerhalb ihrer Liga, dass er genauso gut ein Außerirdischer hätte sein können. Trotzdem war er nett anzusehen. Sie würde die Show genießen, solange sie dauerte.

»Sie können arbeiten, wann immer Sie wollen«, sagte sie. »Solange Ihre Arbeitszeiten nicht mit einer Hochzeit kollidieren. Ich werde Ihnen einen Terminplan geben, damit Sie den Überblick haben. Sie werden zwei Mal im Monat bezahlt. Benötigen Sie irgendwelche Werkzeuge oder Materialien?«

»Ich bringe alles mit.«

»Gut.« Denn sie hätte gar nicht gewusst, wo sie anfangen sollte. »Ich schätze, dann sehen wir uns.«

»Darauf können Sie sich verlassen.«

Wenn das nur wahr wäre, dachte Pallas amüsiert. Sie überlegte, wie unangemessen es wäre, ihn zu bitten, mit freiem Oberkörper zu arbeiten. Dabei hatte er einen fabelhaften römischen Soldaten abgegeben.

Vielleicht würde eine der Bräute demnächst eine Garten-Eden-Hochzeit wünschen, bei der alle Anwesenden nackt waren. Nick könnte wieder einspringen. Eine Fantasie, um mir den Tag zu versüßen, dachte Pallas auf dem Weg zurück zu ihrem Büro. Und eine, die sie mit Sicherheit nicht vergessen würde.

Susan Mallery

Familie ist, wenn man trotzdem liebt

Man nennt ihn den Drachen, aber Natalie Kaleta traut sich in seine Höhle. Die junge Galerie-Assistentin sollte eigentlich nur einige Kunstwerke bei Ronan Mitchell abholen. Nun verbringt sie jedoch das Wochenende bei dem für seine Launen bekannten, attraktiven Künstler, da ihr Wagen einen Abhang hinuntergerutscht ist. Tatsächlich ein Glück für beide, denn besonders die Nächte verbringen sie sehr genussvoll ... Aber Natalie träumt von einem Mann, mit dem sie Kinder großziehen kann. Und Ronan zuckt schon bei dem Wort »Familie« zurück. Ob Natalie den Drachen zähmen kann?

ISBN: 978-3-95649-866-4
9,99 € (D)

Susan Wiggs

Für immer in meinem Herzen

ISBN: 978-3-95649-873-2
9,99 € (D)

Als die angehende Ärztin Reese Powell ihn zum ersten Mal sieht, ist sie fasziniert. Denn Caleb Stoltz ist groß, blond und auf eine natürliche Weise sexy. Ohne darüber nachzudenken, steht Reese ihm nach dem Unfall seines Neffen bei. Mit Caleb kann sie reden wie mit sonst niemandem. Statt wie ihre Eltern Forderungen zu stellen, weckt er ihre Lebensfreude neu und zeigt echtes Interesse an ihr als Mensch. Doch Caleb macht nur für die Genesung seines Neffen einen kurzen Ausflug in die moderne Welt, bevor er zurückkehrt in seine Amish-Gemeinde. Damit ihre Liebe eine Chance hat, muss Reese kämpfen.

Debbie Macomber

Der Winter der Wunder

ISBN: 978-3-95649-858-9
9,99 € (D)

Katherine liebt den Winter – vor allem den Zauber der dunklen Jahreszeit. Diese Liebe gibt sie an ihre Nichten weiter. Doch deren Mutter hält sich an die Erziehungsmethoden des renommierten Psychologen Wynn Jeffries. Er vertritt die Meinung, dass man Kinder mit Märchen wie dem vom Weihnachtsmann verschonen sollte. Als Katherine dann eines Tages Wynn tatsächlich persönlich gegenübersteht, kann sie ihm endlich einmal sagen, was sie von ihm denkt. Damit, dass er eigentlich ganz nett ist und dabei auch noch ziemlich gut aussicht, hat Katherine allerdings nicht gerechnet ...

Laurie Gelman

Die Elternsprecherin

Als Elternsprecherin hat man es alles andere als leicht, das weiß Jennifer allzu gut. Deshalb ist sie auch nur widerwillig wieder im Amt. Aber dieses Jahr hat sie einen Plan: Allergiker-Mom, Spießer-Dad und alle anderen sollen sich mal locker machen. Mit ihren E-Mails gewinnt Jennifer auch einige neue Freunde, aber dann proben die Helikopter-Eltern den Aufstand ...

ISBN: 978-3-95649-832-9
9,99 € (D)